T0355796

LAS SIETE VIDAS DE MAX VON SPIEGEL

LAS SIETE VIDAS DE MAX VON SPIEGEL

Daniel V. Villamediana

Papel certificado por el Forest Stewardship Council®

Primera edición: noviembre de 2024

© 2024, Daniel V. Villamediana
Publicado mediante acuerdo con VicLit Agencia Literaria
© 2024, Penguin Random House Grupo Editorial, S. A. U.
Travessera de Gràcia, 47-49. 08021 Barcelona

Printed in Spain – Impreso en España

ISBN: 978-84-666-8020-2
Depósito legal: B-14.545-2024

Compuesto en Llibresimes

Impreso en Black Print CPI Ibérica
Sant Andreu de la Barca (Barcelona)

BS 8 0 2 0 2

A Madalina, Rodrigo y Kris

1

Vida de un impostor

Esa mañana me encontraba escribiendo en mi ruidosa Smith Corona cuando llamaron a la puerta. Todavía en bata y pensando que se trataba de la camarera con el desayuno, la abrí sin prestar atención; bastante tenía con ordenar todo lo que había en mi cabeza. Me di después la vuelta para volver al trabajo, cuando noté algo extraño: un silencio prolongado, inquietante. Sin saber qué ocurría, me giré y entonces lo vi allí plantado, con un sombrero que le tapaba teatralmente la mitad de la cara. Juro que pensé que se trataba de una aparición, otro fantasma del pasado que venía a por mí (no era la primera vez que sucedía), hasta que reconocí su inconfundible monóculo. En ese instante supe, sin lugar a duda, que había venido a matarme.

Antes de que pudiera sacar la pistola que llevaba en el bolsillo de la gabardina, le lancé lo primero que encontré a mano: la máquina con la que estaba escribiendo mi próxima película. El golpe fue espantoso y Lang, sí, el gran Fritz Lang, cayó redondo al suelo, incrédulo al ver que le chorreaba tanta sangre de la nariz. Casi diría que una de las letras de la máquina se le clavó en la frente. Forcejeamos y luego..., luego simplemente sucedió lo que ya todos saben. La noticia fue un verdadero escándalo. Se publicó a nivel nacional en los periódicos y en las revistas de cine más sensacionalistas. ¡Jamás antes había ocurrido algo semejante entre dos reputados directores! No hay nadie en Hollywood que no tenga ya su versión de los hechos, y en cada bar, en los estudios y en la calle no se habla de otra cosa. Aunque todos somos espectadores de una misma película, la vida, y cada quien la entiende a su manera, solo yo tengo la clave de todo ese asunto. Y ha llegado el momento de contarlo.

La historia entre Lang y yo viene de muy atrás; para ser más preciso, de una de mis existencias anteriores. Casi siento vértigo al recordarlas, o miedo, no lo sé. Al fin y al cabo, llevo una vida entera huyendo de mi propio pasado y he sido un impostor la mayor parte del tiempo. Nadie sabe quién soy, tampoco yo. Pero empezaré por lo básico: no me llamo Max von Spiegel. Es un nombre que detesto, pero aquí, en Estados Unidos, les encantó porque sonaba exótico, muy prusiano, como Erich von Stroheim. Mi nombre verdadero es Varick Wachenschwanz y, como se puede apreciar, no es adecuado para triunfar en el mundo del cine. Así que no dudé en ponerme otro. En realidad, he tenido tantos nombres como vidas, y cada cual ha tenido su utilidad.

La primera ocasión en la que cambié de identidad fue durante la guerra, en 1918, cuando combatía a las órdenes del ejército alemán. En aquellos momentos, recuerdo, el Estado

Mayor estaba verdaderamente desesperado, y uno de sus mandamases, el general Erich Ludendorff, decidió que, ya que íbamos a perder, lo mejor sería acabar con los pocos soldados que nos quedaban. Así nadie iría luego a quejarse a su casa. Su estrategia: lanzar una última ofensiva desde Bélgica contra la frontera francesa. Se llamó *Kaiserschlacht*, «la batalla del Káiser». Por aquel entonces, yo era miembro de las *Stosstruppen*, las unidades de asalto formadas por los más jóvenes (los casados no querían jugarse el pellejo como nosotros; solo pensaban en sus mujercitas y eso les dificultaba enormemente salir de la trinchera). Aquel día, cuando mi vida cambió por completo con dieciocho años recién cumplidos, yo debía realizar una misión de reconocimiento en una colina que llamaban *la Femme Couchée*, controlada por el ejército francés. Hacía un frío que pelaba, duro. Se sentía igual que si nos hubieran encerrado en el interior de una nevera. Pero teníamos que estar allí, sin quejarnos, apelotonados en la maldita trinchera. Parecíamos una cesta llena de patatas y cubierta de tierra que trataba de pasar desapercibida en mitad de la batalla.

Pero, para que aquello no sucediera, ahí estaba, por supuesto, el capitán Hans von Bindernickel, un cabrón con un bigote tan largo que casi le rodeaba la cabeza y unos ojos que le brillaban de pura maldad. No eras nada delante de él. Solo veía el campo de batalla, la muerte en acción: ese rostro agujereado y con los dientes carcomidos, y un aliento que uno no se puede imaginar. Y yo lo he respirado, vaya si lo he hecho.

Le encantaba mandar a los soldados a que se dieran un paseo por el frente. Decía que solo quería saber cuántos gabachos o ingleses teníamos delante. Enviaba a uno, esperaba una hora y, si no volvía, mandaba a otro. Siempre con una sonrisa en los labios, como si nos hubiera invitado a una fiesta. Muchos pensaban que lo hacía porque nos odiaba. Procedía de una familia noble, de marqueses o algo así. Y nosotros éramos para ellos lo más bajo: limpiabotas, carniceros, camareros, deshollinadores, campesinos, albañiles, traperos, mineros o simplemente vagos que hablaban demasiado alto y masticaban con la boca bien abierta para que todos pudieran contemplar nuestro último bocado.

La guerra estaba a punto de finalizar y la habíamos perdido. Costaba creer que a los alemanes, tan orgullosos, especialmente el cobarde del káiser, nos hubieran derrotado de forma tan lamentable. No les entraba en la cabeza, y el capitán Hans von Bindernickel fue el primero en negarse a aceptarlo, por lo que siguió con lo suyo, haciendo su propia guerra.

Y, claro, al final me llegó el turno. Yo no tenía ninguna intención de salir a campo abierto, pero era eso o un tiro en el estómago, y luego otro en mitad de la cara. Así actuaba el capitán con los cobardes. Te proporcionaba unos simpáticos minutos de sufrimiento para que meditaras bien lo que habías hecho y solo después te pegaba el tiro de gracia, pero de tal forma que luego no te iba a reconocer ni tu propia madre.

No me quedó otra que salir. Algunos compañeros me

dieron una triste palmada en la espalda. Esa nube de polvo fue lo único que dejé atrás. Nunca más volvería a ver a Kropp, a Aby, a Lutz... y a otros cuyos nombres ya ni recuerdo. Sus cadáveres seguro que continúan dentro de aquella trinchera, esperando a que alguien los encuentre. Pero el tiempo, que es una manta bien pesada, deja todo siempre bien oculto.

Arrastrándome miserablemente por el suelo salpicado de charcos negros, avancé mientras sorteaba cadáveres mutilados, alambradas cortantes, cañones hundidos en el barro, caballos atravesados por una viga caída de no sabía dónde y muchas otras cosas que son imposibles de describir. Con cada explosión parecía formarse una nueva y monstruosa forma desconocida para el mundo.

En cuanto me descuidaba, caía en un cráter producido por un obús francés. «Botellas de champán», los llamábamos. No tenían ninguna gracia. El problema era cuando los agujeros se llenaban con agua de lluvia. Podías morir allí dentro. Muchos se ahogaron así, con los pies atrapados en el fango del fondo. Aunque los problemas no acababan ahí. Si salías vivo, tenías que enfrentarte al frío. El capote pesaba como mil demonios y el cuerpo te temblaba de tal forma que no había manera de sostener el fusil.

Ya me había alejado unos cien metros de nuestra posición cuando llegué a un terraplén donde sabía que el capitán no podría observarme con sus prismáticos. Había conseguido alcanzar lo que llamábamos un punto ciego. Un lugar donde dejabas de existir y en el que ni tus compañeros ni el enemigo podían verte. Durante aquellos momentos de sosiego, incluso tenías tiempo de fijarte en lo que había a tu alrededor, un espectáculo asombroso. A un lado, los reflectores alemanes y franceses luchaban en el cielo como si fueran espadas de luz; al otro, las bengalas lanzadas por los ingleses iluminaban a algún despistado como yo, de esos que se quedaban con la boca abierta antes de saltar en mil pedazos. Sin embargo, lo más extraordinario era contemplar las lejanas estrellas, que nos observaban desde arriba con desinterés, casi con desprecio. Al fin y al cabo, ¿cuántas inútiles batallas entre hombres habrían visto?

Fue en aquel momento de epifanía cuando se me ocurrió la brillante idea que me salvó la vida. Estaba convencido de que aquel día me tocaba morir. No solo ya olía a muerto, sino que era incapaz de escuchar los latidos de mi corazón. Sabía que si avanzaba un paso más, tratando de cumplir las órdenes, los franceses me matarían de un tiro en la cabeza (no sé si sabéis que nuestro casco era más fino que el papel de fumar). Y si regresaba a mi posición, el capitán me estaría esperando. «Otro muerto de hambre menos», diría salivando de placer.

Entonces, al verme en tan penosa situación, me dije: «Varick, esto no se acaba aquí. Tú sales de esta como sea. Olvídate de tus principios. Incluso olvídate de ti mismo, pero piensa en algo».

Y lo hice.

Es verdad lo que cuentan, que el miedo, o te paraliza como a un conejo asustado (vi a muchos soldados detenerse en mitad del campo de batalla, convertidos en estatuas de sal), o te despierta de golpe y te hace verlo todo más claro, como si Dios se te hubiera metido por el ombligo y entendieras el mundo de repente. Y exclamas: «Vaya, ¡así que era esto!».

El instinto de supervivencia me hizo ver el cadáver de un francés que tenía debajo como si fuera el premio gordo. Mi salvación. Rápidamente, me puse a desnudarlo. No fue fácil. Costaba separar la tela de la carne, ya medio congelada. Y así, igual que unos amantes desesperados, ambos nos quedamos desnudos durante unos segundos eternos: él, mirándome con aquellos ojos duros y vidriosos que me vigilaban con una expresión de incredulidad, y yo, observando el cadáver del hombre que me iba a salvar la vida sin pretenderlo.

El siguiente paso fue ponerme su ropa y vestirlo a él con la mía, el uniforme alemán. Eso fue lo más fácil. Lo complicado llegó después, cuando decidí pegarme un tiro en un muslo. Sabía ya mucho de heridas y dónde debía hacérmela. Cuando ves morir a cientos de compatriotas, conoces perfectamente qué agujeros provocan que la sangre salga a borbotones, como si fuéramos una maldita fuente. Esa fue una de las cosas que descubrí en la guerra, que somos un globo a punto de reventar y que, en cuanto nos agujerean, sale de todo: intestinos, heces, sangre, aire, mocos…, lo que sea. Un asco, somos verdaderamente un asco.

Y, aun así, apreciaba mi vida.

Lo gracioso es que hasta aquel día me había librado de las balas, y resultaba penoso que al final fuese yo mismo quien me tuviera que disparar. Seguro que eso significaba algo, pero no tuve tiempo de darle más vueltas.

Después, me tumbé y, a pesar de la tiritona y del dolor, agudo y penetrante, me dispuse a esperar. Y ahí me entró el miedo. El miedo en serio, frío, muy frío. «¿Qué narices he hecho?», me pregunté. ¿Me acababa de suicidar sin darme cuenta? ¿Era realmente tan estúpido?

Por suerte, al cabo de una hora, una compañía francesa decidió atacar nuestra posición. Debido a la pérdida de sangre, apenas logré distinguir algunas sombras que caían a mi alrededor, acribilladas por las balas de mis compañeros. ¿O los maté yo? Quién sabe. Luego, perdido en aquel mundo de oscuridad y ruidos lejanos que retumbaban en mi cabeza, sentí cómo unas manos me agarraban de los tobillos y tiraban de mí. Entonces me dije: «La muerte, esta es la muerte que me lleva».

Pero no fue así. Todavía.

2

Muerte de un fotógrafo

1918

¡Gran Guerra, la llamaban! Y yo me pregunto qué tenía de grande, porque todo lo que vi era pequeño, miserable, sucio. Fragmentos de campos, fragmentos de cuerpos, fragmentos de vida. Nada grande, todo pequeño, hecho trizas. Luego, los historiadores unen esos miles de piezas y pretenden contarte lo que tú has visto. Mentiras. Porque lo que se vive en una guerra no se puede contar. Son solo fogonazos que te ciegan, relámpagos de horror, y si alguien te cuenta una buena historia, con principio y final, es que se la ha inventado.

Pero prosigo con mi vida. Y trataré de explicar por qué demonios se me ocurrió hacerme pasar por francés cuando yo justamente pertenecía al ejército alemán.

Como un reloj, nací en el año 1900 en un pequeño pueblo llamado Erstein, a unos veinticinco kilómetros de Estrasburgo, más o menos. Allí viví con mis padres durante diecisiete años, cuidando de una docena cerdos y cuatro vacas en un caserón que no se distinguía ni por dentro ni por fuera de un establo.

La región en la que nací, Alsacia, había sido manoseada por la historia durante siglos. Unos años pertenecía a Alemania y otros a Francia. Parecía que cada cierto tiempo se la jugasen a las cartas. No había forma de aclararse de dónde era uno. Y, claro, era normal que muchas familias tuvieran una madre de origen alemán y un padre francés, como es mi caso.

Frida, mi madre, una mujer fuerte como un roble y orgullosa de sus orígenes teutones, siempre quiso largarse de aquella tierra fronteriza, un verdadero cruce de caminos, y regresar a Hamburgo, de donde procedían sus padres, a los que idolatraba. ¡Hasta tenía unas fotos suyas sobre la repisa de la chimenea! La mujer detestaba su vida allí y no quería que yo aprendiera una sola palabra de la lengua de los gabachos. Sin embargo, mi padre decidió enseñarme francés durante los ratos que pasábamos juntos, en particular cuando dábamos de comer a los puercos o íbamos a pescar al río Ill. La de horas que compartimos mirando pasar los peces y poniéndoles nombres divertidos.

Un gran tipo, mi padre. Michel se llamaba. Era pequeño de estatura, pero tenía unos antebrazos anchos como troncos y un velludo pecho. ¡Podía levantar un cerdo él solo! Únicamente vestía una camisa gruesa de lino, ya fuese verano o invierno, como si el clima no le afectase en absoluto. Pero así era, un hombre imperturbable, con una mirada tranquila. Todo lo opuesto a mi madre, siempre nerviosa y siempre haciendo cosas en casa. Su cabeza no paraba quieta ni un segundo. Eso sí, era muy inteligente. Ella me enseñó a leer y a escribir. Mi padre, por el contrario, apenas era capaz de echar una firma.

Aunque esto no le importa a nadie. Solo lo cuento para que se entienda por qué se me ocurrió hacerme pasar por francés. No era del todo idiota.

Prosigo.

El ejército alemán, en un desesperado intento por ganar la guerra en marzo de 1918, decidió realizar una última ofensiva para ampliar el frente occidental. Uno de los pueblos por conquistar era Coeuvres, muy cerca de donde yo me pegué un tiro. Allí me recogieron medio muerto y me transportaron junto con otros heridos al sur de Francia; en concreto, al hospital militar de Gréoux-les-Bains, un emplazamiento fantástico.

Resultó increíble despertarse en un lugar que era nada menos que un casino y un balneario al mismo tiempo. ¡Todo en uno! Un sitio para ricachones, vaya. Lo primero que pensé era que se habían equivocado de destino. No podía tener tanta suerte.

A los heridos más graves nos habían dispuesto en una antigua sala de teatro. Frente a nosotros había un escenario con una cortina echada que yo siempre esperaba que se abriera de golpe. Era algo que me inquietaba, sobre todo durante la noche, no sabía por qué. Me imaginaba que de detrás del telón aparecería una neblina y luego, rasgándola, las afiladas bayonetas de los franchutes a los que había matado.

Los techos estaban decorados con molduras pintadas con

vivos colores que imitaban enredaderas y flores. También había unos grandes ventanales a la izquierda, por los que penetraba una luz tan pura que me desconcertó. Porque era simplemente luz, sin polvo, humo, nubes, gases, lluvia o balas silbando en busca de una presa. Solo el sol, con unos rayos que parecían abrasar los dorados cabellos de las enfermeras.

Después de despertar dentro de aquel sueño, llegó el fatídico momento en el que tuve que abrir la boca. Es verdad que sabía francés, pero no las tenía todas conmigo. Después de carraspear un largo rato, logré decir que había perdido por completo la memoria debido a una explosión. Sabía que no era el único. Ya había visto casos en mi compañía, tiarrones que tras el estallido de una bomba se habían vuelto idiotas.

Resulté muy creíble. Hasta solté un par de lagrimitas. Y tartamudeé. Al oírme, la enfermera me acarició la cabeza, y el médico militar, que tomaba nota de cada palabra que decía, movió la cabeza en actitud comprensiva. «Solo necesita descansar —me dijeron—, y entonces irá recuperando poco a poco la memoria. No es el primer caso que hemos tenido». Y yo respondí que sí, ¡que seguro!, muy sonriente.

Así que ahí me dejaron, rodeado de verdaderas momias. Había uno que parecía un paquete, el pobre, sin brazos ni piernas y todo vendado. No hacía más que mirar a su alrededor con unos profundos ojos negros que, no sé cómo, nunca pestañeaban. Era mejor no mirarlo. Asustaba, porque parecía atrapado en su propio cuerpo.

Por suerte, yo había quedado bastante arreglado. La bala me atravesó el muslo limpiamente y no sufrí ninguna infección. Solo cojearía unos meses. Además, tenía un nuevo nombre, Jean-Claude Rémy. En la cartilla de identidad del muerto se decía todo sobre mí: dónde había nacido, Villefranche-sur-Saône; el nombre de mis padres, Marcel y Simone; también mi edad, mi altura, mi regimiento... Fue extraño, porque, al releer aquel documento, de algún modo sentí que me describía a mí, como si en realidad el muerto me hubiera robado antes la cartilla y yo la hubiese recuperado.

Durante aquellos días de tranquila convalecencia, partidas de cartas y muchos cigarrillos, conocí al bueno de Jean Sans-Lumière. Un apellido que parecía una broma de mal gusto, y más debido a su afición: hacer fotos. El director del hospital, el teniente coronel Auguste Rhône, había encargado al joven cabo, aficionado a la fotografía y mutilado de guerra, que realizara un álbum sobre la actividad del hospital. Como si eso fuera a interesar a alguien. Pero así son los mandamases, aunque mejor me callo.

Como digo, el pobre Jean, a quien, además de ser pecoso, le faltaba un ojo, iba por ahí haciendo fotos con su Vest Pocket Autographic Kodak, una cámara de fuelle que había comprado a un soldado estadounidense a cambio de un par de quesos. Muy práctica. Su trabajo consistía principalmente en sacar a los pacientes al jardín, donde solían pasearnos las enfermeras, escoger la mejor luz y, en un instante, ¡zas!, retratarte.

En mi caso, fue la primera ocasión de mi vida en la que me hicieron una foto. Me puse tremendamente nervioso. No era tanto porque esa imagen llegase a las manos equivocadas y descubrieran que era un traidor alemán, sino porque me sentía intimidado ante la presencia del aparato. Esa cosa tenía algo inquietante.

Jean, apodado maliciosamente el Cíclope, era un hombre al que siempre le temblaban las manos, porque guardaba dentro de sí todos y cada uno de los horrores que había visto. No era recomendable comer sopa a su lado. Sin embargo, cuando se ponía a tomar fotos, cambiaba por completo. Era otro, vamos. Parecía como si el universo entero se hubiera detenido a su alrededor. Aquello me impresionó. También sus retratos. Parecía un ladrón de almas. Aquellas imágenes daban miedo porque capturaban justo lo que los fotografiados pretendían esconder, todos y cada uno de sus miedos y sufrimientos. Incluso cosas que no sabías de ti mismo. Jean recordaba a un hechicero que te arrancaba el alma de un bocado y te la ponía delante, sin condimento alguno. Ni siquiera una salsita. Así que ese álbum fotográfico suyo era demoledor, pero a la vez, cosa que solo entendí muchos años después, desconcertantemente bello.

Durante aquel tiempo, al verme interesado en sus cosas, Jean me enseñó a revelar fotografías en una caseta que servía de cuarto oscuro. Yo, que únicamente había estado en una granja y luego en la guerra, otro matadero, quedé asombrado al contemplar aquel fantasmagórico proceso. No entendía nada, pero estaba fascinado. Daba la impresión de que en tan solo unos centímetros de papel podías apropiarte no solo de la gente, sino del mundo entero.

Así era.

La cuestión es que al cabo de unas semanas, aunque las cosas me iban de maravilla, el médico militar supo que ocultaba algo. Cualquier tonto se habría dado cuenta. Cada día me formulaba más preguntas, y se le hacía raro que no supiera nada sobre Francia, sobre mi familia y dónde había estudiado, o que no recordara un simple juego de cartas. Llegó así el momento de largarse. Pero entonces ocurrió una tragedia que todavía no he logrado quitarme de la cabeza. Había decidido que, justo antes de marcharme, pasaría por el cuarto oscuro para recoger mis cosas, donde las tenía escondidas. Sin embargo, al intentar abrir la puerta, descubrí que estaba bloqueada. Extrañado, grité:

—Jean, ¿se puede saber qué haces? ¡Abre de una vez!

Nadie respondió. Temiéndome lo peor, empujé la puerta con todas mis fuerzas y, cuando logré entrar, entendí lo que había sucedido.

Jean la había palmado.

Lo encontré allí tirado, con su único ojo abierto y la boca rebosante de espuma. Varias botellas de cristal estaban tiradas a su alrededor. Una de ellas todavía rodaba sobre las baldosas. El hombre se había suicidado tragándose los productos químicos que utilizaba para revelar, como si él mismo fuese una foto que todavía tuviera que mostrar su verdadera imagen.

No lloré. O quizá sí, qué importa. Solo le cerré el ojo y pensé en rezar, pero no me vino una sola oración a la cabeza. He visto muchas muertes, pero aquella, en el cuarto oscuro, es la que más recuerdo.

Lo que no sé es por qué se suicidó. Supongo que, al igual que otros muchos soldados, ya no pudo soportar el dolor que llevaba dentro y las fotos no lograron mantenerle cuerdo. Es imposible saberlo. Lo único que sé es que, gracias a él, mi vida cambiaría por completo.

3

La salvaje Babilonia

1918-1919

Me largué del balneario, pero no me fui a lo loco. Antes hice mis arreglos. Había robado algo de comida a otros enfermos y conseguido un uniforme francés bien limpio, una mochila y una pistola. Solo por si las cosas se ponían feas. Ese pequeño tesoro lo fui ocultando en el cuarto donde Jean revelaba las fotos.

Aquel antiguo baño, incluso antes de su muerte, ya tenía algo siniestro. Parecía la antesala del infierno, y más con todos aquellos espejos colgados en las paredes que multiplicaban tu reflejo hasta el infinito. Siempre he pensado que quizá tiene algo de diabólico esto de hacer fotos. Quién sabe si la fotografía es un invento ideado para atrapar almas y Satán tiene en su garito un espléndido álbum de fotos, verdaderas prisiones en blanco y negro. Si es así, habría que andarse con mucho ojo y elegir bien dónde se retrata uno, porque luego te vas a pasar allí toda la eternidad.

Y así, escondido en el cuarto oscuro y con el cadáver de Jean ante mí (menuda estampa), esperé a que llegara la noche. Una vez fuera, avancé durante horas por el bosque hasta que comencé a sentir un frío espantoso, y eso que estábamos en abril. Pero aquel año fue terrible. Parecía como si cada muerto se hubiese llevado a la tumba parte del calor que había en el mundo.

Mi principal problema era que no tenía plan alguno. ¿Dónde ir? A Alemania, imposible. Me fusilarían y luego se tomarían una cerveza para celebrarlo. En Francia corría el riesgo de ser descubierto. En Italia, lo mismo. Solo se me ocurrió marcharme a Suiza, donde pensaba que no había guerra. Claro, me hubiera encantado largarme a la Costa Azul (¡nunca había visto el mar!) y darme un chapuzón; quizá vivir en la playa, pescar. Pero sabía que era una farsa, un sueño imposible. Ni siquiera podía imaginármelo con claridad y, en vez del mar, solo divisaba un inmenso prado azul con vacas flotando.

Así que me puse a caminar y caminar. Evité los pueblos y sobre todo las carreteras, ocupadas por cientos de camiones que transportaban soldados cubiertos por armaduras de barro y con la mirada perdida. Es terrible contemplar cómo el camino que dejas atrás va haciéndose cada vez más largo, como si el mundo se estirara eternamente. Piensas que nunca vas a llegar a tu destino.

Seguí avanzando. Atravesé ríos, campos, valles y bosques, igual que un gamo perdido y asustado, hasta que finalmente di con la frontera suiza. Por suerte, el invierno estaba ya finalizando. De otro modo, jamás podría haber cruzado a los valles helados del cantón de Uri. Nada más llegar, lo primero que hice fue robar algo de ropa a un campesino para intentar pasar desapercibido. En aquel momento, las fronteras se encontraban especialmente vigiladas. Suiza era un lugar de paso para espías, contrabandistas y desertores como yo, y la policía hacía todo lo posible para que nadie entrara. Aun así, aproveché la noche y llegué al otro lado. A la libertad, pensé.

Allí trabajé varios meses en una granja bajo una identidad falsa (ni recuerdo el nombre... Alfred, creo), hasta que descubrí en un periódico que la guerra había acabado. Y no solo eso, ¡los franchutes habían ganado! Quién se lo iba a creer, ¡el orgullo nacional por los suelos! No me lo pensé dos veces y al día siguiente me despedí y partí hacia Berlín. En Suiza no tenía futuro y al pueblo no quería regresar, eso lo tenía claro. Berlín era para mí el centro del mundo y, además, un lugar perfecto para comenzar una nueva vida. ¡Cuatro millones de habitantes!

Sin embargo, no estaba preparado para lo que iba a encontrar. Ni mucho menos. De primeras, fue el caos absoluto: la muchedumbre furiosa, las calles abarrotadas de coches, los carteles luminosos y el ruido constante que procedía de mil y un lugares. Si en el campo todo está quieto y cada sonido tiene un origen que puedes identificar (un pájaro, un río, una rama agitada por el viento), en Berlín, por mucho que mirase a mi alrededor, jamás sabía quién me había gritado, qué vehículo había frenado bruscamente o de dónde me llegaba el rumor de una orquesta desafinada.

Me sentía como un conejo al que acabasen de lanzar a una calle ocupada por bestias de hierro y por gente que recorría las aceras a toda velocidad, que hablaba, fumaba, reía, discutía y lloraba, todo al mismo tiempo. Los primeros días, ante tal cantidad de estímulos, traté de huir de la multitud, pero siempre, al doblar cualquier esquina, había más personas que trataban de venderte periódicos comunistas, te lanzaban peroratas furiosas contra los militares que nos habían llevado a la guerra o clamaban contra el nuevo gobierno, manejado por los socialdemócratas. Por no hablar de los chulos que pegaban a sus chicas, de los mendigos que te agarraban de la chaqueta y tiraban hacia abajo para arrastrarte a su propio infierno, o de los brutales policías que te amenazaban con la porra si detenías el paso y entorpecías aquel movimiento continuo, sin fin.

Y, en el extremo opuesto de la sociedad, estaban los que tenían suficiente dinero como para pasar el día en las terrazas acristaladas de la Potsdammer Platz, desde donde contemplaban la vida sin que esta los salpicara con su miseria. Al verlos devorar con glotonería sus codillos de cerdo y sus *Apfelkuchen*, se me antojaron seres de otra galaxia. ¿Era posible quedarse allí tan tranquilos mientras a su alrededor cientos de exsoldados mutilados cubrían sus temibles heridas de guerra con máscaras? Hombres que, para comer un mendrugo, lo hacían a escondidas porque, cuando levantaban aquella falsa cara, cualquiera podía asomarse al vacío que escondían ahí debajo, el verdadero horror. Lamentablemente, yo también pude ver a uno de esos hombres realizando aquel gesto y, durante un perturbador instante, me asomé de nuevo, en ese rostro imposible, al arrasado campo de batalla y a las laberínticas trincheras ocupadas por cadáveres que se agitaban igual que gusanos.

Y aunque cerré los ojos, tratando de borrar esas imágenes de mi cabeza, no lo logré. Habían regresado a mí. Vi a compañeros que huían de los lanzallamas, mariposas de fuego que te abrazaban sin compasión. Vi a nuestro querido perro mensajero, Tim, que caía en el interior de nuestro refugio decapitado por un obús. Vi al valiente Visch, atrapado en una alambrada durante días, sin que nadie pudiera rescatarlo, mientras, en su delirio, pedía a su madre una y otra vez que fuera a recogerlo y lo llevara a casa.

Y, con esas imágenes, regresó también el miedo a todo lo que me rodeaba, a cualquier roce, ruido o mirada. Incluso a respirar. Pensaba que el humo de los coches era en realidad gas mostaza y que iba a morir allí asfixiado, con los pulmones en llamas.

Mi vida, así, durante las primeras semanas que pasé en Berlín, fue hambre, soledad y terribles visiones, rayos que impactaban en mi cerebro cuando menos lo esperaba. Entonces lanzaba un grito, y los berlineses, protegidos por sus caros abrigos, se reían de mí con sus grandes bocas. ¡Cómo llegué a odiarlos!

Me desesperaba, además, tener que humillarme ante ellos y pedirles cuatro *pfennigs* para subsistir, porque no tuve otra forma de salir adelante que esperar en una esquina a que alguien se apiadara de mí (algo muy difícil entre tanto soldado mutilado). Era el último en aquella sociedad de parias, donde la muerte, agazapada, seguía haciendo estragos.

Dormía en el Tiergarten y buscaba comida entre la basura del parque. Cuando alguien me daba un marco, rápidamente me metía en un bar y tomaba un vino que me duraba, sorbo a sorbo, el día entero, hasta que un camarero me despertaba a gritos. Entonces, adormilado, creía oír de nuevo al capitán Hans von Bindernickel mandándome al frente y tiraba la mesa al suelo entre gritos.

No sabía qué hacer con mi vida, porque no conocía a nadie ni tenía a donde ir. Intenté pedir trabajo, pero, además de carecer de documento identificativo (había muerto oficialmente en combate), había muchos otros antes que yo, miles y miles de exsoldados igualmente desesperados y a los que el gobierno dio la espalda.

Éramos los perdedores y nadie quería saber de nosotros.

Mi vida no se diferenciaba de la de un perro callejero, hasta que una mañana, mientras caminaba por la avenida Kurfürstendamm, me detuve frente a un impresionante local presidido por dos columnas de estilo griego. Sobre ellas, un cartel rezaba: FOTOGRAFIETEMPLE.

Me quedé pasmado en mitad de la calle. La gente, molesta porque impedía el paso, me insultaba, pero a mí me daba igual, porque un atisbo de esperanza había vuelto a nacer en mi interior.

Cuando hui del hospital militar, me llevé conmigo una mochila. Ahí dentro, antes de suicidarse, Jean, no sé por qué motivo, había metido su cámara. Yo, sin saber qué hacer con ella, la había guardado durante todo ese tiempo. Ni siquiera se me había ocurrido venderla, a pesar de todo por lo que había pasado. Quizá no quería perder lo único valioso que me quedaba en el mundo. No lo sé.

Entonces, sin pensármelo mucho, entré al lujoso local, decorado con espejos en el techo y grandes marcos en las paredes con fotografías de bailarinas famosas. Fue como acceder al paraíso, y temí ensuciarlo con mis zapatos. Yo procedía de un mundo gris, en el que dormir en una estación de metro y encontrar una salchicha pisoteada era lo único que te alegraba el día. ¡Pensabas que no podía haber nada mejor! Y sí lo había, vaya si lo había. No tenía ni idea de lo que me esperaba.

La cuestión es que, al ver mi aspecto de vagabundo, el dueño, un tipo con un estrecho bigote y tan gordo que parecía haberse tragado un zepelín él solito, me gritó que me largara de allí si no quería que llamase a la bofia.

Pero yo no pensaba moverme. Permanecí quieto, sin hacer otra cosa que sostener mi cámara de fotos y esperar. Parecía un loco, vaya, con mi pantalón agujereado, mi gorra roída y un abrigo recubierto con periódicos bien atados para protegerme del frío.

En aquel momento, el dueño se encontraba hablando con una enjoyada cincuentona que cargaba un perro en brazos, una especie de rata negra con la cara arrugada que, para colmo, ladraba de una forma tan aguda que te atravesaba los tímpanos. A su lado estaba el esposo, un tipo minúsculo y con cara de espanto. Tenía la boca abierta de par en par y me miraba como si yo fuera un asesino que hubiese entrado a matarlo.

—¡Aquí no compramos baratijas! ¡Lárguese de una vez! —gritó el dueño.

—Soy fotógrafo —solté con toda la cara del mundo, cuando en realidad no había hecho una sola fotografía en mi vida—. Y aquí tengo unas instantáneas de la guerra que le van a quitar el hipo, señor...

—¿Fotógrafo? ¿Fotos de guerra? —preguntó él mirándome de arriba abajo y luego hacia los lados, como si estuviera buscando detrás de mí al verdadero fotógrafo—. ¿A quién demonios le interesa eso? ¡La gente quiere olvidar! ¡Divertirse! —exclamó alzando los brazos—. Así que lárguese de una vez, que me va a espantar a estos magníficos clientes —dijo al tiempo que sonreía a la pareja que tenía a su lado con una falsedad que me dejó atónito, aunque ellos parecieron encantados.

Por supuesto, el perro ladró de nuevo y tuve ganas de mandarlo de una patada al río Spree. La vida en la calle me había vuelto más irritable. Quizá incluso algo violento.

Me disponía a responder al dueño cuando uno de los espejos de una pared lateral se abrió de improviso. Tras él, como surgido de otra realidad, apareció un hombre alto y desgarbado, con aspecto de cadáver. Vestía un traje negro que le quedaba corto y tenía el rostro afilado y demacrado. Me asusté, porque el tipo estaba rodeado de luz roja, lo que contribuyó a que su aparición resultara aún más sobrenatural. Solo después de unos segundos comprendí lo que estaba pasando. No era un muerto que hubiera escapado de su tumba para visitarme; se trataba del encargado del laboratorio, situado en los sótanos.

—¡Lárguese de una vez! ¿No ve que está apestando este local con su presencia? —gritó el encargado, muy alterado, mientras se pasaba un pañuelo por la calva para limpiarse el sudor.

A punto estuve de lanzarme sobre él, pero el muerto me detuvo.

—Espere. Enséñeme esas fotos.

—Están en la cámara. No las he podido revelar todavía —respondí sonriendo.

—Yo lo haré —dijo él alargando las manos, cubiertas por extrañas manchas, como si se hubiera quemado con alguna clase de producto químico.

—¿Cómo? —preguntó incrédulo el dueño—. No podemos permitir que entre aquí gente así. ¿Y nuestra reputación?

El enterrador volvió entonces muy, pero muy lentamente la cabeza hacia el del bigote, lo que lo hizo parecer más terrorífico, y dijo:

—Yo me ocupo, señor Kyser. Yo me ocupo.

Dicho esto, el hombre tomó mi cámara y, sin decir más, volvió a perderse en aquel sótano, cerrando la puerta espejo tras de sí. En aquel momento, me vi de nuevo reflejado y comprendí perfectamente por qué el encargado había intentado echarme de allí. Yo hubiera hecho lo mismo. La verdad es que me costó reconocerme, porque mi reflejo nada tenía que ver con la imagen que guardaba de mí mismo. Era un extraño. Un tío raro. Mis ojos estaban hundidos en las cuencas. Había crecido, pero torcido, como un árbol mal plantado, y tenía una espesa barba que me cubría la cara igual que musgo negro. Aunque lo peor era la expresión de mi rostro, de absoluta desesperación. Parecía uno de esos vagabundos capaces de hacer cualquier locura.

El hombre que yo pensaba que era el jefe (ya entendí que no, que el que mandaba era el cadáver parlante) me indicó a regañadientes que me sentara en una elegante silla con los reposabrazos recubiertos de pan de oro y el asiento tapizado con terciopelo azul. ¡Una silla digna de un rey! La pareja se alejó prudencialmente unos metros de mí. Apestaba. Esperé allí, embriagado por el denso olor a perfume de la señora, que agarraba con fuerza su perro, convencida de que yo quería comérmelo (es cierto que lo pensé, no lo voy a negar). Luego, no sé cuánto tiempo después, regresó el muerto con noticias del otro mundo.

—¿Son suyas estas fotos? —preguntó al tiempo que me las mostraba, como si se tratara de una baraja de cartas.

—Sí, son mías, y busco trabajo como fotógrafo —respondí sin un atisbo de duda.

El hombre permaneció en silencio con aquellos ojos suyos invadidos por venas que parecían anguilas, y volvió a mirar incrédulo las instantáneas que tenía entre las manos.

—Puede empezar mañana —dijo ante la atónita mirada de su socio.

—¿Cómo? Pero, señor Bestatter, ¿ha visto usted su aspecto? No podemos permitir que…

—Señor Kyser —respondió Bestatter, parándole los pies con la mirada—, ya sabe que yo no me meto en sus negocios ni los cuestiono. Solo cómprele algo de ropa decente y dígale que se presente mañana a primera hora.

Luego, mirándome a los ojos, dijo:

—Por cierto, no sabemos su nombre.

Y yo, sin pensármelo dos veces y con una enorme sonrisa en los labios, respondí:

—Me llamo Bill, Bill Becker. Para servirle.

Un nombre estupendo. Aunque todavía me quedaban varios más por delante, auténticos cadáveres formados por letras.

4

Iniciación a la fotografía erótica

1919-1921

A pesar de lo contento que estaba con mi traje nuevo y mi flamante trabajo, me entró el canguelo cuando a la mañana siguiente tuve que demostrar mis habilidades como fotógrafo. Jamás antes había pisado un estudio (se encontraba en la segunda planta del local) y no sabía manejar el equipo, una enorme cámara Mentor sostenida por un trípode que pesaba más de veinte kilos. Parecía la torre de Babel. Pero aquello no fue lo más difícil. Al ver el local y el tipo de clientes, yo estaba convencido de que aquella mañana me tocaría fotografiar a una familia de respetables burgueses tal y como se estilaba en el negocio: disfrazados de personajes de la antigua Roma, de Egipto o del Lejano Oriente, los divertimentos para esa clase de ricos que no te lanzaban una mísera moneda por la calle. Por suerte, el enterrador, tras haber visto las morbosas fotos de Jean, decidió que yo valía para otra cosa, aunque jamás me hubiera imaginado de qué se trataba.

Así, tras mirar largo rato hacia la cámara y sin atreverme a tocarla, igual que si fuera un jarrón que pudiera romperse en mil pedazos, al final me decidí a inspeccionarla e intentar comprender su mecanismo. Todavía recordaba algo de lo que Jean me había enseñado. Comprobé que tenía un objetivo Tessar 1:4,5 f=21, fabricado por Carl Zeiss Jena. El visor se encontraba en la parte superior del artilugio y tenías que sumergirte literalmente en él para visualizar el encuadre. Abriendo sus tripas, observé que la Mentor utilizaba tanto placas de cristal como película fotográfica. Eso sí, su tamaño intimidaba. Solo el cuerpo de la cámara medía más de medio metro de altura. Un monstruo.

Distraído, me encontraba investigando aquel aparato fabricado en Dresde cuando la puerta del estudio se abrió y, bajo un sol tenue, casi gris, que entraba por los techos de cristal, apareció una mujer vestida con un deslumbrante abrigo blanco y una boina roja ladeada. Entró riendo, rebosante de vida. Es difícil de describir, pero sentí que asistía a la aparición de una ninfa recién salida del bosque. Al verla, di un paso atrás, avergonzado de mi aspecto. Ella, ante mi timidez, sonrió de una forma como jamás antes había visto, estirando sus rojizos labios hasta exhibir unos dientes espléndidos y brillantes.

—No te asustes, chico, que no te voy a comer. ¡Quizá mañana! —exclamó con una pícara sonrisa.

Intenté balbucear algo, pero no lo logré. Mientras, la mujer, con total confianza, se quitó la boina y el abrigo y los colgó en el perchero. Llevaba un simple vestido azul turquesa que le caía hasta las rodillas y perfilaba sutilmente cada de una de las curvas de su estilizado y atlético cuerpo. Sin embargo, lo que más llamó mi atención fue descubrir su pelo corto, a lo *garçon*, muy a la moda durante aquellos años.

—Oye, ¿te enteraste de lo que le pasó a Werner? —preguntó mientras revolvía el baúl que había junto al perchero, donde se guardaban toda clase de extravagantes disfraces.

—¿Quién es Werner?

—El anterior fotógrafo. ¡Lo rajaron de abajo arriba! —explicó haciendo el gesto con un dedo—. Una salvajada, pero así es Berlín, ¡un lugar excitante! —concluyó tras encogerse de hombros y sonriendo con aquellos ojos rebosantes de vida, de esos que te engatusan y te hacen sentir cosquillas por dentro.

La mujer se llamaba Anita Berber y yo no tenía ni idea de que era una verdadera celebridad; probablemente, la mujer más provocadora del momento en Alemania.

—Y tú, ¿de dónde eres? —preguntó, arrodillada en el suelo, después de haber sacado del baúl decenas de prendas de ropa que se fueron amontonando a su alrededor.

Al ver que no respondía, giró la cabeza, colocó las manos en las caderas y, todavía de rodillas, insistió:

—¿De dónde te han sacado, chico? ¿Del fondo de una trinchera?

Y yo, como un bobo, me reí de la ocurrencia, a pesar de que era completamente cierto lo que decía.

—Pero venga, anímate un poco y vamos al grano.

—Sí, señorita…

—Llámame Anita —dijo al tiempo que se ponía de pie.

Entonces, ante mi estupor, se desabrochó el vestido, que cayó a plomo como atraído por el suelo. Y lo que vi fue la vida en estado puro. Tuve la sensación de asistir a una revelación, excepto por un detalle, el boscoso pubis que le cubría el sexo y que me desconcertó por completo. Contrastaba brutalmente con su blanca piel.

A continuación, se colocó sobre la cabeza una rama de laurel fabricada en bronce, que había encontrado en el baúl, y, completamente desnuda, me dijo:

—Ya estoy lista.

Lo que sucedió después apenas puedo recordarlo (fue todo demasiado rápido), aunque las fotos deben de seguir por ahí, en manos de algún guarro coleccionista. Creo que ella se tumbó en un diván y adoptó una serie de posturas sensuales, mientras yo tomaba fotografías y cambiaba a toda velocidad las placas para poder seguir capturando un momento que sentía que se me iba de las manos. Ni siquiera tuve tiempo para pensar qué hacía.

Una vez finalizada la sesión, se vistió rápidamente, como si allí nada hubiera sucedido. Pero a mí me había cambiado la vida por completo. Sabía que había encontrado mi profesión, una forma de ganarme respetablemente el sustento, y eso me llenó de orgullo y de esperanza.

—Muchas gracias, Anita —dije, emocionado—. Lo ha hecho usted muy bien.

—¡Qué simpático eres, Bill! —dijo ella acariciándome la

cara—. ¡Y qué bueno! Creo que eres el primer fotógrafo que no ha intentado aprovecharse de mí.

Después, me guiñó un ojo a modo de despedida y, simplemente, se largó, dejando el terrible vacío a su alrededor. Sentí que se había llevado consigo la luz y toda la energía del estudio.

Fue entonces cuando pasé de ser un trozo de carne que se arrastraba penosamente por las calles de Berlín a convertirme en un fotógrafo de bailarinas y actrices que me mostraban sin pudor alguno sus encantos, unas maravillas que iluminaron mis ojos de deseo. Al parecer, Kyser y Bestatter, algo que había tardado en comprender, regentaban un verdadero negocio de fotografía erótica de alto standing; una actividad muy lucrativa por aquel entonces.

Durante los siguientes meses, mi vida cambió de forma radical. Incluso pude pagarme un cuarto en una pensión de mala muerte en la calle Koppen. Entretanto, aprendí por mi cuenta el arte de la fotografía. No fue sencillo. Lo más complicado resultó descubrir cómo demonios dirigir la luz con las lámparas de arco voltaico de carbón que había en el estudio y no quemar los vestidos de las chicas. También, en ocasiones, pese a la resistencia de Kyser, pude retratar a los clientes normales (si se les podía llamar así, porque aquello de disfrazarse me parecía la mayor de las perversiones, en particular cuando una mujer se vestía de soldado romano y pegaba con un látigo a su marido, quien, semidesnudo, hacía de esclavo). Pero mi especialidad siguió siendo la fotografía de actrices y bailarinas. Tenía destreza para ello. Era como si, de algún modo, Jean, al regalarme aquella cámara, me hubiera legado una parte de su talento.

Pero también llegué a la conclusión (más lógica, creo) de que al haber experimentado tan de cerca el horror de la guerra, ante aquellos cuerpos putrefactos y destrozados, había desarrollado una especial sensibilidad para capturar la belleza. Quizá eso fue lo que Bestatter vio en mí.

Todo eso, de alguna forma, hizo que me tomase muy en serio mi nuevo oficio. Tal vez demasiado. No hacía una solo foto hasta que la imagen se hubiese apoderado de mí y me desbordara. Hasta que no vivía esa emoción, no capturaba el momento.

Con el tiempo, aprendí a experimentar con las luces y a buscar nuevos e insólitos ángulos, huyendo de la frontalidad habitual. También ideé puestas en escena cada vez más complejas. Me interesaba crear una atmósfera determinada, no solo fotografiar un cuerpo desnudo. Incluso me dio por recrear momentos que había tomado de los libros que comencé a leer en la pensión donde vivía. Allí había una estantería rebosante de noveluchas policiacas y de aventuras exóticas que habían pertenecido al marido de la dueña, un profesor de escuela fallecido durante la guerra. Las fui devorando por puro aburrimiento, porque en aquel momento de mi vida apenas me atrevía a salir de casa. Se me había metido en la cabeza la idea de que, si pasaba demasiado tiempo fuera, luego no sabría regresar al templo de la fotografía y lo perdería todo. Locuras.

Mientras tanto, Kyser, al comprobar el éxito que tenían

mis postales eróticas, no tuvo más remedio que dejarme hacer. Además, le encantaba observar lo que sucedía en el estudio a través de un agujero que había hecho en una pared. Allí se pasaba las horas muertas, mirando y mirando. También era un jugador empedernido. Apostaba todo su dinero en el Kasino Alexander. Lo perdía todo y luego me presionaba para que le hiciera ganar más dinero. No entiendo cómo pudo hacerse socio de Bestatter, un hombre serio y honesto.

De Bestatter sabía que solo se dedicaba a revelar fotos en su cuarto oscuro. No hablaba con los clientes, ni se interesaba por el dinero que entraba o salía. Tampoco iba a restaurantes, a bares o al teatro. Al acabar la jornada, se dirigía cada noche a su casa y, como mucho, los domingos daba largos paseos por los parques para ver jugar a los niños. De vez en cuando, le gustaba hablar conmigo, pero solo en relación con las fotografías que hacía. Me dio grandes consejos sobre cómo suavizar la piel de las actrices utilizando filtros.

Una noche, al cerrar el garito, me pidió que le acompañara hasta su casa, lo que me sorprendió. Durante la mayor parte del trayecto permanecimos callados, él vestido con un austero traje negro y sombrero, yo con uno de tweed de segunda mano que me sentaba estupendamente. Mientras cruzábamos por la poco recomendable zona de Bullenviertel, todavía rebosante de gente a esas horas, sin venir a cuento decidió hablarme de su vida, pero sin mirarme una sola vez a la cara, como si caminara solo. Recuerdo que el suelo estaba salpicado de charcos en los que se reflejaba su alargada figura. De vez en cuando, un taxi nos pitaba o una prostituta reclamaba nuestra atención, pero todo eso fue quedando atrás. Las calles, las luces de neón, la intensa lluvia y los bares desaparecieron por completo.

—Nací en la ciudad de Metz —comenzó a decir, y yo pensé: «Madre mía, ahora me va a soltar todo el rollo sobre su vida». Sin embargo, a medida que hablaba, más me cautivaba su trágica historia—. Allí aprendí el oficio gracias a mi padre, Otto Bestatter, un verdadero pionero de la fotografía en la ciudad. Un hombre dedicado en cuerpo y alma a investigar los misterios del revelado. Tanto que su obsesión por obtener imágenes en color le llevó a gastar toda su fortuna en experimentos. Estaba convencido de que tratando las placas de cristal con un compuesto de sulfato de hierro amoniacal, mezclado con tintes de anilina, podría lograr que las fotos fuesen sensibles no solo al azul, sino también al verde y al rojo. Fracasó, lo que no solo llevó a la familia a la ruina, sino que también precipitó su suicidio. No sabe usted, joven, la cantidad de fotógrafos que han acabado con su vida —dijo, pensativo, mientras cruzábamos la calle y dejábamos atrás un grupo de borrachos que cantaban horriblemente mal—. Cuando murió, me hice cargo del establecimiento y también de las deudas, pero, como yo era un hombre trabajador, logré sacar el negocio adelante. Un año después, me casé con la mujer que había sido nuestra ama de llaves, la señorita Brandt. Con ella tendría luego dos hermosos hijos, Lukas y Mathilde. Todo sucedió el mismo año en el que comenzó la guerra.

Bestatter soltó un largo suspiro antes de continuar:

—Pero no teníamos ningún temor, porque sentíamos que

nuestro amor, de algún modo, nos protegía de la barbarie. Al fin y al cabo, ¿no éramos verdaderamente felices y eso nos hacía indestructibles? —dijo mirando hacia la luna, que en ese momento se abría paso entre unas nubes oscuras para luego desaparecer—. Teníamos una vida plena y el estudio iba muy bien. Había saldado las deudas y nuestros clientes eran fieles. Teníamos incluso tiempo para divertirnos, y cada mes realizábamos nuestro propio ritual: hacernos una foto junto al río Mosela. Mi idea era coleccionar esos momentos y confeccionar con ellos una serie de álbumes titulados «Una vida en familia». Sin embargo, el 27 de octubre de 1917 sucedió algo que no sé si seré capaz de contarle... y que trastocó por completo mi felicidad.

Bestatter cerró entonces los ojos y detuvo el paso unos segundos.

—Al igual que todos los domingos —prosiguió—, planté mi vieja cámara de fuelle Goerz Anschütz junto a la orilla del río. De fondo se divisaba el Temple Neuf, situado en un extremo de la isla de Petit-Saulcy. Alegre, situé a mis hijos, de dos y tres años, a los pies de la madre, formando con sus cabezas un triángulo perfecto en el aire que culminaba en el dulce rostro de Hanna, mi esposa. Entonces, escondido tras la cámara, retiré la tapa del objetivo y, tras comprobar el encuadre, tomé la foto justo en el momento en el que una tremenda explosión provocó que el suelo temblara. Mi primer instinto fue mirar hacia atrás, pensando que el estruendo procedía de allí, pero únicamente vi una lejana nube de humo. Sorprendido de que las tropas francesas se hallaran tan próximas, me volví hacia mi esposa para comentárselo, pero ella ya no se encontraba allí. Simplemente, había desaparecido junto con los niños. Pensando que se trataba de un juego, los llamé sin obtener respuesta. Entonces, mientras recorría nervioso de un lado a otro la orilla, sentí que algo extraño colgaba de uno de los árboles que había sobre nosotros, y allí..., allí entreví algo repugnante e informe que al principio fui incapaz de reconocer. No se lo puedo describir —dijo con la voz encogida por el dolor—. Murieron..., eso es lo que pasó, pero de la forma más horrible que uno pueda imaginarse —añadió frente al portal de su casa, un edificio de dos plantas con las ventanas tapiadas.

En aquel momento, observé a Bestatter y vi cómo la luz de la única farola que había en la calle iluminaba las lágrimas que rebosaban sus ojos sin llegar a caer: un ejercicio de funambulismo que hablaba de su incapacidad para manifestar el dolor que llevaba dentro. Cuando se tranquilizó, me confesó algo aún más perturbador. Tras haber tomado aquel retrato a su familia, quedó tan trastornado que comenzó a pensar que en realidad no habían muerto, sino que se encontraban todavía dentro de la placa fotográfica. Sin embargo, tras revelarla comprobó que no estaban allí. Únicamente se veía el río y la iglesia al fondo. Habían desaparecido por completo.

—Quizá le parezca que estoy loco, señor Becker —añadió—, pero a partir de aquel día, y cada vez que revelo una foto, no hago otra cosa que buscar a mi querida Hanna, a Mathilde y al pequeño Lukas. Sé que sus espíritus están ahí, esperando a que los revele. Y esa es la única cosa que me mantiene vivo. Lo demás me da exactamente igual, como puede comprender, y poco me importan los turbios negocios de Kyser, un antiguo amigo de la infancia. Aunque he de reconocer que, si no hubiera sido por él, yo ya habría acabado con mi vida —dijo mirándome a los ojos—. Como ve, señor Becker, ser fotógrafo es una profesión de riesgo.

Entonces me puso las manos sobre los hombros, pero con tal presión que casi hizo que se me doblaran las rodillas, y me ofreció un consejo que en aquel momento no comprendí en absoluto:

—Nunca, nunca fotografíe algo que ame.

Y desapareció en el interior de aquella casa tan triste y oscura como él mismo.

Por descontado, me quedé a cuadros con aquella demencial historia y, aunque respetaba a ese hombre, temía que su alargada y negra sombra se cerniera sobre mí. Soy un poco supersticioso con la gente que lleva semejante carga a sus espaldas. Dan mala suerte.

Afortunadamente, el destino aún me depararía muchas otras sorpresas, y el Fotografietemple no fue más que otra parada en el camino. Solo tuve que esperar unos meses, concretamente hasta el último día de febrero del año 1921, para ver cómo cambiaban las cosas. Aquella tarde, Anita, cada día más famosa gracias a su participación en películas y a su espectáculo de *Nackttanz*, en el que bailaba desnuda ante un fervoroso público, regresó al estudio con un nuevo amante. Se trataba de un director de cine, un tal Fritz Lang, cuya trayectoria yo desconocía por completo.

Anita le había hablado de mí de forma muy entusiasta y él había visto mis fotos. Al parecer, le gustaban sobre todo las que estaban ambientadas en el Lejano Oriente, un mundo por el que él sentía una especial debilidad. Lang había comentado a su amante que tenía curiosidad por verme trabajar, así que, aquel día, el tipo, vestido de frac y con su monóculo, se plantó en el atelier y me observó impertérrito. En ningún momento se fijó en los contoneos de su novia, y eso que ella buscó en todo momento llamar su atención. No, se fijó tan solo en cómo yo componía la escena con unas simples luces y unas sábanas desgarradas, a través de las cuales se mostraban las sugerentes formas de Anita. El juego de luces y sombras, pensé, debía de haberle interesado.

Cuando acabé la sesión, me dijo, levantándose de la silla:

—Quiero verle la semana que viene en el estudio.

—¿Qué estudio? —pregunté pensando que se refería a otro atelier de fotografía.

Lang entonces me miró como si yo fuera en verdad un retrasado mental y respondió con aspereza, casi dudando si debía retirar la invitación:

—En la UFA, idiota. Imagino que sabrá lo que es, ¿no?

Y yo respondí que sí, claro. Pero no tenía ni idea de a qué narices se refería.

5

Bill en el país de las maravillas

1922

La pensión en la que residí durante esos años era tan deprimente que parecía un vagón de tren abandonado. Tenía unas diez habitaciones distribuidas a lo largo de un inmenso pasillo, en cuyo extremo se encontraba el baño, tan lejano que podías morir de viejo antes de llegar a él.

La dueña del piso era la señora Putz, una mujer atormentada por su constante dolor de muelas y los males de Alemania. Según ella, aquellos dolores suyos, que curaba a base de meterse en la boca un algodón empapado en brandi, estaban íntimamente conectados con los problemas que asolaban al país: las huelgas, el paro, las rebeliones comunistas, la inflación, las deudas de guerra que había que pagar a Francia tras el humillante Tratado de Versalles... Todo. Su dentadura era algo así como el estado de la nación.

Si te pillaba en mitad del pasillo, algo bastante probable pues tenía un oído prodigioso, salía disparada de la cocina y te decía:

—Señor Becker, ¡hoy me está matando la muela del juicio! ¡Seguro que sube el precio del pan! Ya verá como acierto. ¡Mis muelas nunca mienten!

La señora Putz era, pues, una especie de pitonisa que, en vez de escrutar las señales en una bola de cristal, predecía el futuro según la intensidad de su dolor de muelas. Una cosa bárbara. Incluso me contó que había vaticinado el inicio de la guerra, porque, según ella, aquel día le habían sangrado muchísimo las encías.

—Pero mire, mire, señor Becker —dijo señalando hacia su boca—: ahora están tan sonrosadas como las de una muchacha de quince años. ¡Seguro que no vamos a tener más guerras en lo que queda de siglo!

Pero también me ayudó mucho durante aquellos años. Cuidó de mí como una madre preocupada por el chico que come mal y trabaja demasiado. En agradecimiento, la llevé en una ocasión al estudio y le hice un retrato vestida con sus mejores galas. Luego lo enmarcó y lo colgó en el recibidor de la casa, muy orgullosa. Se lo enseñaba a todo el que entraba.

En la pensión también hice mis primeros amigos en Berlín. Trabé una gran amistad con Joseph, el fabricante de juguetes comunista. Estaba como una cabra, pero era increíblemente mañoso. Se había afiliado al KPD, el partido de los espartaquistas, y se pasaba el día entero criticando a los socialdemócratas, que en aquel momento gobernaban a duras penas la República de Weimar, instaurada al final de la guerra tras el motín de los marineros y la abdicación del káiser Guillermo II. Pero, sobre todo, estaba obsesionado con la muerte de Rosa Luxemburg, dirigente del KPD asesinada en 1919. La habían matado los miembros del *Freikorps*, una milicia nacionalista que el gobierno republicano había utilizado para acabar con las revueltas comunistas, a las que temían más que a nada. Joseph, a pesar de su endeble aspecto, iba a aquellas manifestaciones armado con pancartas y banderas rojas, y siempre volvía con la cara hecha unos zorros. La señora Putz le curaba las heridas en la cocina, donde ella dormía, y le decía:

—Se va a meter en problemas muy serios, señor Zimmermann. ¡Un día me lo van a traer muerto! ¿Y qué haré entonces con usted?, ¿enterrarlo en la bañera?

Entonces, Joseph, que era un hombre menudo y que andaba siempre con las gafas torcidas, alzaba el puño y gritaba: «¡Viva la dictadura del proletariado!». Luego caía agotado.

Visité su taller en muchas ocasiones. La de maravillas que guardaba: cochecitos de bomberos que funcionaban con cuerda, soldaditos prusianos que caminaban solos con el pantalón bajado... Aunque su obra maestra era un circo romano. Mediante un complejísimo mecanismo, podías ver en la arena cómo un león se comía a un obrero mientras el público aplaudía. Según Joseph, aquel juguete suyo era una metáfora de la República de Weimar: burgueses que se divertían mientras el capitalismo engullía a los trabajadores.

Pero dejo ya la pensión y vuelvo a lo importante: mi llegada a la UFA. Fue entonces cuando mi vida dio un giro radical.

Yo era virgen en esto del cine. ¡No había entrado en una

sala en mi vida! En el pueblo no había ninguna, y luego vino la guerra y lo demás. Después, tampoco tuve curiosidad por ver películas. A veces echaba un vistazo a las carteleras y a los fotogramas que colgaban en la entrada de los cines. No me decían nada. Me parecía todo ridículo (una farsa), con aquellos actores maquillados y sus expresiones forzadas. Sentía rechazo, no sabía por qué. Sin embargo, después de hablar con Lang, me picó la curiosidad y, al día siguiente, me planté delante del Union Theater, que se encontraba en la misma avenida donde yo trabajaba. El sitio era tan majestuoso que imponía respeto. Tenía una fachada de templo griego, con sus columnas y su pórtico. Casi no me atreví a pagar la entrada. Había ido allí por la última película de Lang, *Der müde Tod* (*La muerte cansada*). Aunque el título no me atraía, me parecía necesario haber visto al menos una película antes de presentarme en los estudios.

La sala era inmensa, un bosque de butacas. Cabían allí cientos de personas, todas muy apelotonadas, fumando, con sombrero y elegantemente vestidas. Resultó una experiencia angustiosa para mí, porque me había acostumbrado a la soledad y apenas había tenido contacto con más de tres o cuatro personas al mismo tiempo. Tenía pánico de que, ocultos entre las sombras, hubiera toda clase de depravados y de locos. ¿Cómo podía saber que el tipo que respiraba directamente sobre mi nuca (como si no hubiera otro maldito lugar en la sala) no iba a apuñalarme? ¿O qué decir de aquel sonriente camarero que quizá quería envenenarme con uno de sus carísimos cócteles?

Cualquier cosa podía suceder en un sitio así, y más con las luces apagadas. Además, no tenía escapatoria. Para huir debía atravesar decenas de butacas, y bien podrían atraparme entre todos y tragarme.

Comenzó la película. Fue la cosa más extraña que había visto en mi vida. Las hojas de los árboles comenzaron a moverse en la pantalla, como si realmente estuvieran allí, sobre el escenario, pero eran planas y sin color alguno. Luego, transportada por un torbellino, apareció la muerte, con su marchito rostro, y, claro, solté un grito.

La sala entera se partió de risa y eso me tranquilizó. O sea, que no pasaba nada, me dije. La parca no estaba ahí, era solo una foto en movimiento. Después, continuó la película. Me costó seguir la trama, porque estaba demasiado pendiente de cada detalle: una puerta que se abría, un vaso que estallaba, una mano que se cerraba escondiendo algo entre los dedos o un edificio en llamas que no incendiaba la sala en la que estábamos. Por lo que entendí de la historia, un joven se había ido con la muerte a tomar unas copas. Un idiota, vamos. Luego, la novia, al no encontrarlo, preguntó a los lugareños si sabían dónde estaba y le respondieron que se había marchado al cementerio. Se dirigió allí angustiada y, frente a un inmenso muro, vio aparecer un ejército de espectros. Entre ellos estaba el noviete, que la había palmado. La novia, desesperada (yo creo que por tener un amante tan estúpido) y convencida de que el amor es más poderoso que la muerte, se tomó un veneno para rescatar a su difunto novio del más allá, algo bastante absurdo, la verdad. Para acceder al otro mundo, tuvo que subir por una interminable escalera enmarcada por un alargado umbral con forma de bala. Esa imagen me asustó, porque sentí que yo también caminaba con ella hacia esa tierra de difuntos. Temía encontrarme con todos mis amigos y que me llamaran traidor.

Durante su paseo, la chica se encontró finalmente con la muerte, un tipo con capa y sombrero de ala larga y un rostro que parecía cincelado en mármol. Los dos cruzaron una amplia estancia ocupada por miles de altísimas velas. Cada una de ellas representaba una existencia. Había que caminar con cuidado por allí, porque a cada paso podías apagar una maldita vida.

Después, la historia se complicó. Por lo que parecía, aunque de esto solo me enteré después de ver dos veces seguidas la película, la muerte había hecho un trato con la loca de la novia. Le mostró tres velas que estaban a punto de apagarse y le dijo que, si salvaba de morir a una de esas almas, le devolvía a su pimpollo. Ella respondió que de acuerdo, y entonces comenzó otra película dentro de la película, donde ella intentaba rescatar a su novio, que unas veces estaba en Arabia, otras en Venecia y unas últimas en China, durante distintas épocas de la historia. Pero siempre sucedía lo mismo: el tipo la palmaba y ella no lograba salvarlo.

Al final, en un giro que resultaba bastante absurdo, la muerte se compadecía de la chica y permitía que la pareja viviera junta en el más allá. Un desastre, vamos. Para mí, la parca había ganado con claridad, pero el director nos quería hacer creer lo contrario con un falso final feliz.

Una vez terminada la película, esperé a que todos se hubieran largado, y solo entonces me levanté de mi butaca. Fue una sensación única estar allí, sin nadie. Había una atmósfera densa, cargada con los pensamientos y las emociones de cada uno de los espectadores. Casi los podías tocar con la mano.

Durante un rato, me puse a reflexionar en lo que había visto. Aunque muchos episodios de la historia me habían resultado ridículos, en particular los personajes, ciertas imágenes se habían colado entre las junturas de mi cerebro y ya no querían salir de allí. También me fascinaron los trucos de ilusionismo que se mostraban en la tercera parte de la película, en la que se narraba la historia de un mago chino y sus ayudantes, dos enamorados. Había una escena en concreto en la que un diminuto ejército vivo, con sus caballos y sus soldados, todos del tamaño de un dedo, salía de una caja. Me dejó boquiabierto. No tenía ni idea de que se pudiera hacer algo así, y claro, al ver eso, mis fotografías me resultaron pobres. Con el cine podías crear otra realidad, otro mundo, parecido a este pero mucho más interesante.

Eso dio un vuelco a mi vida.

Una semana más tarde, Anita vino por fin a buscarme y me acompañó a los estudios de la UFA. Su entrada en la pensión fue triunfal, como todo lo que hacía. Llevaba un sombrero marrón tipo charlestón del que sobresalía una larguísima pluma de pavo real, un kilométrico collar de perlas y una fabulosa estola de piel de zorro blanco que le rodeaba el cuello. Jamás había visto cosa igual.

Nada más pasar, observó primero el largo pasillo, con las

paredes desconchadas por la humedad, y luego dirigió la mirada al suelo de baldosas rotas, por el que parecía haber trotado un elefante; no quedaba ni una sola entera.

—¡Qué lugar tan pintoresco, Bill! ¡Seguro que aquí vive gente muy interesante! —exclamó Anita mirando hacia las habitaciones, por cuyas puertas asomaron las cabezas de algunos inquilinos.

Anita, al verlos, saludó con la mano y me dijo:

—Pero debemos darnos prisa. El señor Lang nos espera y ya llegamos tarde. ¡Hoy tengo mi gran escena!

Justo en aquel momento, salió la señora Putz de la cocina, inquieta por haber oído una voz femenina en su casa. A modo de saludo, la actriz ofreció su blanca mano, engalanada con un anillo que sostenía una abultada turquesa. La dueña de la pensión, quien nunca antes había contemplado una mano tan bien cuidada, la observó primero con desconfianza, luego se acercó hacia ella como si fuera a olerla y, solo al final, tras secarse las manos con un trapo que siempre colgaba del cinturón de su gruesa bata marrón, la tomó con un gesto brusco.

—Un placer, señorita…

—Señorita Berber, Anita Berber. ¡Me encontrará en las revistas de moda!

Dicho esto, se dio la vuelta, bajó las escaleras y yo la seguí como un perrito faldero.

En la calle nos esperaba un impoluto Mercedes negro conducido por un chófer que iba mucho mejor vestido que yo: gorra, guantes de cuero brillante y un ajustado abrigo oscuro en el que destacaban unos botones dorados. Se trataba del conductor personal de Lang. Yo me senté en la parte de atrás y Anita, muy alegre, se acomodó a mi lado.

—¡A Neubabelsberg! —exclamó, desbordante de alegría.

El conductor se ajustó bien los guantes (daba la sensación de que más bien se disponía a estrangular a alguien) y arrancó el vehículo.

Anita, muy emocionada, me tomó de la mano y dijo:

—¡Verás cómo vamos a divertirnos! ¡Es un lugar maravilloso, fantástico!

Y yo, al sentir que tocaba mi mano, sufrí una sacudida tan fuerte que casi salté del asiento. Era como si hubiera metido los dedos en los agujeros de un enchufe.

—¿Estás nervioso, querido? —dijo Anita.

—Sí, un poco. Nunca antes he ido a un estudio de cine.

Pero aquello no era cierto. En realidad, estaba nervioso por la fascinación que me producía ella. Y no solo era por su cuerpo, al que ya había visto desnudo en muchas ocasiones, sino por su vitalidad y su forma de estar en el mundo, en un fascinante presente como si nada importara, como si no existiera la enfermedad, la muerte o el dolor. Ni siquiera el pasado.

Me habían contado muchas cosas acerca de Anita, y no todas eran buenas. Se decía que se había exhibido desnuda en teatros de toda Alemania con su espectáculo de *Nackttanz*. También sabía (me lo contó Kyser) que estaba casada con un director de cine, y que se acostaba con Fritz Lang, lo cual era una evidencia. Pero no me importaba. Ella era dulce conmigo y pensaba que yo también le caía bien.

Al cabo de casi una hora, llegamos a Neubabelsberg, donde se encontraban los estudios de la UFA, la empresa cinematográfica más boyante en aquel momento. Era un área aislada completamente de la ciudad, cerca de un bosque que había sido arrasado para poder construir los edificios. A primera vista, el lugar no me impresionó en absoluto. Más bien recordaba a una zona industrial con grandes y feas naves circundadas por un muro. Tuvimos que atravesar varios puestos de seguridad antes de acceder al recinto. Nada más bajarnos, nos topamos con un edificio de ladrillo de tres pisos de altura en el que, según me explicó Anita, se encontraban los despachos de los jefazos. También vi, muy próximo, una especie de invernadero de cristal en cuyo interior un equipo rodaba una escena que transcurría en la selva. Se podía distinguir a unos hombres con la piel pintada de betún y vestidos con taparrabos que bailaban alrededor de una gran marmita de la que salía abundante humo. En su frenético baile, empuñaban unas lanzas emplumadas.

A partir de aquel instante, aparecieron las más extravagantes y dispares estampas, igual que si un gran carnicero hubiera troceado el mundo y hubiera soltado los pedazos al azar sobre aquella ciudad del cine.

Nos encontramos con unos operarios que cargaban cerezos japoneses en flor, y otros que transportaban un león dentro de una jaula con ruedas en cuyo interior había también otro león de cartón. El animal vivo daba vueltas alrededor del león falso, desesperado porque su congénere no se movía. Vimos pasar a unos esquimales, y también a un ejército romano, cuyos soldados fumaban y reían en voz alta mientras cruzaban una calle medieval construida con edificios de cartón piedra, sin fondo alguno. Tras una de las fachadas de madera, descubrí una pareja besándose a escondidas. ¡La mujer iba vestida de hombre y él, de oso!

Pero lo más extraño fue visitar la «casa de accesorios», donde guardaban los restos de atrezo de las producciones anteriores que esperaban volver a utilizar. Entre los miles de trastos había una enorme luna subida a un carro con heno, así como partes de una caverna dentro de la cual se hallaban cientos de libros y de lámparas. Encima se podían apreciar los últimos pisos de un rascacielos, y detrás de las ventanas era visible el decorado de un desierto con dunas. Había también restos de un templo indio, una cabaña de los Alpes bocabajo y parte de la cabina de un avión. Una alta e inestable torre formada por sillas se apilaba junto a otra formada solo por bañeras.

Parecía el cuarto de los juguetes de un niño gigante.

Aunque quizá lo que más me impresionó del almacén fue la montaña conformada por cientos de maniquíes de la que sobresalía una maraña de manos y piernas. Parecían atrapados allí, y sentí un escalofrío al verlos, no sé por qué.

No había prenda, objeto o tipo de arquitectura (ya fuese asiática, americana o europea) que no se pudiera encontrar en ese mundo en miniatura que estaba supeditado a una sola ley: crear una ilusión en la pantalla.

Tras aquel largo paseo, accedimos el estudio central, el Gran Hall, situado junto a un enorme estanque artificial. Todos se quedaron boquiabiertos al ver a Anita. Incluso a mí me sorprendió su exagerada reacción. A un operario hasta se le cayó el café al suelo.

A su lado me sentía el hombre más importante del mundo.

El interior del estudio resultaba intimidante, porque no se le veía fin. Tendría ciento veinte metros de largo y unos techos tan altos que recordaban los de una catedral. En la amplia nave habían construido un teatro cabaret, con mesas para los espectadores (todos y cada uno de ellos elegantemente vestidos), los palcos y, por supuesto, el escenario. Lo que no comprendía era por qué habían gastado tanto dinero en una réplica de un lugar así cuando podían acercarse a Berlín y filmar en un cabaret auténtico.

Sobre el escenario, rodeado por decenas de técnicos, un hombre vestía una cazadora de cuero y una bufanda blanca. Destacaba entre los demás no solo por su monóculo, sino también por los gritos que pegaba.

—¡Lo repetiremos las veces que haga falta! —gritó Lang por un megáfono, a pesar de que tenía a los técnicos a un metro de distancia.

Un ayudante dio el aviso de que habíamos llegado. El director, cuya alargada cara enfureció aún más, de un ágil salto bajó a la platea y caminó hacia nosotros. Cuando llegó hasta Anita, ni siquiera la saludó.

—Llegas dos horas tarde.

—No encontraba la ropa adecuada, querido —respondió ella ante el asombro de Lang.

—¡Pero si tienes que salir desnuda en la escena!

—¡Por eso mismo, Fritz! —exclamó ella—. Pero qué poco sabes de las mujeres, tú precisamente...

Lang, rodeado de tanta gente, prefirió obviar el comentario, y lo único que hizo fue mirarme a mí como si no me reconociera. A continuación, se dirigió a la encargada de maquillaje, una anciana de pelo blanco con unas minúsculas gafas que rodeaban sus chispeantes ojos.

—Prepárala. Ya hemos perdido demasiado tiempo.

Mi decepción fue enorme. Lang no me había dirigido una sola palabra. Estaba claro que se había olvidado de mí.

Anita simplemente desapareció con la mujer. Y yo me quedé allí, como un trasto más, tratando de evitar los golpes de los operarios que transportaban mesas o que tomaban por el brazo a los figurantes y los colocaban en distintos sitios, igual que maniquíes.

Todo aparentaba un absoluto caos y, sin embargo, si te fijabas bien, te dabas cuenta de que cada trabajador tenía muy clara su función. Los electricistas movían los focos en el techo y el director de fotografía, Carl Hoffmann, se dedicaba a cambiar la cámara de posición una y otra vez hasta dar con el ángulo adecuado. Aunque los que más trabajo tenían eran los encargados de arte, que modificaban el atrezo según las indicaciones de Lang, el único director de orquesta.

En aquel momento, admiré de verdad que Lang hubiese sido capaz de imaginar esa escena en su cabeza. Aquella nave debía de haber estado antes completamente vacía, y él había elegido cada uno de los detalles que iban a darle forma. No había absolutamente nada que no fuese decisión suya, desde el collar de un figurante hasta el ritmo de la respiración de un actor. Era un perfeccionista, por no decir un obseso, pero a mí me fascinaba que pudiera tener las ideas tan claras y que no dudase un solo instante de sí mismo. Había dentro de él algo así como un fuego interior que marcaba sus pasos y que le proporcionaba una energía sobrehumana.

Sin embargo, tras él, como más tarde descubriría, todo quedaba abrasado.

La película, según me contó un fornido carpintero vestido con mono azul que me ofreció un trago de *schnapps*, un aguardiente muy fuerte típico de Berlín, se iba a llamar *Dr. Mabuse, der Spieler*. Trataba sobre un lunático criminal capaz de magnetizar con su mirada a sus víctimas para robarles el dinero o hacer que trabajaran para él.

—¿A que no sabe en quién se ha inspirado el señor Lang para crear el personaje? —me preguntó el carpintero, acercándome demasiado su cara agujereada por la varicela.

—Pues no tengo idea, si le soy sincero.

—Se encuentra entre nosotros… —dijo misteriosamente mientras miraba a un lado y a otro—. ¡Seguro que lo descubrirá pronto!

Dicho esto, dio un último trago, guardó la botella en un bolsillo de su mono y se largó sin decir más.

Antes de que regresara Anita, se filmaron dos escenas. La primera mostraba un trío en un palco (que en realidad estaba construido a ras de suelo) y la segunda era una desconcertante escena de baile. En ella, la actriz protagonista de la película, Aud Egede-Nissen, bailaba lanzando patadas al aire mientras unas cabezas gigantes con larguísimas narices (que sí, en efecto, recordaban dos penes monumentales) la perseguían por el escenario.

Solo después apareció Anita, descalza y únicamente vestida con una bata. Le habían puesto sobre la cabeza una ridícula peluca rubia con trenzas. Fritz Lang bajó en ese momento de una alta tarima donde había instalado una segunda cámara, dispuesta para filmar al público del cabaret, y se aproximó hasta ella con un libro entre las manos que le había traído rápidamente su ayudante personal, un tal Adler.

—Esto es lo que busco, señora Berber.

Lang le enseñó entonces la lámina de un cuadro en el que se veía a una mujer desnuda de largo cuello (más bien de ganso) con el cabello agitado por el viento. Se encontraba en el mar, sobre una gran concha. A su lado había diversos personajes; uno de ellos era una figura alada con los carrillos a punto de reventar y que parecía provocar el poderoso vendaval.

Anita miró como de pasada la ilustración y luego acarició el rostro de Lang.

—Lo que tú quieras, querido, pero no me llames señora. Lo odio.

El director entonces cerró el libro, se separó un par de metros de ella y dijo:

—A ver, muéstrame.

Y ella, sin pensárselo dos veces, se quitó la bata. De repente, el estudio entero enmudeció y todos miraron hacia

Anita o, más exactamente, hacia el lugar donde nacían sus piernas. Escandalizado, Lang gritó a la maquilladora:

—¡Dora! ¡¿Se puede saber qué es eso?! —Y señaló hacia el frondoso pubis negro.

—Pero, señor Lang...

—¡Quíteselo ahora mismo! ¡Rasúrela, por Dios!

Anita, enfadada, cerró la bata, apretando con fuerza el cinturón.

—Ni loca.

—Muy bien, pues entonces buscaré a otra. Una Venus no puede aparecer con semejante pelaje. Es obsceno.

—¡Como si fuera la primera vez que lo ves! ¡No sé de qué te asustas, Fritz!

Anita rio entonces con estridencia y Lang enrojeció al saber que todos en el estudio habían escuchado sus palabras.

Dora intervino:

—Quizá haya una solución, señor Lang. Podemos pegar un trozo de gasa que disimule el vello.

—Lo que sea —dijo Lang, que ya se marchaba para hablar con el director de fotografía.

Anita acercó en ese momento su boca hasta mi oreja y me proporcionó la primera lección de mi vida acerca del mundo del espectáculo:

—Así es el cine, Bill. Todo lo que parezca demasiado auténtico les repugna.

Se retiró a su camerino para, una hora más tarde, reaparecer sobre el escenario convertida en Venus. La colocaron sobre una gran concha completamente desnuda, aunque el pubis había desaparecido por completo, como si careciera de sexo. El rodaje del plano apenas duró unos segundos, a pesar de que había llevado varias horas prepararlo.

En mi cabeza resultó imposible entender nada de la secuencia que habían estado filmando. Era un galimatías cuyas piezas fui incapaz de unir. Yo estaba acostumbrado a hacer una foto y sugerir en ella mi historia, todo en el mismo encuadre, pero aquí era necesario rodar muchos fragmentos para construir con ellos la escena completa que únicamente el director tenía en la cabeza, igual que si guardara un gran secreto.

Cuando por fin acabó el día de rodaje, agotador, y antes de que Anita regresara del camerino, Lang, acompañado por su ayudante, Adler, un chico de mi edad pero tan rubio que casi parecía tener el pelo blanco, se acercó hasta mí.

El director me observó con su monóculo, que brillaba con fuerza bajo la luz de los focos, y dijo:

—Si le interesa lo que ha visto, puede ser mi segundo asistente personal. Necesito a alguien de absoluta confianza y Anita me ha hablado muy bien de usted. Pásese mañana por las oficinas y que le hagan un contrato.

Al oír aquello, me quedé tan impactado que ni siquiera le di las gracias. Lang salió de inmediato del estudio acompañado por su primer asistente, quien me lanzó una mirada de pocos amigos. Después, ya a solas en aquel inmenso hangar apenas iluminado por un par de focos, esperé impaciente el regreso de Anita para hablarle de mi éxito. Sin embargo, una súbita idea arruinó mi alegría. Más bien, una certeza. Acababa de darme cuenta de que me iba a ser del todo imposible trabajar allí porque carecía de cualquier tipo de identificación que permitiese formalizar el contrato. Hasta aquel momento, ocupado por sobrevivir, había olvidado por completo mi situación legal.

En realidad, yo no existía legalmente para la República de Weimar. Había muerto para Alemania en el año 1918. En algún lugar, dentro de un mohoso archivo, habría una ficha con mi nombre y mi cara y, sobre ella, un funcionario habría estampado un sello rojo en el que pondría: DESERTOR.

Casi podía sentir la tinta en mi cara. Y era indeleble.

6

El chico de los recados del señor Lang

1922-1923

No fue sencillo firmar un contrato estando muerto, y de nuevo tuve que sacar la parte miserable que hay en mí, porque cuando se trata de salvar el pellejo no me ando con tonterías. Soy un superviviente, y los supervivientes siempre saben lo que deben hacer. No dudan. Por eso no la han palmado antes de tiempo.

Después del encuentro con Lang, me despedí del estudio de fotografía a pesar de las protestas de Kyser. En la pensión, di vueltas y vueltas por mi habitación, completamente desesperado. No tenía ni idea de lo que podía hacer. Solo se me ocurrió ir al mercado negro para hacerme con un documento de identidad falso, pero no tenía ni de lejos el dinero necesario para poder pagarlo.

En aquel momento, mientras seguía estrujándome el cerebro, oí gritar a la señora Putz desde el pasillo. Salí a la puerta y vi cómo unos obreros traían a Zimmermann, el inventor de juguetes, en un estado lamentable, igual que si volviera del campo de batalla. Nos explicaron que unos ultranacionalistas le habían propinado una paliza tras reconocerlo por la calle. La señora Putz, al ver aquella cabeza bañada en sangre y envuelta en trapos, puso el grito en el cielo.

—¡Pero a quién se le ocurre traerlo aquí, majaderos! ¡Hay que llevarlo al hospital cuanto antes!

Los obreros se miraron los unos a los otros, se encogieron de hombros y cargaron de nuevo con el cuerpo de Zimmermann. Daba la sensación de que les hubiera dado lo mismo llevar un saco de patatas.

—¡Con razón hoy me dolían las muelas del juicio! ¡Y mira que se lo advertí, señor Becker! ¡De esta no sale! ¡No sale! —exclamó la señora Putz mientras se dirigía hacia el baño para limpiarse las manos manchadas de sangre.

Algunas gotas habían caído sobre el suelo y se filtraban a través de las grietas de las baldosas. Parecía que la tierra quisiese recuperar lo que era suyo.

Después, cada inquilino regresó a su guarida. Excepto yo. Todavía seguía impactado por la visión, que me había traído penosos recuerdos de la guerra. Cuando emergí de aquel estado (a veces me sucedía eso de quedarme tieso, ya fuese en la calle o en el trabajo, reviviendo algo dentro de mi cabeza), pasé junto al cuarto del comunista, cuya puerta estaba abierta de par en par. Miré hacia el interior y allí, milagrosamente iluminados por unos rayos de sol que se colaban por la ventana, divisé unos papeles sobre la mesa. ¡La documentación del pobre Zimmermann! En aquel momento tuve claro lo que debía hacer. Ya que a él no le iban a servir de nada, me dije, era mejor que yo les diera un buen uso. Así que no me lo pensé dos veces, entré en la habitación y tomé prestados los papeles.

A la mañana siguiente, me presenté en las oficinas de la UFA, que se encontraban en el centro de la ciudad, en la plaza Dönhoff, y hablé con una regordeta secretaria que me miró con una chispa de lascivia bajo sus gruesas gafas. Tras llamar al productor de la película, Erich Pommer, la chica me confirmó que, en efecto, el señor Lang quería hacerme un contrato como segundo asistente. Respiré aliviado al comprobar que no se había tratado de un error o de una broma de mal gusto.

—Necesito ver su documentación, señor Becker.

Al oír mi nombre, sentí un crujido en el vientre debido a los nervios, pero no tuve más remedio que continuar con la farsa y enseñarle mis papeles. Lo peor es venirse abajo en ese tipo de situaciones. Hay que seguir siempre contra viento y marea, y no perder nunca la compostura por mucho que estés soltando la más absurda de las mentiras.

La secretaria miró el nombre de la cartilla de identidad y dijo:

—Pero, señor Becker, aquí pone Joseph Zimmermann.

—Por suerte, la foto estaba tan manoseada que parecía más bien una mancha, la de un hombre sin rostro.

—¡Bill Becker es mi nombre artístico!, señorita…

—Eisner. Greta Eisner —respondió ella con la mejor de sus sonrisas. Mostró unos enormes dientes que parecían capaces de abrir un coco de un bocado.

—¡Es que pienso triunfar en esto del cine! —exclamé—.

Y lo primero de todo es un buen nombre, ¿no cree, Greta? —dije ladeando mi sombrero para luego apoyar los antebrazos en el alto mostrador blanco que nos separaba.

A su lado, otras secretarias, sentadas a sus mesas, sonrieron tímidamente y a buen seguro pensaron: «Qué chico tan apuesto, ¿será actor?».

Greta soltó una carcajada, casi un gorjeo, y me devolvió los documentos. Yo firmé ansioso el contrato como Joseph Zimmermann, un nombre que luego prácticamente supondría mi sentencia de muerte. Pero es que, en ocasiones, las nuevas identidades llegan envenenadas (es como jugar a la lotería; nunca sabes qué te va a tocar), aunque esto solo lo descubres cuando ya es demasiado tarde.

Mi relación con Lang, quién me lo iba a decir, duraría casi once años, quizá los más agitados de mi vida. No paré un segundo quieto, y ni siquiera recuerdo haber dormido. Trabajar con él era dejar por completo de lado tu existencia, tirarla a la basura y centrarte en cada uno de los deseos y caprichos de aquel genio que al principio reverencié y que luego odié como a ningún otro hombre.

Mi objetivo principal era aprender el oficio (la fotografía de estudio se había convertido para mí en algo pequeño y ridículo frente a las posibilidades del cine), pero lamentablemente no hice nada de eso. En el primer año, 1922, me convertí más bien en el chico de los recados de Lang. La culpa, pensaba yo, la tenía Adler Missgünstig, el primer asistente del director, un tipo envidioso (como su propio apellido ya indicaba) que no quería verme ni en pintura.

Ya me lo dejó claro el mismo día en que firmé el contrato. Después de presentarme ante Lang, el asistente me sacó del set (esa tarde estaban rodando la escena del asalto de la policía al cuartel general del doctor Mabuse) y me arrinconó en un almacén ocupado por maniquíes, extraños testigos de aquel atropello. Con ojos de perturbado, me espetó:

—No sé por qué demonios te ha contratado el señor Lang, pero quiero que sepas cómo funcionan las cosas aquí. Tú nunca, nunca, nunca —repitió clavándome el dedo en la nariz— te dirigirás directamente al señor Lang sin pasar antes por mí. ¿Entiendes?

—Claro que lo entiendo, Adler, pero no hay motivos para ponerse así. ¡No le voy a quitar el trabajo! ¡Por ahora! —añadí con una estúpida sonrisa.

Y eso fue lo último que debería haber dicho, porque era su principal temor. A punto estuvo de aplastarme la cabeza contra la pared. Por fortuna, Lang lo llamó con el megáfono y no tuvo más remedio que soltarme.

A partir de aquel día, me dediqué a recorrer Berlín de un extremo a otro. Unas veces iba al sastre para recoger un pedido (una gabardina hecha a medida, un frac, una camisa, lo que fuese) y otras me mandaba acompañar a una actriz. Una de mis principales ocupaciones fue suministrar a Lang unas sospechosas pastillas azules que tomaba sin parar durante los largos rodajes, que se prolongaban entre doce y catorce horas diarias. Solía ir a buscarlas a su casa, situada en el número 52 de la calle Hohenzollerndamm.

Allí fue donde conocí a su esposa, Thea von Harbou, con quien Lang se había casado recientemente. Procedía de una familia noble, algo que se le notaba tanto en el aspecto (vestía de forma distinguida aunque sencilla) como en la manera de hablar, muy educada y comedida. Sin embargo, no se le había subido a la cabeza su posición y era una mujer amable con todos, incluso con los más desfavorecidos, algo inhabitual en aquella época. Una lástima que luego se convirtiera en una jodida nazi, porque Thea von Harbou tenía un enorme talento como guionista. Sin ella, era sabido, Lang no hubiera sido capaz de crear esas películas tan asombrosas.

Durante aquellos años, formaron una de las parejas más glamurosas del momento. Eran la *crème de la crème* de Berlín. ¡La pareja ideal! ¡Todos querían conocerlos! Los columnistas de la ciudad seguían cada uno de sus movimientos. Si iban al estreno de una obra de Max Reinhardt, al boxeo y al Horcher a comer patatas con caviar, o, algo más absurdo aún para mí, si asistían a la *Sechstagerennen*, una carrera ciclista de seis días dando vueltas en un velódromo, siempre había algún periodista merodeando a su alrededor.

La pareja, además del cine, compartía muchas otras aficiones, como se podía observar en la decoración de su casa, más bien un museo ideado para impactar a los visitantes. En el interior podías encontrar esculturas procedentes de la Polinesia, máscaras africanas, cuadros de artistas famosos como Egon Schiele (por el que Lang sentía una gran predilección), grabados, figuritas de marfil, alfombras, etc. A los dos, ya se veía, les chiflaba lo exótico. Incluso tenían un salón que llamaban el «gabinete de las mil delicias», donde guardaban sus más preciosos tesoros: porcelanas y bronces chinos, voluptuosas esculturas indias, budas de madera, rollos de pintura orientales que colgaban de las paredes... Aunque el objeto estrella de la casa eran unas cabezas humanas traídas de no sé dónde y que te miraban con una expresión de desesperanza que luego no se te borraba de la memoria. Pero a ellos (a los ricos) les hacían gracia ese tipo de cosas. A un currante jamás se le hubiera ocurrido tener algo así en una vitrina. Lo hubiera echado al caldero.

Después de hacer tantas visitas a la casa, ya fuese a por las dichosas pastillas o para buscar un libro sobre pintura que necesitaba el señor director para idear una escena, acabé por hablar durante largos ratos con Thea. Ella solía preguntarme cosas sobre la guerra, de la que Lang nunca contaba nada, a pesar de que fue condecorado por su heroicidad y ascendido a teniente. Al parecer, le encantaba mi absoluta sinceridad y mi forma descarnada de describir la vida en las trincheras. O quizá yo era para ella simplemente otro objeto exótico más de su extravagante colección.

Recuerdo en especial cuando le conté una de mis mejores anécdotas, la de Tom el Cagaprisas, un compañero de trinchera. Aquella tarde nos encontrábamos los dos recostados (más bien, ella tumbada y yo tieso, nervioso) sobre una llanura roja formada por varias *chaises longues* y muchos cojines. De la pared colgaba una inmensa alfombra decorada con dragones chinos y, a nuestro alrededor, merodeaban tres gatos blancos que, no sé por qué, sentí que me vigilaban, como si ellos fueran los ojos del gran Lang.

—Entonces, Tom el Cagaprisas —le conté, muy metido en la situación—, sin poder aguantarse más, se alejó unos metros de la trinchera, se bajó los pantalones y, cuando comenzó a notar que al fin podía descargar su vientre, sintió que de repente aquella cosa, según salía, se estaba poniendo demasiado rígida.

—¿Tanto frío hacía? —preguntó ella, mirándome con aquellos ojos claros. Ese día tenía el pelo recogido con tal primor que parecía llevar un casco dorado.

—¡Veinte grados bajo cero! Yo creo que hasta las balas dejaron de volar porque se congelaban en el aire. Horrible. No había forma de soportarlo y teníamos que acurrucarnos los unos contra los otros, igual que conejos en una madriguera. Pero sigo con el pobre Tom. El chico estaba indeciso, claro. No sabía qué hacer, si volver a la trinchera o tomar esa cosa entre sus manos y arrancársela del culo como si fuera un nabo.

—¿Y qué hizo Tom?

—Pues fíjese, señora, que al final no hizo ni una cosa ni la otra. Decidió subirse los pantalones y se tumbó bocabajo con aquel bulto asomando por la tela del uniforme. ¡Casi le pegan un tiro!

—¡No puede ser!

—¡Se lo juro! ¡Jamás miento con las cosas de la guerra!

Entonces, la guionista de *Metropolis*, imaginándose la escena, se cubrió la boca con la mano y rio hasta que se le saltaron las lágrimas.

Porque ¿hay algo más bonito que hacer reír a una mujer? No lo creo.

También tuve mucho contacto con ella durante el rodaje de *Die Nibelungen*, que justamente comenzó a finales de aquel mismo año y que se prolongaría gran parte de 1923. Ella solía visitar el estudio con regularidad, ataviada con su vestido gris púrpura (se vestía de una forma distinta para cada película, una especie de superstición), y ayudaba a preparar las comidas calientes para los trabajadores. ¡Incluso pelaba patatas! Toda una heroína.

Fue durante aquellos meses cuando descubrí quién era realmente Lang, un hombre sobre el que las malas lenguas cuchicheaban numerosas historias, desde que le iba el sadomasoquismo hasta que había asesinado a su primera esposa. Pero yo no creía nada de eso y consideré que eran fruto de la envidia. Para mí se trataba del cineasta con más talento del mundo (quizá junto con Murnau, del que también comencé a ver películas) y, sin duda, el más ambicioso.

En aquel momento de mi vida, yo aceptaba como dogma de fe cualquier cosa que hiciese él. Y pensaba que los directores debían ser así: hombres implacables cuya única misión era concluir su película, sin importar los medios de los que se sirvieran.

Lang era una persona especialmente metódica y obsesiva, algo que se veía en sus guiones, verdaderas biblias repletas de indicaciones sobre la puesta en escena, las luces, la posición de la cámara y la dirección de actores. Nada podía quedar al azar o fuera de su férreo control personal, una actitud que provocaba fuertes encontronazos con todos los departamentos, en particular con la gente de arte, a los que obligaba a construir gigantescos decorados siguiendo cada una de sus meticulosas indicaciones.

Aunque el que más sufrió debido a sus megalómanas exigencias fue el productor, Erich Pommer, un hombre en realidad bastante permisivo con Lang. Sabía por experiencia que era mejor no contradecir al gran director, ya que cualquier oposición se la tomaba como una ofensa personal. Esto se notaba sobre todo cuando discutían en el estudio. Pommer se mostraba entonces muy inquieto y ni siquiera era capaz de mirar al director a los ojos. Seguramente temía que Lang pudiera fulminarlo lanzando un rayo a través de su monóculo.

Pero creo que todos lo temíamos. ¡Ese maldito monóculo daba miedo! Yo estaba convencido de que no tenía ningún problema en el ojo y que tan solo lo llevaba para resultar inquietante.

En realidad, al doctor Mabuse…, quiero decir, a Lang le excitaba enormemente trabajar en el estudio, porque le permitía crear para sí un mundo ideal (eso era la UFA, un lugar donde tenía un poder absoluto), gobernado por las leyes que él mismo había impuesto. Era un verdadero dictador que no rendía cuentas ante nadie. Pero, claro, sus criaturas no estaban a la altura de su mundo ideal, especialmente los intérpretes. Siempre trataba de controlar cada uno de sus gestos, movimientos y expresiones, aunque sin éxito. Si hubiera podido, se habría introducido en sus cabezas con unas tijeras y habría arrancado la poca voluntad que les quedaba.

Así, más que dirigir actores, lo que hacía Lang era manejarlos como marionetas, sin ofrecerles un espacio libre o un resquicio para la improvisación, todo lo opuesto a lo que yo haría más adelante.

Durante el rodaje de *Die Nibelungen*, el señor director se presentaba a primera hora en el estudio, vestido con sombrero, corbata, camisa blanca y unos bombachos. Sin nadie que le molestara, marcaba en el suelo con tizas de colores cada uno de los movimientos de los actores, igual que si fuera una sesión de baile. A mí eso me dejó impresionado. ¿Cómo era posible visualizar de forma tan precisa lo que los intérpretes debían hacer?

Después, cuando el actor ya estaba preparado en el set (en este caso, Paul Richter, que hacía de Sigfrido, el atontado héroe de la primera parte de *Die Nibelungen*), le decía:

—Venga. Ahora caminas: uno, dos, tres, cuatro, y giras la cabeza cuarenta y cinco grados hacia abajo. Uno, dos, tres, te arrodillas, subes la barbilla, hablas, bajas los ojos (¡pero los dos, no uno!) y cierras el puño. ¡No, así no! Cierra el puño poco a poco, lentamente. Piensa que estás retorciéndole el cuello a una gallina.

—Nunca he estrangulado a una gallina —respondió inocentemente el actor, que iba con el torso desnudo y de cintura para abajo solo vestía una ridícula falda confeccionada con pieles.

—¡Pues que alguien le traiga una! —gritó a Adler, quien se quedó desconcertado por la petición—. Tienes que sentir que estás matando algo. ¡Deseas vengarte!

Entonces, el hombre, azorado, dijo humildemente:

—Déjeme intentarlo otra vez, señor Lang. Sé que puedo hacerlo.

Y no solo lo intentó una vez, sino que esa escena (siempre rodada con dos cámaras a la vez) se repitió veinte o treinta veces, hasta la extenuación. A los miembros del equipo nos parecía que siempre hacía exactamente lo mismo, pero Lang podía ver más allá, como si tuviera rayos X. Era capaz de apreciar detalles que nosotros éramos incapaces de ver.

Por supuesto, para los actores, esa forma de trabajar resultaba una tortura, porque carecían de la más mínima libertad y quedaban exhaustos cada día de rodaje. Los horarios eran infernales: salían de casa a las cinco de la mañana y regresaban a las diez de la noche. Además, Lang no permitía ninguna clase de insubordinación. Él era quien mandaba y, si te pasabas de la raya, tomaba represalias en tu contra de una forma o de otra: te humillaba ante los demás o te obligaba a repetir el mismo movimiento cientos de veces. Eso mismo le sucedió a uno de los intérpretes principales de la segunda parte de *Die Nibelungen*.

En una escena, el actor Hans Adalbert Schlettow tuvo que cargar con el cuerpo de otro actor —que pesaba setenta kilos— mientras descendía por unas escaleras que eran pasto de las llamas (reales) no sé cuántas veces. Pero a Lang, ese día, le disgustaba cada toma. El intérprete, frustrado y agotado, finalmente estalló y gritó al director que si le estaba tomando el pelo, que él era un profesional. De nada le valieron las quejas, porque tuvo que seguir repitiendo el mismo movimiento una y otra vez hasta caer extenuado a los pies de Lang. En la siguiente escena (todos pensamos que lo hizo como venganza por su insubordinación), el mismo actor tuvo que soportar —únicamente protegido por su casco y su escudo— que le cayeran troncos ardiendo procedentes del techo del castillo.

Así fue.

Al igual que los demás directores que he conocido, Lang también tenía una frase favorita de la que estaba muy orgulloso y que solía repetir durante las entrevistas: «Solo me interesa filmar cosas auténticas». Sin embargo, para mí, esa declaración resultaba absurda, porque su película hablaba precisamente de un mundo de fantasía. La historia —muy del gusto de Thea von Harbou— narraba una antigua leyenda germana con capas mágicas, enanos y dragones, en la que el héroe, Sigfrido, se enamora de una princesa, Krimilda. Pero, para tenerla, debe ayudar al hermano de la chica, el rey Gunter, a conseguir para él la mano de la guerrera Brunilda, reina de Islandia. Finalmente, todo acaba como el rosario de la aurora y, tras el asesinato del buenazo de Sigfrido, Krimilda jura venganza contra los homicidas.

Pero aquello no tenía nada de real. De hecho, lo que fascinaba a Lang era filmar el sufrimiento de los actores. Esa era para él la auténtica verdad.

El rodaje de *Die Nibelungen* se prolongó nueve largos meses, y fue extraño ver cómo, durante una época de hambre, paros, saqueos, huelgas y problemas ocasionados por las indemnizaciones de guerra (¡había que pagar hasta con neumáticos usados!), Lang logró dar forma a su propio universo, construyendo castillos, palacios y bosques de piedra artificiales. Nada era poco para él. Quería un mundo propio y allí se lo ofrecieron en bandeja.

Y aunque parezca absurdo, yo quise formar parte de él. Sabía que se estaba cociendo algo grande y no quería perdérmelo. Por eso, harto ya de mis vagabundeos, decidí hablar claro con Lang sobre mi situación y exigirle que me diese trabajo al menos como tercer o cuarto ayudante de cámara. Me daba igual el puesto.

Aquella mañana, el equipo se encontraba rodando en exteriores, en la zona de Rehberge, un lugar deshabitado y rodeado por colinas y bosques. Lang iba montado en un espectacular caballo blanco desde el que dirigía a cientos de extras disfrazados de hunos. Cuando bajó del espléndido animal, después de haber ensayado la escena del asalto al castillo, frente al que nos encontrábamos, le vi discutir acaloradamente con el productor. Por los gritos que daban, entendí que el director exigía más extras y más caballos, pero el productor se negaba a gastar más dinero.

Sabía que no era el mejor momento para dirigirme a él, pero yo ya estaba de vuelta de todo. No quería seguir haciéndole los trabajos sucios, como ir a la lavandería o buscarle chicas con las que acostarse. Para mí, el colmo fue tener que ir a la zona de Bullenviertel, donde daba miedo entrar, y conseguirle un poco de cocaína para sus fiestas. Además, luego ni siquiera me llevaba el mérito, porque después tenía que entregar la mercancía al maldito Adler. Por ese motivo, aquel día me planté delante de él con toda la cara del mundo, mientras el director sorbía un café. Un cigarro colgaba de su boca, signo de que estaba de mal humor. Sus ayudantes sabían que, dependiendo del grado de erección del cigarro, uno podía dirigirse o no al señor director. Y ahora lo tenía de capa caída.

—Señor Lang, quiero hablarle de algo.

—Lárguese —dijo sin mirarme.

—No —respondí secamente—, no me largo.

Y aquel simple «no» ya captó su atención. Por su cara de asombro, vi que no podía creer que a él, el rey de la UFA, alguien le respondiera con aquella palabra prohibida: «No».

—¿Cómo? —dijo mirándome con su monóculo, del que comenzó a surgir un haz de luz roja, o eso me imaginé, viéndome ya fulminado.

—¿Para qué demonios me ha contratado? —pregunté, irritado—. ¿Solo para hacer recados?

—¡Váyase con sus exigencias a otra parte, señor Becker! En estos momentos tengo problemas mucho más importantes que atender. ¡Quieren robarme la escena! ¿Acaso cree usted que esta película sería la misma si no viésemos a un verdadero ejército de hunos cabalgando? ¡No! Y ese cobarde de Pommer me la quiere quitar, así que sí, ¡lo suyo me importa poco! —exclamó mientras se revolvía en la silla plegable en la que estaba sentado.

—Señor director —insistí, ahora más calmado—, entiendo sus problemas, pero llevo un año dando vueltas como un idiota y yo valgo para esto, de veras que lo sé. Ha visto mis fotos y sabe que son jodidamente buenas. Por eso me contrató, ¿no?

Lang me miró entonces con su cara alargada y sus ojos grises, y me contestó con calma, lo que me infundió más miedo aún.

—Señor Becker, no lo contraté solo por sus conocimientos de fotografía. Como comprenderá, para eso ya tengo en mi equipo a verdaderos profesionales. Lo contraté también por otros motivos.

—¿Qué motivos? —pregunté sin entender nada.

Lang entonces se levantó del asiento y se aproximó tanto a mí que pude sentir su aliento en mi boca.

—Lo contraté porque sé que puedo exigirle lo que quiera —dijo sonriendo y con el cigarrillo tan alzado que casi le tocaba la punta de la nariz.

—¿Y por qué demonios piensa eso? —pregunté indignado, olvidándome de que tenía delante al hombre que podría arruinar mi carrera en el cine para siempre.

El director me miró entonces con una expresión de superioridad que me dejó desconcertado.

—Porque sé que usted es un desertor, señor Becker.

Al oír aquella palabra, me quedé completamente helado. ¿Cómo podía saber aquello? ¡Era imposible!

—De todos modos, si insiste —continuó al ver que yo era incapaz de articular una palabra—, la semana que viene comenzaremos con nuevas escenas en el estudio y necesitaremos a alguien con su talento. Adler se encargará de ayudarle.

Dio entonces otro golpe con su varita en el aire y gritó una nueva orden con el megáfono:

—¡Atención!

Y el mundo se puso en marcha de nuevo.

7

Dentro del dragón

1923-1924

Hay una cosa que me he dejado en el tintero: me acosté con Anita Berber, pero solo sucedió en una ocasión, cuando me pidió que la acompañara a su casa después de una sesión de fotos. Dijo que no se encontraba muy bien y yo, claro, muy caballeroso, me ofrecí a llevarla a su apartamento. Allí nos tomamos unas copas, un poco de jerez, charlamos amigablemente, nos sonreímos, nos miramos y tonteamos en el sofá igual que dos adolescentes. Al verla sentada a mi lado, con aquella tenue luz rojiza que le iluminaba el rostro y vestida tan solo con un kimono japonés, no pude resistirme y me lancé sobre ella. Y entonces, milagro, Anita no me rechazó, sino que compartió su cuerpo, y creo que también su alma, conmigo. Fue un momento único, porque su calor y su fragancia me envolvieron por completo y sentí que poco a poco me iba disolviendo dentro de ella. Pocas veces en mi vida he vuelto a experimentar algo semejante, y eso que he estado con unas cuantas mujeres; pero Anita tenía algo especial, aunque no sé muy bien qué era.

Y supongo, creo, o más bien temo, que fue esa noche cuando debí de irme de la lengua, aunque no lo recuerdo con claridad. Estaba embriagado, confuso, feliz, y me parece que aproveché aquellos momentos para sacar de mí toda la miseria que llevaba encima. Esconder tantos secretos resulta abrumador; es como acarrear una pesada caja fuerte en tu pecho que te impide respirar con normalidad. Los secretos te hacen jadear, te agotan hasta que no puedes más y sabes que debes sacarlos fuera o caerás redondo y no habrá quien te levante.

Pero el problema es que las lenguas son largas y pegajosas, y siempre encuentran otra boca donde meterse y contar tus secretos. Y Anita, no sé si con mala intención, le soltó aquello a Lang, y el muy cabrón me tuvo agarrado por los huevos durante los siguientes siete años. Me chantajeó hasta que ya no pudo sacar más de mí.

Tal y como prometió, el señor director permitió que asistiera al rodaje de *Die Nibelungen*. Sin embargo, no fue como yo habría previsto (una vez más) y, cuando me presenté allí, Adler se me acercó como si fuera mi mejor amigo y me dijo:

—Tengo un trabajito muy especial para ti. Por fin vas a conocer el cine desde dentro. Ya verás qué bien.

Y aquello de «desde dentro» fue en verdad literal. Esa semana tocaba rodar la famosa escena del dragón, cuando el tonto de Sigfrido asesina a la pobre criatura, que no había hecho otra cosa sino beber tranquilamente de un arroyo. Un salvaje, qué queréis que os diga. Para dar vida al animal, habían construido una bestia mecánica de veinte metros de largo que se movía siguiendo las precisas indicaciones del director. El dragón era así para él un actor perfecto: sin cerebro, dócil y mecánico.

Dentro de la estructura había ocho hombres que lo accionaban. Cuatro se encontraban en la parte superior, escondidos en el interior del enorme torso, y se encargaban de mover el cuello, las patas y la cabeza, mientras que el resto, los esclavos, nos quedábamos debajo del cuerpo, en el interior de una alargada zanja, con el vientre del animal como techo. Nuestro trabajo consistía en empujar una pesada estructura con ruedas que permitía arrastrar al dragón entero.

Allí dentro hacía un calor insoportable, no había apenas luz y siempre teníamos sed. Si el rodaje hubiera durado un único día, no habría sucedido nada, pero tuvimos que mover el dragón durante dos semanas, llevando al animal de un lado a otro, adelante y atrás, atrás y adelante. Incluso teníamos un teléfono que servía para comunicarnos con el mundo exterior y recibir instrucciones. A fuerza de pasar tantas horas en el vientre de la bestia, llegué a sufrir alucinaciones; pensaba que me hallaba dentro de una de las galerías que habíamos excavado durante la guerra y temía encontrarme con una rata gigante con bayonetas en vez de dientes y sables en lugar de bigotes. Entonces gritaba de terror y uno de mis compañeros, para consolarme, me ofrecía un trago de *schnapps* caliente.

Cuando finalizaba cada jornada, siempre de noche, sentía como si saliera de una cárcel para meterme en otra. Estuve todos aquellos días sin ver siquiera la luz del sol, en un estado de confusión permanente. Cuando despertaba, de noche también, no hacía otra cosa sino dirigirme de nuevo al estudio y meterme dentro del dragón junto con los demás compañeros, simples obreros en paro que comían y bebían más de la cuenta para poder soportar las duras jornadas. Podía saber cada día lo que habían almorzado gracias a los gases que, debido al esfuerzo, abandonaban más pronto o más tarde sus graciosos cuerpos alemanes. Si alguien hubiera prendido una cerilla, habríamos salido volando.

A punto estuve de renunciar y largarme. ¿Qué iba a ganar con aquello? ¿Para qué dejarme maltratar? Pero no lo hice. Estaba de algún modo atado al cine, como si fuera una droga. Todavía sigo sin entender el motivo. No lo pasaba bien, apenas aprendía algo, no tenía amigos, ganaba poco y, sin embargo, volvía cada mañana y hacía mi trabajo. De algún modo, necesitaba alimentarme con aquello y no concebía mi vida lejos del estudio. El verdadero infierno era regresar a la vida normal y enfrentarme a un vacío lleno de preguntas sin responder.

Una vez rodada la escena, Lang volvió a hablar conmigo a solas y me citó en su casa al día siguiente. Lo del dragón, entendí, había sido solo un pequeño castigo debido a mi insolencia, nada más. En realidad, me necesitaba para cosas mucho más importantes.

Creo que he mencionado que corrían diversos rumores por Berlín acerca de las extrañas circunstancias en las que había muerto la primera esposa de Lang, cuyo nombre nadie sabía. Al parecer, se había suicidado después de haber sorprendido a Thea von Harbou y a Lang liándose en su nuevo apartamento (a pesar de que todavía estaba casado, el director había decidido irse de casa). Tras pillarlos con las manos en la masa, la mujer, desesperada, se escondió en el cuarto de baño y se pegó un tiro en el pecho. Fue un verdadero escándalo en su momento —sucedió a finales de 1920— y se habló incluso de homicidio. Se decía que la pareja había tardado demasiado tiempo en pedir ayuda mientras la mujer se desangraba penosamente en la bañera. Además, la pistola, una Browning, pertenecía al propio Lang. También resultó sospechoso que Lisa Rosenthal, pues así se llamaba la mujer, se disparase en mitad del pecho en una postura un tanto forzada. A pesar de todo, la policía no quiso llegar al fondo del asunto (los poderosos siempre se protegen entre sí y Lang era uno de los artistas más valorados de Alemania), por lo que terminó olvidándose la historia de la exmujer. Solo quedaron pululando rumores que, dependiendo de cuánto se odiase a Lang, decían una u otra cosa.

Cuento esto porque Lang me había citado para que lo visitara en su casa. Aquella noche, Thea von Harbou no se encontraba presente y tampoco había nadie del servicio doméstico, por lo que pensé: «Esto es más chungo de lo que imaginas, Varick, Bill, Joseph o como quiera que te llames ahora».

Antes de llegar a su despacho, atravesamos zonas que desconocía de la casa: una sala con una barra de bar metálica en la que Lang engatusaba a sus invitados con sofisticados cócteles y una biblioteca con un billar tan inmenso que parecía un prado con la hierba recién cortada. La oficina donde trabajaba, con salida a una terraza, estaba presidida por una mesa de madera ocupada por torres de papeles y libros. Una especie de *Metropolis* en miniatura.

Lang se sentó tras ella y encendió un cigarrillo. Me situé frente a él, sumido en las sombras. El director continuó contemplándome durante un largo rato hasta que al fin apagó el cigarrillo con brusquedad. Entonces, una nube de humo le ocultó el rostro durante unos extraños segundos en los que pensé, cómo no, que su cara se iba a transformar de un momento a otro en la de alguno de sus tenebrosos personajes.

—Necesito que me ayude con algo, señor Becker —dijo a la postre.

—Lo que sea —respondí muy solícito—. ¿Está pensando en un nuevo proyecto, señor Lang?

—No le he citado aquí por eso.

—Ya veo. Entonces me debe de haber invitado a cenar, aunque no veo a los demás comensales. ¿Los tiene escondidos? ¿O son esos dos que hemos dejado atrás? Aunque les vendría bien ir antes al peluquero o, al menos, recuperar el resto del cuerpo —respondí muy nervioso y, por tanto, propenso a hablar demasiado. Me refería, claro está, a las dos cabezas disecadas.

Lang me miró. Sin reírse, por descontado.

—Seré claro. Necesito que se deshaga por mí de unos documentos comprometedores. No se trata de algo peligroso. Solo tiene que entrar en un archivo, coger un expediente y traérmelo aquí esta misma noche.

—No hay problema, señor Lang —respondí pensando que, al fin y al cabo, aquello no parecía nada del otro mundo. Por un momento había creído que me pediría asesinar a alguien o algo así, y yo no soy un asesino. Solo maté en la guerra y con los ojos cerrados. Detesto la sangre.

—¿Y adónde tengo que ir? —pregunté.

—A la Jefatura de la Policía de la Alexanderplatz.

Me quedé a cuadros.

—¿Cómo? ¿Al edificio de la policía? ¿Está usted loco?

—No estoy loco, señor Becker, me considero una persona bastante cuerda. Ya está todo preparado. Es solo entrar y salir. Le aseguro que nadie le va a molestar.

—¿Y por qué no los coge usted mismo?

—Como se puede imaginar, sería muy imprudente por mi parte hacer algo así. Tampoco mis colegas de la policía quieren arriesgarse a hacerlo ellos. Sería un delito.

—¿Y no lo sería para mí?

—Según cómo se mire. Usted, en verdad, no existe, por lo que, en verdad, no puede cometer delitos.

—¿Qué clase de documentos son esos? —pregunté, ignorando el comentario.

—Eso no es de su incumbencia. Usted preséntese allí, suba al sexto piso, camine por el pasillo de la derecha y acceda al archivo. Busque mi apellido y extraiga el expediente. Ya está. Pero le advierto, señor Becker, que si se le ocurre leer uno solo de esos papeles, lo pagará muy caro. Y no trate de engañarme, porque, cuando le mire a los ojos, sabré perfectamente si lo ha hecho o no.

Y lo entendí, así de repente; entendí que Lang era el doctor Mabuse y que, al igual que este, tenía unos poderes hipnóticos que se concentraban en su temible monóculo.

—Pero, señor Lang, si me descubren, me van a meter en la cárcel —protesté sin mucha convicción.

—¿Prefiere que avise a las autoridades acerca de su deserción? Estoy seguro de que será peor.

Me callé, porque sabía que tenía razón.

—¿Qué responde?

—Pues qué quiere que le diga, lo haré, no me queda otra. Pero no me gusta nada todo esto y espero que sea la última vez que me pide hacer algo así.

—Sabía que usted era un hombre razonable —respondió.

En aquel momento me dieron ganas de abofetearlo, de pisar su monóculo y de prender fuego a las máscaras africanas, luego a los cuadros que tenía y por fin a las cabezas humanas, que arderían de maravilla. Un fuego tan intenso como los que a él le encantaba provocar al final de cada rodaje (era, en verdad, un pirómano en potencia). Así lo hizo en *Die Nibelungen*, lanzando una flecha en llamas contra el decorado del castillo, lo que provocó un fuego enorme y descontrolado. Era en esos momentos cuando podías entrever al verdadero Lang: un director que creaba a partir de la destrucción que iba dejando atrás.

¿Qué hice entonces? Pues hice lo que me había mandado. Podía haberme escapado a otra ciudad y no haber sabido más de él. Quizá me hubiera denunciado, aunque dudo mucho que luego me hubieran encontrado. También podría haber regresado a Suiza, pero estaba atado a Berlín y al cine. Quería seguir, aunque no supiera lo que me encontraría al final del camino. Necesitaba estar activo, en continuo movimiento, sin pensar, y el cine me lo permitía.

Me ayudaba, en definitiva, a situarme más allá de la realidad.

En la calle ya me esperaba el siniestro chófer de Lang, de nuevo con su gorra perfectamente colocada y aquel grueso bigote que cortaba la noche en dos. Era un hombre que apenas hablaba y más bien parecía una pieza de la carrocería del automóvil. Yo estaba convencido de que en su interior solo había engranajes, pistones y cilindros, y que era gasolina lo que le corría por las venas, porque nunca lo vi fuera del vehículo. Siempre permanecía dentro, ahí sentado.

Y así, sin tener que decirle nada (él siempre sabía adónde debía dirigirse, incluso antes que uno mismo), me condujo hasta la Alexanderplatz.

Cuando llegamos, noté que por el camino había encogido debido al pánico. Estaba seguro de que el traje me quedaba enorme y que el sombrero, holgado, me cubría hasta las orejas. Convertido en un miserable enano, caminé hacia la entrada, donde un policía, enfundado en un pesado abrigo tan grande que podría haber metido en él a toda su familia, me detuvo con una larga porra y me preguntó:

—¿Adónde cree que se dirige?

—A la sexta planta, al archivo —respondí con una voz aguda, de niño.

El oficial, desde lo alto de las escaleras, me escudriñó de

arriba abajo y luego volvió a mirar al frente como si no me hubiera visto. Entendí entonces que se trataba de uno de los policías compinchados en aquel asunto. Pasé a un vestíbulo vacío y me dirigí hacia las escaleras. Fui subiendo los escalones poco a poco, pero sentía que a cada paso me agotaba más y más. Me faltaba el aliento y tuve que detenerme al poco rato para buscar aire de donde fuera. Estaba, en definitiva, aterrorizado.

Sé que esto sorprende, habiendo estado yo en la guerra. Sin embargo, me sentía más desprotegido que nunca. Aquel día, qué absurdo, me espantaba la idea de morir, quizá porque ya conocía lo que era la vida y había aspirado su dulce aroma.

La madurez es solamente tener más miedo dentro. Nada más que eso.

Al fin, llegué a la sexta planta (creo que pasaron horas). El pasillo estaba vacío y una débil luz procedente de los edificios aledaños atravesaba los ventanales. Nunca antes había estado en un lugar tan alto y me maravilló contemplar aquella ciudad ocupada por gente que dormía, charlaba, daba palizas, comía, hacía el amor o robaba los sueños de los demás. Y aunque todo aparentaba quietud, en realidad Berlín-Babilonia bullía, se podía percibir desde allí.

Quería estallar.

Pronto me encontré con el primer problema: me dieron unas ganas terribles de ir al baño (al parecer, el chucrut de la señora Putz me había sentado fatal). Supe —mi estómago no mentía— que aquello era inminente, una cuestión de segundos. Atormentado por la posibilidad de vomitar en el suelo del corredor y abandonar allí mis miserias, me decidí a buscar un baño entre las decenas de puertas que se me ofrecían. Ya dentro, me puse de rodillas y, convertido en una especie de cañón humano, vi cómo emergía de mi interior un chorro con tanta fuerza que el chucrut, descontrolado, rebotó contra la pared de enfrente y acabó por abrasarme los ojos. Una experiencia inolvidable, eso de quedar cegado por tus propios vómitos.

Seguro que mi cuerpo había querido decirme algo, pero no tuve tiempo de descifrarlo, porque inmediatamente después (había hecho un ruido de mil demonios con mis arcadas) oí que alguien entraba también al baño.

—¿Quién está ahí? —gritó un policía, encolerizado al oír mi estruendo.

—Nadie —respondí.

¿Se puede ser más idiota? No, no se puede.

El hombre golpeó con violencia la puerta del cubículo en el que me escondía.

—¿Quién es usted?

En esa ocasión, preferí ya no decir ni mu y me quedé quieto, con la esperanza de que, si permanecía calladito, el policía se marcharía.

—Abra ahora mismo o doy una patada a la puerta y le rompo las narices.

¿Qué podía hacer? Si no le abría en cuestión de segundos, se presentarían allí más agentes y entre todos detendrían a ese hombre con aspecto de leproso que era yo, porque ni siquiera había tenido tiempo de limpiarme la cara. Ya me estaba imaginando con la soga al cuello cuando me fijé en los lustrosos zapatos del policía, y a mi mano izquierda le dio, no sé por qué, por tirar de una de las perneras del pantalón con tal fuerza que el hombre cayó de espaldas al suelo. El resto de mi cuerpo se incorporó, dejó los lloros y las lamentaciones y abrió la puerta del cubículo. Descubrí que el policía había quedado inconsciente debido al golpe que se había pegado en la cabeza contra un lavabo. La pistola que sostenía en la mano derecha había salido volando y ahora semejaba un insecto acurrucado en una esquina.

Rápidamente corrí por el pasillo y entré en el archivo. Frente a mí se desplegaban cientos de archivadores, una larga hilera donde supuse que estarían almacenados los nombres y los delitos de miles de criminales: una verdadera biblioteca del horror. Pero mis ojos estaban enturbiados y, con esa visión borrosa, la i se convertía en una ele, la te en una i y la erre en qué sé yo. No veía nada (pensé que me había quedado ciego debido a los nervios) hasta que me dio por limpiarme el vómito que me cubría los ojos, cuyo olor casi me provocó nuevas arcadas en un círculo infernal en el que no deseaba instalarme. Traté entonces de abrir el armario de metal, pero sin una llave resultaba imposible. ¿Era posible topar con más dificultades? Pensé en dar una patada, pero, aparte de que no sabía si tendría la fuerza necesaria para abrir el cajón, no quería dejar pruebas del robo provocando una abolladura. Solo tendrían que buscar después el archivo que faltaba y ya habrían dado con el culpable y sus compinches.

Desesperado, busqué alguna herramienta para forzarlo, hasta que vi el brillo de algo junto a la puerta. Me acerqué y comprobé, boquiabierto, que se trataba de un manojo de llaves. Con los dedos temblorosos, abrí el archivador, busqué el expediente de Lang y me lo introduje debajo de la camisa.

En aquel momento, sentí en mi propia carne el fuego de Lang, que me abrasaba la piel, y tuve la certeza de que nada de aquello acabaría bien.

Me disponía a salir del archivo cuando una lucecilla se encendió dentro de mi mal amueblada cabeza. Era cierto que me habían prohibido leer nada, y en verdad sabía que Lang se daría cuenta de ello, pero ¿y si me llevaba una hoja sin mirarla como medida de seguridad? Seguro que él no se iba a dar cuenta. ¿Y quién sabía si en un futuro aquello podría servirme para que yo lo chantajeara?

Me guardé en un bolsillo la primera hoja que encontré y, a continuación, bajé a toda prisa las escaleras hasta la calle, exhausto. Daba miedo verme. Tenía la impresión de que me había transformado en mister Hyde: con el cuerpo encorvado, respiraba ruidosamente y unos trozos de chucrut decoraban mi cara.

Ni siquiera me fijé en si todavía se encontraba allí el policía uniformado de la entrada. Después, no sé cómo, me lancé al interior del coche de Lang y el chófer, cuyo nombre era Acheron Feuer, me transportó muy lejos de allí, quizá al infierno.

8

La película más grande de la historia

1925-1926

Una vez entregados los documentos (Lang, somnoliento, apenas entreabrió la puerta de su apartamento y apareció sin el monóculo puesto, lo que me dejó más perplejo que si lo hubiera visto desnudo), me marché a la pensión con mi botín. Sin mirar siquiera el papel robado, decidí que el mejor lugar del mundo para esconderlo sería en el interior de la cámara que me había regalado Jean Sans-Lumière. Sentí que era el escondrijo idóneo, probablemente porque aquella máquina me había salvado la vida anteriormente.

Pasé los meses siguientes muerto de asco en mi pensión (me dediqué a jugar a las cartas con Zimmermann, quien, por suerte, no se había enterado del robo de sus documentos), hasta que a finales de mayo de 1925 comenzó el rodaje de *Metropolis*, la película que iba a suponer la consagración de Fritz Lang en todo el mundo. Y así fue. Con aquel proyecto, el director logró lo que casi ningún otro realizador había conseguido antes: situar el cine al nivel de las demás bellas artes.

Pienso que fue así porque Lang, más que director, era en verdad un arquitecto, y no solo de castillos expresionistas o ciudades futuristas, sino de masas. Podía dirigir a miles de figurantes y, con ellos, a modo de ladrillos, dar forma a estructuras vivas y palpitantes. Seres sufrientes que se convertían con él en piezas con las que construir mundos, como hizo en *Metropolis*, una película que, si uno se fija bien, habla en verdad de dos ciudades fusionadas en una: la perversa Berlín y la moderna Nueva York. Así, aunque se tratase de un filme futurista, en realidad él hablaba de su propia época. Quería retratar una sociedad dividida entre los de arriba, que vivían rodeados de lujo y de placeres, y los de abajo, un hormiguero de parias, desheredados y explotados. Algo que hoy en día sigue lamentablemente sin cambiar.

Después de cumplir con mi sucia misión, Lang se apiadó de mí y me permitió formar parte del rodaje de aquella película, escrita una vez más por Thea von Harbou. Fue la primera ocasión en la que colaboré de verdad como segundo asistente del director, y tuve la fortuna de trabajar junto con la actriz principal, Brigitte Helm, una inocente chica de apenas dieciocho años que formaba parte de la larga lista de vírgenes que Lang solía utilizar para protagonizar sus películas. Su madre, una señora obsesionada con que la hija triunfara en esto del cine, había enviado fotos a Thea von Harbou, quien, sabedora de los gustos de su marido, se las mostraría a este. La chica fue convocada en Neubabelsberg para realizar unas pruebas de cámara, y el director, al contemplarla, quedó prendado de su inocencia y su desparpajo. Estaba tan entusiasmado que, cuando se hallaba en su presencia, se mostraba alegre y despreocupado. Incluso contaba chistes. ¿Qué narices le pasaba a ese hombre?, me preguntaba yo. Hasta que entendí que, frente a las jovencitas, emergía un Fritz completamente desconocido para mí, libre de cada una de sus corazas. Se volvía igual que un niño.

Lo cierto era que, a pesar de su indudable belleza teutónica, Brigitte no era en realidad nada del otro mundo, y más en aquel momento, cuando en Berlín incontables mujeres excitantes bailaban a ritmo de jazz y te dejaban embobado con sus desquiciados movimientos. Sin embargo, ella tenía otro poder: frente a la cámara, te cautivaba sin pretenderlo. Brigitte no hacía nada por conquistarte, sino que tú ibas hacia ella, como si tirara de unas cuerdas invisibles que estuvieran unidas a tus ojos y no pudieras dejar de admirarla.

Otra cosa que atrajo a Lang fue intuir que en el interior de Brigitte existían dos mujeres completamente opuestas. Una de ellas estaba reprimida, oculta; sin embargo, a través de una esquiva mirada, de una sonrisa o de un comentario sarcástico que no te esperabas que saliera de esa boquita, te dejaba fuera de combate, demostrando tener una afilada inteligencia. «¿Es esta la misma Brigitte que va de la mano de su madre hasta el hotel?», te preguntabas. Y sí, lo era. Por ese motivo, encajaba perfectamente en el personaje de Maria, que hacía un doble papel en el filme. Por un lado, estaba la Maria pura y virgen, que quería ayudar a los trabajadores esclavizados que vivían en la ciudad subterránea; por otro, estaba Maria la robot, una máquina creada artificialmente para generar el caos y la destrucción gracias a la atracción fatal que provocaba. Brigitte tenía algo de ambas, aunque ni ella misma lo supiera.

Como decía, mi trabajo consistió principalmente en ayudar a Brigitte en cada cosa que necesitara, desde llevarle un vaso de leche tibia hasta charlar con ella acerca de sus miedos e inseguridades. No tenía a nadie más con quien hacerlo, porque en ese momento de su carrera Lang no estaba interesado en relacionarse de verdad con los actores, o, al menos, no como haría años más tarde en Hollywood. Había pasado de dirigirlos mecánicamente —con su sistema «un, dos, tres», como había hecho en *Die Nibelungen*— a potenciar su gestualidad. Quería expresión, y que esta se reflejara en las manos. De hecho, en esta película las que hablan son las manos, y no tanto los rostros de los actores: manos que imploran, que agarran, que arrastran, que desean, que atrapan y que destruyen. Sin embargo, esto no le servía de nada a Brigitte. Su problema era que no sabía cómo interpretar su personaje. Y ahí es donde entré yo. No es que me quiera llevar parte del mérito de la película, pero sí, ¡qué narices!

En el fondo, Brigitte era una chica extremadamente insegura que estaba deseando largarse de allí y llevar una vida normal, pero su madre, una señora bien que era su calco, aunque con arrugas y algo de sobrepeso, se lo impedía. Quería verla en la pantalla o, más exactamente, quería verse a sí misma en una versión joven e idealizada. Pretendía de este modo cumplir sus oscuros sueños a través de su hija.

La chica estaba atemorizada, normal, y no solo porque desconocía los gajes del oficio, sino también porque de pronto fue consciente de que su cuerpo había dejado de ser suyo: pertenecía a la productora. Cualquiera tenía poder sobre él: las maquilladoras, la gente de vestuario, el ayudante de dirección, los directores de fotografía, los de prensa, el equipo de efectos especiales y, por supuesto, el propio Lang, el auténtico dios Moloch, necesitado de nuevas víctimas para poder seguir creando.

Recuerdo que la primera ocasión en la que entré en su camerino me la encontré llorando a moco tendido. Estaba tirada en el sofá, completamente desmaquillada. Un desastre, vamos, porque minutos más tarde debía comenzar con su primera escena. Al verme, se sintió tan humillada que se puso como loca y dijo que me largara. Pregunté entonces qué le pasaba y ella, mordiéndose los puños, me respondió:

—¡No quiero seguir con la película!

Al oír aquello, entré en pánico, porque, si Brigitte se marchaba, yo sería el principal responsable.

—¡Quiero que le diga al señor Lang que se busque a otra actriz! Yo ya no aguanto esto. No soporto estar rodeada de extraños. ¡Y este estudio me parece horrible! ¡Es como estar prisionera en una cueva de mirones! Ni siquiera me gusta el señor Lang. Es un viejo verde.

—Pero, señorita Helm, usted misma ha visto sus pruebas de cámara. ¡Ha quedado fantástica! Es una actriz nata y esta es una oportunidad única.

—¡Y eso a mí qué me importa! No tengo ningún interés en ser actriz. No debería haberme dejado convencer por mi madre...

—Pero ¿qué le preocupa realmente? —pregunté, tratando de descubrir cuál era el verdadero problema.

Me miró entonces con sus cristalinos ojos azules, como tratando de cerciorarse de que yo era de fiar, y, a continuación, se limpió las lágrimas con un pulcro pañuelo que le ofrecí.

—He leído muchas veces el guion y sigo sin saber quién es esta Maria.

—¿Qué es lo que le pasa con ella? —pregunté, algo desconcertado (no es que yo conociera muy bien al personaje, pero Thea, muy excitada con el proyecto, me había hablado acerca de Maria largo y tendido durante los ensayos).

—¡Pues que no tiene nada que ver conmigo! —exclamó.

—No lo creo, Brigitte. ¿Me permite que la llame así?

—Sí.

—Bien. ¿Acaso usted no ha sentido compasión por toda esa gente que vive en los suburbios, los obreros explotados por sus jefes, las personas que por mucho que trabajen siempre vivirán en la miseria? ¿O por esos soldados que mendigan en la calle? ¿No le dan pena? ¿No querría ayudarlos a salir de esa situación?

La actriz, muy sincera, me respondió:

—Pues no, no me dan pena, señor Becker, más bien me dan miedo. Huyo de ellos cuando me los encuentro por la calle y jamás entraría en sus barrios. También me espantan esos cientos de figurantes que han traído al estudio. No sabe usted cómo me miran... Son vagabundos, pobres, ¡no son actores! ¿Y los niños? ¿Ha visto usted sus pequeñas manos, sus uñas negras? El señor Lang me dijo que los trajeron de los peores barrios, y eso le hizo mucha gracia, pero a mí no.

En ese momento tuve ganas de propinar un tortazo a aquella niña mimada para que espabilara, pero pensé que era mejor hacer otra cosa, apelar directamente a sus sentimientos.

—¿Me tiene miedo, Brigitte?

—No, ¿por qué iba a tenérselo? —preguntó sin entender.

—Pues porque yo fui uno de ellos. Yo también fui un trabajador en paro y viví en las calles, comiendo lo que otros pisaban. También vi a mujeres como usted que nos miraban con horror, como si fuéramos asesinos, cuando yo solo buscaba un trabajo.

—¿De veras? —preguntó desconcertada—. Pero si usted parece un hombre...

—¿Cómo? ¿Normal? Brigitte, todos somos normales hasta que una desgracia cambia nuestra vida. La causa puede ser la guerra, la falta de empleo, la inflación, la locura o, simplemente, la mala suerte. En realidad, hay un hilo muy fino entre una vida privilegiada y la de un indigente, no se crea.

Al oír aquello, Brigitte me miró espantada, imaginándose tirada en una esquina o prostituyéndose, qué sé yo, y supe que no iba por buen camino. Ella procedía de una familia adinerada y su madre la había mantenido hasta ese día aislada de los males del mundo. No sabía nada acerca de la vida.

Debía hacer algo para que comprendiera que también llevaba a esa Maria dentro de sí, que ella también podía bajar al submundo y ayudar a los oprimidos.

Decidí cambiar de estrategia y contarle un cuento:

—Si me permite, le voy a explicar algo que he vivido yo mismo: la historia real de uno de esos pobres trabajadores explotados que hay en Berlín. Esclavos que no viven bajo tierra, claro, pero que uno puede encontrar a la vuelta de la esquina. Seguro que alguna vez los ha visto desde el taxi, ¿verdad?

Ella movió su cabeza diciendo que sí.

—El hombre del que le voy a hablar se llamaba Günther, y lo conocí en las más extrañas circunstancias que uno pueda imaginar. Metido en el interior de una alcantarilla, gritaba como un loco: «¡Mis piernas! ¡He perdido mis piernas!».

—¿Cómo? —preguntó la actriz, llevándose las manos a la cara—. ¡Eso es imposible!

—Deje que le explique cómo sucedió. Yo en esa época estaba totalmente perdido, sin nada que llevarme a la boca. No hacía otra cosa que caminar como un sonámbulo por el barrio de Wedding y, durante uno de mis interminables paseos en busca de trabajo, escuché unos chillidos. Al principio, no supe muy bien de dónde procedía la voz, porque no había nadie a mi alrededor. Entonces, miré hacia abajo y me encontré a una extraña criatura luchando por sobrevivir en el interior de una alcantarilla. Se trataba de un hombre cubierto completamente de lodo, a punto de ahogarse en el agua de las cloacas. Sin pensármelo dos veces, bajé para intentar ayudarle, ¡pero no quería que lo subiera! Solo gritaba una y otra vez que quería recuperar sus piernas. Pensando que se había vuelto loco (¿cuándo se ha visto que a alguien se le caigan las piernas por la alcantarilla?), no le hice ni caso y tiré de él hasta sacarlo del agujero. Entonces me quedé helado al ver que, efectivamente, carecía de piernas. Además, el hombre estaba rabioso, tenía la cara negra y únicamente se le podían ver los ojos y los dientes blancos.

»"¿Por qué me has sacado de ahí, idiota? ¡Vuelve a bajarme ahora mismo!", me gritó, pero yo seguí sin hacerle caso y lo llevé hasta una fuente cercana, donde le ayudé a limpiarse la cara. Después, le ofrecí mi pañuelo, ese mismo que tiene usted entre las manos. Ya más calmado, el hombre me dijo:

»"Perdone que me haya puesto de este modo, pero no sabe usted por lo que he tenido que pasar. No se lo puede imaginar… ¡Yo era un hombre entero antes de la guerra! ¡Trabajaba en un banco! Y ahora, míreme, ya no sé ni lo que soy, si un hombre o un trozo de carne".

»Como temía dejarlo solo y que hiciera alguna otra locura, cargué con él a mis espaldas y lo llevé a un lugar caliente, una cafetería en la plaza Wittenberg, donde te daban un café aguado y abrasador que era prácticamente gratis. ¡Te quemaba los labios! Creo que lo ponían así para recordarte que estabas vivo. Aquel sitio, conocido como el Schmutz, era el más deprimente del mundo, con una tarima llena de cagadas de rata y unas mesas ocupadas por las cabezas de los trabajadores borrachos. Daba la impresión de que se les habían desprendido del cuerpo y que en cualquier momento iban a rodar por los suelos.

»Ya sentados, le pregunté:

»"Dígame, ¿qué hacía exactamente allí abajo?".

»"Ya se lo he dicho, joven, buscar mis piernas".

»"¡Eso es imposible!".

»"Nada es imposible cuando se vive así, hijo", me explicó mientras daba un sonoro sorbo a su café.

»"Pero ¿cuándo perdió las piernas?".

»"¡Vaya pregunta! ¿Cuándo cree usted que pudo suceder algo así? ¡Pues durante la guerra, muchacho! Llegué al grado de teniente, no se crea, aunque eso no te vale de nada cuando una granada te arranca de cuajo la mitad del cuerpo y tu vida se parte en dos. Después de curarme, me trajeron a Berlín, al hospital de rehabilitación, pero yo en realidad me quería morir, y ni siquiera escribí a mi mujer y a mi hija para decirles dónde estaba. Simplemente, desaparecí de sus vidas. Otro soldado muerto, ¿a quién le importaba? Sin trabajo y sin dinero, me busqué la vida como limpiabotas en la calle Nürnberg, donde viven los exiliados de Berlín, hasta que un día, por casualidad, vi a mi hija Maria saliendo del colegio. ¡Casi me muero de la pena! Estuve a punto de llamarla, pero me contuve: no quería que me viera arrastrándome en aquel miserable cajón con ruedas que movía con las manos para desplazarme. Sin embargo, no logré olvidarme de ella y no paré de dar vueltas a la idea de cómo poder presentarme decentemente ante mi hija, aunque solo fuera por una última vez. ¡Soy un hombre orgulloso, no se crea! ¿Qué otra cosa se puede tener cuando se ha perdido todo?".

»Se tomó un respiro para acariciarse los muñones, que sobresalían del asiento.

»"Finalmente, se me ocurrió una brillante idea", prosiguió. "Hacerme con unas piernas de madera. Para poder pagar a un carpintero, estuve trabajando como un loco durante meses. No me importó seguir humillándome y limpiar los zapatos de miles de berlineses que ni siquiera te miraban a la cara. Cuando al fin las conseguí, ¡me sentí el hombre más feliz del mundo! ¡Eran perfectas! Hice entonces que me llevaran hasta la acera de enfrente del colegio de mi hija y que me dejaran apoyado junto a una farola. De pie, gracias a mis dos piernas, la esperé emocionado".

»"Mi idea era saludar a mi hija como un hombre entero y luego desaparecer para siempre. Al fin llegó el deseado momento y, después de esperar nervioso un largo rato, logré verla, pero cuando me disponía a gritar su nombre, unos indeseables, unos verdaderos hijos de puta que corrían por la calle, chocaron conmigo y me tiraron al suelo. Caí a plomo y mis piernas, las dos, salieron volando. Al verlas, los chicos se partieron de risa (yo deseaba que mi hija no oyera mis gritos de súplica) y luego las tiraron al interior de la alcantarilla. Por supuesto, me lancé tras mis piernas", explicó mientras miraba absorto el poso de su café. "Así fue como usted me encontró".

»"Siento mucho lo que le ha sucedido", le dije.

»"No se compadezca de mí, joven, porque esto no acaba

aquí. Soy un verdadero alemán y tengo una voluntad de hierro. Pienso volver a ahorrar para hacerme con otras piernas nuevas y saludar a mi hija. ¡Solo eso pido a Dios antes de morir, nada más!".

Brigitte, al oír el final de mi historia (completamente inventada, por supuesto, porque jamás conocí a ese limpiabotas), se quedó sin palabras.

—Lo que quiero decirle —añadí— es que esa gente que hay por la calle, todos tienen su historia, y Maria es justamente la persona que dedica su vida a ayudar a esos desfavorecidos, a esos pobres, mutilados o explotados. A todos sin distinción.

Al ver en sus ojos llorosos que mi relato la había emocionado, la tomé entonces de las manos, que agarraban con fuerza el pañuelo que le había prestado, y le pregunté:

—¿No hubiese usted ayudado a ese hombre?

—No lo sé... —dijo primero con timidez, mirando hacia el suelo, como si la alcantarilla del pobre Günther estuviera allí abajo. Después, alzó los ojos y, ya más segura de sí misma, respondió—: Sí, creo que lo habría hecho.

—Eso quiere decir, Brigitte, que lleva a Maria dentro de sí —argumenté con dulzura.

A la joven actriz se le iluminó entonces el rostro.

Así fue como realmente comenzó *Metropolis*, aunque esto nadie más lo sepa.

Días más tarde, en el rodaje propiamente dicho, el tirano volvió a su verdadero lugar como arquitecto de aquella torre de Babel que estaba construyendo. Se acabaron las risitas, los chistes malos y todo lo demás. Miles de esclavos se pusieron entonces a sus órdenes. Y lo de «miles» no lo digo por exagerar. ¡Todavía recuerdo las cifras de producción!

750 actores.

26.000 extras masculinos.

11.000 extras femeninos.

750 niños.

100 negros.

25 chinos.

1 impostor.

Y para gobernar todo aquello, lo reconozco, había que tener mano dura. Cada figurante fue una pieza más en la enorme maquinaria que daba vida a *Metropolis*, cuyos habitantes fueron desnudados, rapados, abrasados por el sol, sumergidos en el agua o lanzados por los aires. Igual que en el antiguo Egipto, pero en mitad de Berlín, en un momento en el que, debido al altísimo paro, era posible contratar por muy bajo coste a miles de trabajadores que no iban a rechistar.

Recuerdo en particular una de las escenas más peligrosas del rodaje, cuando explota la máquina-corazón, el centro energético de la ciudad subterránea que sostenía el país de los ricos, con sus rascacielos futuristas unidos por autopistas aéreas. Para filmar la explosión y darle verosimilitud, Lang exigió que los trabajadores saltaran por los aires atados con cuerdas mientras unas abrasadoras nubes de humo surgían de las máquinas.

¿Y qué decir de la escena en la que se veía a un ejército de calvos arrastrando piedras gigantes bajo el sol? Cien barberos fueron contratados por Erich Pommer para rapar a cuatro mil esclavos semidesnudos y con los pies quemados debido a la arena caliente.

Pero ellos no fueron los únicos que lo pasaron mal. Brigitte también sufrió sus propias torturas, sobre todo en la secuencia en la que se convertía en Maria la robot, la creación de Rotwang, el científico loco que había construido aquella máquina a fin de recuperar a su mujer fallecida, Hel. Para encarnar al androide, la actriz tuvo que soportar innumerables horas en el interior de una armadura de madera moldeable. Fueron necesarias casi cuatro semanas de pruebas, inmóvil dentro de esa estructura y sudando bajo las lámparas de mercurio. Además, como ella todavía estaba en edad de crecimiento, hubo que reacondicionar constantemente el molde, lo que supuso más tiempo de trabajo.

Para aquella secuencia, el director de fotografía, Günther Rittau, ideó unos increíbles efectos que mostraban la transformación del robot en una mujer de carne y hueso. Estuvo experimentando de forma obsesiva en el estudio con unas luces de neón en forma de círculo que subían y bajaban hasta que logró capturar los famosos anillos de luz. Resultó escalofriante verlo luego en la pantalla.

Ese proceso resultó para Brigitte extremadamente duro, ya que no podía hacer nada por sí misma. Incluso una asistente debía darle de beber con una pajita y aliviarle el calor con un ventilador. Sin embargo, la actriz se armó de valor y fue capaz de soportarlo todo estoicamente, ya que cada escena suponía un nuevo reto. En una de ellas tuvo que saltar al vacío y agarrarse a la cuerda de una campana que colgaba a gran altura, pero, cuando lo consiguió, esta se balanceó de tal forma que la pobre chica chocó una y otra vez contra los decorados y acabó llena de moratones y magulladuras.

Tampoco fue fácil para Brigitte interpretar al personaje de Maria la robot, una máquina que Joh Fredersen, el dueño del mundo de arriba, utilizaba para extender el caos entre los trabajadores y acabar así con la mediación pacífica que intentaba la auténtica Maria entre los obreros y los ricos. Sirviéndose de ese ingenio (el androide creado por Rotwang tenía la capacidad de adoptar cualquier aspecto; en este caso, el de Maria la buena), pretendía originar una revuelta violenta que luego pudiera reprimir, y de este modo controlar el mundo subterráneo.

Una escena en que la robot nubla la razón de la gente y crea disturbios danzando provocativamente transcurre en el club nocturno Yoshiwara. Brigitte tuvo que bailar semidesnuda delante de cientos de personas con una sensualidad que nos dejó atónitos, a mí el primero. Cuando finalizó la escena, en la que hubo casi que emborrachar con coñac a los figurantes para que se calentaran del frío que pasaban, vino derecha a llorar sobre mi hombro. Se sentía terriblemente mal por haberse exhibido de esa forma. Para calmarla, le dije que ella no era el personaje y que simplemente se había puesto un disfraz, un traje que no era suyo y que luego debía tirar a la basura. Sin embargo, Brigitte no creyó del todo en mis palabras, porque allí subida sintió algo desconocido para ella: el poder que podía ejercer en los hombres con solo su cuerpo, y eso la perturbó.

Durante aquel año de rodaje de *Metropolis* sucedieron miles de cosas, aunque, si hay una escena de la que hablar, esa es la de la inundación. Y por un motivo muy claro. Porque en ella me ahogué.

Así fue.

9

Una novia comunista

1926-1933

Al parecer, mi vida es una serie de reencarnaciones en las que muero, renazco y vuelvo a morir. En aquella ocasión, sucedió cuando nos encontrábamos rodando la famosa escena de la inundación del mundo subterráneo, quizá la más compleja de todas. Después de los desmanes provocados por los obreros, azuzados igual que perros rabiosos por Maria la robot, la puta de Babilonia (Lang veía de este modo a las mujeres, vírgenes o prostitutas), la máquina-corazón de la ciudad se había detenido y todo comenzó a venirse abajo, igual que si un terremoto hubiera asolado aquel mundo. Aparecieron grandes grietas en el suelo de las que surgieron torrentes de agua que quebraron las fachadas de los edificios, inundando fatídicamente la ciudad.

Esto era lo que debía verse en la película. Para filmarlo, en un estudio exterior habían construido los decorados de las primeras plantas de los edificios de los trabajadores. Sin embargo, si uno mira la escena, parecería que son en verdad rascacielos de veinte plantas. Ese truco lo ideó Eugen Schüfftan, uno de los encargados de los efectos visuales e inventor de un sistema que permitía combinar diminutas maquetas con actores reales en movimiento. Aquel hombre fue para mí un genio, porque tuvo la brillante idea de colocar un espejo delante de la cámara, pero ligeramente girado, de modo que reflejaba las maquetas o las miniaturas que se situaban delante. Al mismo tiempo, al espejo se le había raspado una parte del azogue —la capa que refleja—, y esto permitía que se pudiera ver parcialmente a través de él, de manera que la cámara capturaba tanto la imagen reflejada de las maquetas como lo que había detrás. Los actores podían de esta forma interactuar con decorados que a ojos del espectador parecían gigantescos.

Para aquella escena también habían construido una piscina enorme, la Metropolis-Becken, donde introdujeron a quinientos niños —mendigos de Berlín— que Maria la buena intentaba proteger de morir ahogados en uno de los momentos más dramáticos del filme. Para rodarla, los tres cámaras —Rithau, Freund y Ruttmann— se situaron sobre unas plataformas de madera que les protegían de las aguas. Yo me encontraba en la tercera unidad, la que filmaba cómo salían unos gigantescos chorros de agua, una auténtica cascada. Si un niño despistado pasaba junto a ellos, podía ser arrastrado hasta acabar en un desagüe. ¡Quién sabe si no se perdió alguno! Nadie se habría enterado.

Lang, frenético, quería capturarlo todo, porque el agua

salía y salía y no era fácil repetir las tomas, ya que esto suponía vaciar la kilométrica piscina o volver a construir los decorados.

Se sentía la alarma, el miedo y el desconcierto, tanto del equipo como de los niños, rodeados por el mar artificial. Brigitte, en su papel de Maria, se hallaba en mitad de la plaza donde transcurría la acción, subida a una estructura en la que un gran gong daba la alarma. A ella acudían los mendigos, para quienes seguramente era la primera ocasión en su vida que se bañaban en una piscina. Pero no resultaba nada divertido. Era otoño y hacía mucho frío. El sol estaba oculto por unas nubes duras y macizas que recordaban a la puerta de una caja fuerte. Si hubiera habido sonido en directo, habríamos escuchado los lloros y los estornudos, y los mocos deslizándose penosamente por sus caras.

Lang decidió entonces que necesitaba más luz y ordenó que aproximáramos uno de los focos, pero resultó imposible moverlo. Al parecer, un cable estaba atascado bajo el agua e impedía mover ni un milímetro la lámpara. Adler, que se encontraba en la plataforma de Lang, me ordenó que bajara para liberarlo. No muy preocupado, la verdad, salté a la kilométrica piscina, agarré el cable y lo seguí hasta descubrir dónde se hallaba el problema: había quedado aprisionado bajo una viga de madera caída. Me sumergí entonces en el agua, de un solo un metro de profundidad, y tiré de él, pero justo en aquel preciso instante uno de los decorados se derrumbó sobre mi espalda y me impidió salir a flote. Me revolví miserablemente para intentar liberarme. ¡Imposible!

Aquel muro de falsa piedra estaba empapado de agua y pesaba como un muerto.

Durante aquellos angustiosos segundos, unos electricistas trataron de rescatarme. Fue demasiado tarde. Había perdido por completo el conocimiento y mi cuerpo se disponía a decir adiós a este ridículo mundo que, tras hacerme pasar por una guerra y por el hambre, me había dado vanas esperanzas. Todo para acabar como una rata aprisionada. Si hubiera creído en un dios, le habría escupido a la cara, porque, más que miedo, sentía una rabia profunda. Un odio hacia todo. Pero eso de nada me sirvió y las últimas burbujas que contenían mi vida huyeron por la boca. El aire que guardaban se perdió por el estudio y seguramente fue respirado por alguno de aquellos niños que no tenían ni idea de a quién se habían tragado. Solo esperaba que no heredasen la mala suerte que me había acompañado.

Evidentemente, sobreviví. Y sentí que de algún modo había sido bautizado en el cine de la más brutal de las maneras. Porque para hacer películas hay que estar dispuesto a darlo todo, incluso la vida, y ese ha sido quizá mi mayor talento, pero también mi mayor perdición.

A pesar de los trembleques, volví a mi puesto a los diez minutos sin siquiera haberme podido cambiar de ropa. Lang no quería perder un solo segundo de su valioso tiempo.

El rodaje de la película finalizó en octubre de 1926. En total, fue un año entero de grabación, con sus días y sus largas noches. *Metrópolis* tuvo, además, un gasto desorbitado (echaron a Erich Pommer por este motivo) y, para colmo, no gustó a algunos de los críticos que asistieron a la *première* en enero de 1927. Hubo disparidad de opiniones; unos apreciaron en ella una obra cumbre, mientras que otros, como el escritor H. G. Wells, dijeron que nunca habían visto una película tan vacía y ridícula. Incluso se tildó de comunista. Otro de los problemas fue su excesiva duración, dos horas y media (a la mayoría se les hacía soporífera), por lo que fue necesario recortar media hora de metraje.

También hubo gente a la que le pareció indecente —y con razón— gastar tantos millones de marcos en un filme cuando el pueblo pasaba hambre y la economía se iba al garete. ¿Le importó a Lang esto? No. Él sabía que había hecho una película que pasaría a la historia y siguió a lo suyo. Y yo con él. Había firmado un contrato con el diablo y estaba atado a cada una de sus producciones y a todos sus caprichos.

Pero eso no me quitó el sueño, aunque parezca contradictorio. Es verdad que me explotó y me utilizó, pero, al mismo tiempo, trabajar para él proporcionaba un sentido a mi vida. Un rodaje siempre llevaba a otro. No había dudas sobre mi futuro ni preguntas inútiles. Y sí, aunque en lo personal era mezquino y ególatra, no se podía negar que era el director más grande de Alemania.

Con Lang hicimos luego *Spione* (*Los espías*), para la que contrató a una nueva estrella virgen, Gerda Maurus, a quien le iba (o más bien a Lang, o a ambos, ¡qué sé yo de esas cosas!) el rollo sadomasoquista. Después rodamos *Frau im Mond* (*La mujer en la Luna*) y, por último, *M*, en 1930, la película donde pienso que Lang realizó su mejor trabajo. Por fin se dejó de tonterías futuristas y pisó las calles de Berlín, manchándose los zapatos. Era una historia escalofriante —un asesino de niños— y, además, la primera que realizamos con sonido directo. Para elaborar el guion, Thea von Harbou y él se documentaron en el archivo de la policía de Berlín, viajaron hasta Londres para ir a Scotland Yard, e incluso visitaron manicomios y cárceles. Unos morbosos, esos dos. Estaban tan deseosos de hacer algo auténtico, que no solo se basaron en un criminal real, Peter Kürten, el vampiro de Düsseldorf, sino que para el rodaje además contrataron a mafiosos y gángsteres como extras.

Lang estaba obsesionado con la idea de que cada escena de su película tuviera una base documental y me hizo recortar durante meses las noticias de sucesos. Leí tanto sobre asesinatos, suicidios y muertes que perdí varios kilos, asqueado por las atrocidades que puede cometer el hombre.

Hoy en día, todavía me impacta recordar algunas escenas de la película, en especial la que mostraba la muerte de la niña solo a partir de planos vacíos: una escalera interior, un ático con la ropa tendida, un plato vacío sobre la mesa, una pelota que rueda hasta detenerse. Eran de una simpleza abrumadora, y me sorprendió que Lang hubiese sido capaz de transmitir de forma tan sutil la desaparición de un niño. Aunque lo detestara, no podía negar que era un director asombroso. Nadie podía negarlo por aquel entonces.

Sin embargo, no todo fue cine, claro. Poco a poco, entre rodaje y rodaje, también tuve vida propia, y por primera vez mantuve una relación larga —si se puede llamar así— con una mujer, una chica que se instaló precisamente en el cuarto de Zimmermann. Al pobre finalmente lo asesinaron los camisas pardas, los nazis, durante una manifestación en el barrio obrero de Wedding. Me enteré de su muerte no porque alguien me lo dijera, sino porque un día descubrí que la señora Putz había vaciado por completo su habitación. Cuando le pregunté si había guardado al menos alguno de sus juguetes, respondió con una frase que me impactó:

—A nadie le interesan los juguetes de un judío muerto, señor Becker, ni siquiera a usted.

Y me quedé callado, confuso. Primero, porque no sabía que Zimmermann fuese judío, y segundo, porque tampoco entendía de dónde había surgido aquella hostilidad hacia el pobre Joseph.

Pero sigo con la chica, la primera mujer de la que me enamoré, a pesar de que ella realmente nunca me quiso.

Eloïsa era periodista e ilustradora de periódicos comunistas como *Die Rote Fahne* y *AIZ* (*Arbeiter-Illustrierte-Zeitung*). Una mujer comprometida con la lucha obrera, vamos.

Desde el principio, me pareció que se trataba de alguien fuera de serie, única. Una mujer-vendaval, como yo las solía llamar, y que a mí tanto me gustan; de esas que no quieren saber nada de ti, pero que, en cambio, tú no puedes evitar perseguir, fascinado por el caos que generan a su alrededor. De las que te sacan de tus casillas y luego te dan un beso que jamás podrás olvidar. A mí, al menos, me hacía sentir vivo.

A primera vista, Eloïsa no resultaba una mujer atractiva,

vestida con su gorra y su ropa de obrera, y con aquel fuerte olor a tabaco que desprendía. Llevaba el pelo tan revuelto que parecía contener cada uno de sus revolucionarios pensamientos. Es verdad que tenía una cara bonita, pero parecía marcada por una expresión triste y frustrada.

Sus ojos eran grandes espejos para vigilar el mundo y estaban rodeados por unas ojeras que ponían de manifiesto su constante preocupación por lo que la rodeaba, porque Eloïsa no vivía para sí, sino para los demás. Huía de las cosas superficiales e inútiles, como la moda, el dinero o los hombres, y se dedicaba a ayudar a las pobres prostitutas de la calle Friedrichstadt o a las viudas que se habían quedado sin la pensión de sus maridos.

En ocasiones, yo pegaba la oreja contra la pared —ella vivía en el cuarto contiguo— y trataba de escuchar lo que hacía. A veces la oía leer en voz alta sus artículos o recortar violentamente fotos de revistas, con las que elaboraba unos ingeniosos montajes, esos *collages* en los que ponía a Hitler montado en un cerdo que comía obreros y cagaba soldados. O tomaba una foto de una reunión de ministros socialdemócratas y les sustituía las cabezas por afiladas bayonetas.

Fue ella quien me habló de lo que estaba sucediendo en Alemania. Yo andaba metido en la UFA igual que un burro con orejeras y apenas me enteraba de todo lo relacionado con la política y el peligroso ascenso de los nazis. La verdad es que, si soy sincero, cuando supe del nazismo tampoco no me lo tomé muy en serio, en particular cuando veía a aquellos chicos de las Juventudes Hitlerianas practicando sus desfiles en destartalados patios interiores. También me parecía ridícula su obsesión por la gimnasia y los campamentos. Uno no se puede fiar de un grupo político que se dedica a llevar de excursión a la montaña a cientos de niños. Nada bueno puede salir de ahí, y no me equivoqué. Aunque ahora es fácil decirlo.

No puede decirse que la primera ocasión en la que hablé con Eloïsa fuese un momento memorable, algo para contar a los nietos. Estaba bastante cabreado por el maldito ruido con el que me torturaba cada noche, el de su máquina de escribir, a la que yo imaginaba como un insecto gigante con patas metálicas. Harto de no poder dormir, llamé a las tres de la madrugada a su puerta. Ella me abrió todavía más malhumorada que yo. Al verla, me quedé asombrado, porque parecía una locomotora andante. ¡Tenía nada menos que dos cigarrillos en la boca! (Después supe que, en ocasiones, de puro nervio, le sucedía eso mientras trabajaba). La habitación estaba, por supuesto, tan cargada de humo que no se podían ver ni los muebles. El suelo se encontraba ocupado por miles de recortes de fotografías, fragmentos de piernas, ametralladoras, conejos, tanques o nabos. ¡De todo! Sobre la mesa, entre revistas que tenían el aspecto de haber sufrido la autopsia de un médico demente, se hallaba la odiosa máquina de escribir que me atormentaba cada noche. Tras ella se entreveía una maceta con decenas de colillas clavadas en la tierra y que recordaban a hongos enfermos.

—Perdone que le moleste, señorita, pero soy el vecino de al lado. Seguro que me ha visto alguna vez por el pasillo.

—No —respondió ella con acritud, vestida tan solo con su bata—. ¿Qué quiere?

—Quería pedirle, si no es molestia, que no utilizara la máquina de escribir a estas horas. —La verdad es que aquello me tenía loco y, si hubiera sido un hombre, le habría lanzado la maldita máquina por la ventana.

Al oír aquello, Eloïsa soltó una interminable bocanada de humo, mientras me miraba de forma desafiante, y dijo:

—¿A qué se dedica usted, buen hombre?

—Al cine, señorita. Soy asistente del director Fritz Lang —respondí con orgullo, seguro de epatarla—. Supongo que lo conocerá…

—Lang…, Lang…, creo que me suena. ¿Se refiere usted a ese director que se dedica a maltratar a sus empleados, que dirige películas para burgueses a los que les encanta pasar un mal rato con el doctor Mabuse o, peor, soñando con que viajan a la Luna, y que además está casado con una nazi? Sí, creo que le conozco.

—Sí, ese… —Dos palabras, lo único que fui capaz de balbucear.

—Dígame, señor…

—Becker.

—Bien, señor Becker. Respóndame a esto: ¿qué le parecería si yo me colara en uno de sus rodajes y amablemente, por supuesto, le dijera: «Por favor, señor Becker, puede usted decirle al señor Lang que deje de hacer películas llenas de fantasías inútiles en un momento en el que hay un treinta por ciento de paro y el presidente Hindenburg está a punto de ceder el poder a la rata de Hitler»? Dígame: ¿qué le parecería si yo le pidiera que hiciese eso? —preguntó ahora muy seria y ya con solo un cigarro en la boca.

—No me lo tomaría muy bien, señorita.

—Bien, entonces ya conoce mi respuesta a su petición —dijo antes de cerrarme la puerta en las narices.

A partir de aquella noche, cada golpe de tecla sonó aún más fuerte que antes.

La verdad es que todavía no he logrado entender cómo la conquisté, pero, semanas después de aquel mal comienzo, me pidió que le contara más cosas acerca de mi trabajo y de cómo funcionaba la UFA. Emocionado por la oportunidad de conversar con ella, le fui enumerando hasta el último detalle de todo lo que sabía, desde cómo rodaba Lang hasta las condiciones de los trabajadores, las jornadas laborales de catorce horas y el maltrato a los actores. Incluso le hablé de las cabezas que guardaba en su casa.

Estaba encantado de haber captado su interés. Me atraían poderosamente su inteligencia, su seguridad, su humor negro y su capacidad para emitir juicios rotundos y precisos acerca de lo que sucedía en Alemania.

Por supuesto, no era más que una vil trampa. Un mes después, en septiembre de 1932, apareció un larguísimo artículo en la revista *AIZ* en el que se contaba con pelos y señales cada información que yo le había proporcionado. Fue un verdadero escándalo. Cuando me enseñó orgullosa el número, pensé que se trataba de otro más de sus fotomontajes. Hasta que abrí la revista. Lo primero que me encontré fue un *collage* en el que el cuerpo de Sigfrido, pero con el rostro de Lang, cortaba con su espada la cabeza de la pobre Brigitte Helm. Al verlo, mis piernas echaron a temblar y mis manos chorrearon de sudor. Aunque eso no fue lo peor. Le seguían diez páginas más en las que se describía cada detalle que yo le había ido soltando, emocionado con la ilusión de que la tenía fascinada con mis historias.

—Pero ¿está loca? ¡Acaba de arruinar mi carrera! —grité muy alterado, viéndome ya en la calle—. No se le habrá ocurrido mencionarme en el artículo, ¿verdad? —pregunté mientras intentaba leer el texto, miles de letras que se revolvían igual que hormigas e impedían que fuera incapaz de entender una sola frase.

—Señor Becker, usted es un cobarde. ¿Cómo vamos a luchar contra el capitalismo si tenemos miedo de hablar acerca de las verdaderas condiciones de los trabajadores? ¿Entiende usted que es necesario iniciar la revolución de los desposeídos y librarlos del yugo del capital? Usted mismo es víctima de este perverso sistema. No tiene vida, apenas le pagan y se deja explotar por un tirano. ¿Y todo para qué? Seguro que ni siquiera aparece en los créditos de las películas.

—¿Y a usted qué le importa? ¿Le he dicho yo que se meta en mi vida?

Estaba terriblemente enfadado, y no solo con ella; también conmigo mismo, porque Eloïsa tenía buena parte de razón: aquel podrido sistema te sacaba el jugo y luego no recibías otra cosa a cambio más que golpes. Todo iba a parar al estómago del gran Moloch. Lo único que conseguíamos era enriquecer a los jefes de la UFA y las demás productoras. Y lo peor era que yo también formaba parte de ese engranaje. Jamás había hecho nada por ayudar a nadie o por mejorar sus condiciones de trabajo. Y aunque hubo intentos de rebelión por parte de los extras, nunca me involucré en ellos. En el fondo, solo deseaba formar parte de los poderosos.

—Es usted quien se ha metido en mi vida, señor Becker —respondió ella mientras se sentaba a mi lado en la cama—. Usted llamó a mi puerta, y no creo que lo hiciera con buenas intenciones.

—Pero…, eso que dice…, eso… —dije entre balbuceos al ver que la camarada Eloïsa había comenzado a desabrocharme la camisa.

Aquel gesto me resultó tan inesperado y fuera de lugar que tardé un buen rato en entender qué hacía. Lo primero que pensé era que llevaba la camisa sucia y la quería poner a lavar. Solo cuando vi que comenzaba a desnudarse delante de mí, entendí de qué iba el asunto.

Lo hicimos tan rápidamente que lo viví más bien como si ella estuviera practicando un ejercicio de tiro conmigo: apuntó y disparó. En cuanto me quise dar cuenta de lo sucedido, todavía tirado en la cama y recuperándome de la impresión, ella ya estaba fumando y aporreando la máquina de escribir.

Así pasó la mayoría de las ocasiones en que lo hicimos. De repente, en mitad de una comida, en el cine o paseando por la calle, Eloïsa sentía un impulso incontrolable que le obligaba a tener sexo conmigo de forma inmediata. Una bomba que duraba un instante y que te destrozaba con su intensidad. Buscábamos un baño, unas cortinas o un callejón oscuro donde ocultarnos, y lo hacíamos. En realidad, aquello no tenía nada de malo para mí (resultaba novedoso y excitante), hasta que comenzaron a venirme ideas peligrosas a la cabeza. Me decía: «Bill, si hace esto contigo, ¿cómo puedes estar seguro de que no lo hace con nadie más?».

Esa pregunta me volvió loco de celos.

De ese modo comenzó nuestra particular relación, extraña, porque no tenía claro si me quería o si solo le gustaba utilizarme y llevarme de un sitio a otro para reírse de mí. Aun así, yo la seguía a todas partes y, cuando no estaba rodando, asistía con ella a las reuniones del partido, el KPD, en el que ella militaba.

La sede principal se encontraba en Bülowplatz, una especie de nave industrial decorada con enormes banderas que exhibían la hoz y el martillo y los retratos de Lenin. Allí, rodeado de proletarios, de obreros y de vagabundos que solo esperaban algo de comida que ofrecían después del mitin, escuché discursos incendiarios que hablaban sobre la amistad inquebrantable con Rusia, que reivindicaban la revolución proletaria, que llamaban traidores a los socialdemócratas o que exigían hacerse con el poder en las calles. Su lema principal, que repetían una y otra vez, era que su revolución solo buscaba «trabajo, justicia y libertad» para los obreros. A mí todo eso me parecía muy bien, pero yo solo tenía ojos para Eloïsa, cuyo rostro expresaba una emoción que sabía que ella nunca sentiría conmigo. Podía verlo. En ocasiones, le agarraba la mano durante los mítines, pero ella me la soltaba de inmediato para alzar el puño y gritar las consignas con su voz dura, de fumadora.

Yo era un romántico y ella, una revolucionaria.

Así era.

Sé que es ridículo, pero tuve unos terribles celos del partido comunista y de cada uno de sus miembros, porque sabía con certeza que nunca podría competir con esos expertos oradores. Cuando luego nos sentábamos con algunos de ellos en un *biergarten* a tomar una cerveza y advertía el entusiasmo de Eloïsa, me sentía hervir la sangre. Tenía que reprimirme para no soltar alguna barbaridad delante de aquellos listillos que hablaban de cosas que yo no terminaba de comprender. ¿Cómo podía ser buena una dictadura del proletariado? ¿Significaba eso que los obreros iban a mandar como dictadores? ¿Todos o solo unos pocos? También reivindicaban la abolición de la propiedad privada, pero si esto iba a funcionar así, ¿de quién serían entonces las tierras y las casas? ¿Del Estado? ¿No estaría ese sistema dirigido por los jefazos del partido? ¿No serían entonces ellos los dueños? No entendía nada. Para no parecer un ignorante, intenté leer algunos libros que Eloïsa tenía en su cuarto y que había subrayado con una furia revolucionaria que atravesaba cada página.

Eloïsa reservaba una especial fascinación por uno de los líderes del partido, Karl Gänseblümchen, un tipo fornido y rubio de grandes manos y anchos antebrazos, trabajador en una fábrica metalúrgica y representación del proletario perfecto: concienciado, solidario y, encima, guapo, con un rostro y una mandíbula que parecían forjados en acero. Insoportable. Cuando él hablaba, yo veía cómo ella, sin darse cuenta, se inclinaba hacia él hasta casi caer desfallecida sobre la mesa. Por supuesto, a mí me sacaba de quicio cada palabra que pronunciaba.

—¡Hay que organizar una huelga general! —gritaba alzando el puño—. ¡Es necesario paralizar el país y demostrar la fuerza del proletariado!

—Muy bien, Karl. Una idea muy original. Pero ¿sabes entonces qué pasará? —respondía yo—. Te lo digo: los parados de Alemania aprovecharán para robar los trabajos de los obreros que estén en huelga.

—¡Los obreros jamás se traicionarán entre sí! —respondía él, y yo creo que verdaderamente lo pensaba.

—Se nota que no has pasado hambre, muchacho. —Lo llamaba de ese modo solo para irritarle, porque él solo tenía un par de años menos que yo—. En cuanto los dueños de las fábricas vean la oportunidad de contratar a trabajadores más baratos y que no estén sindicados, lo harán, no tengas duda.

Eloïsa entonces me miraba furiosa. A sus ojos, yo era un traidor tan solo por llevar la contraria a aquel rubio que parecía sacado de una de esas aburridas películas sobre alpinismo, las *Bergfilm*.

—No todos los obreros son unos individualistas como tú, Bill —dijo la que se suponía que era mi chica—. El proletariado es siempre solidario y, si va a la huelga, actúa como un único cuerpo. Solo así podremos luchar contra el fascismo.

—Bien dicho, Eloïsa —respondió Karl mientras daba un

largo trago a su cerveza. Ella entonces contemplaba hipnoti-
zada cómo subía y bajaba la nuez de la garganta de Karl.

—No tenéis ni idea —insistía yo—. Se lo estáis poniendo
todo en bandeja a los nazis. Si organizáis manifestaciones, y
más ahora, que están prohibidas, los SA van a tener la oportunidad de imponer el orden a su manera, con muertos. Y eso
les encanta a los burgueses: el orden.

—¡Los burgueses son los opresores! ¡Hay que acabar con
ellos!

Y así seguíamos durante horas y horas, que si los socialdemócratas del SPD deberían unirse a la revolución o no, que
si había que armar al Frente Rojo de Combate e ir a la guerra
para salvar Alemania, que si era mejor pedir ayuda a Rusia,
etcétera, etcétera.

Si soy sincero, yo tampoco tenía ni idea de qué era lo que
había que hacer.

Yo solo estaba enamorado de una comunista, que es casi
peor, aunque he de decir que en aquel momento, en Alemania, o estabas con los comunistas, o con los nazis. Durante
los primeros años (a finales de los veinte), pensé que uno podía mantenerse al margen, pero se trataba de una fantasía.
Aquella bestia negra había ido adquiriendo cada vez más poder en el gobierno y afectaba a cada aspecto de tu vida.

¡Querían construir la gran Alemania! ¡Un nuevo Reich!
Pero, para llevar a cabo su sueño, debían cargarse a unos
cuantos alemanes.

Primero comenzaron con la detención de comunistas,
sindicalistas y cualquiera que fuera de izquierdas. Luego im-

pusieron leyes para luchar contra su otro gran enemigo interno, los judíos, a quienes acusaban no solo de ser unos extranjeros que buscaban arruinar el país, sino de haber introducido el veneno del comunismo en Alemania. Para ir neutralizando su influencia, primero prohibieron que pudiesen ejercer cualquier cargo público. Echaron a abogados y a jueces judíos de los juzgados. También promovieron un boicot contra cualquier tienda de barrio que estuviera regentada por un judío. Por no hablar de las palizas, las detenciones, el destrozo de locales y las demás lindezas que cualquier ciudadano de a pie podía sufrir solo por tener orígenes hebreos.

La cuestión es que la cosa se ponía más fea cada día, tanto que ya no podías mantenerte al margen. Ni siquiera el gran Lang pudo hacerlo. El miedo comenzó a apoderarse de todos, desde los centristas hasta los socialdemócratas. Además, ya no existía una única policía, la *Schupo*, como la llamaban los rojos. Ahora deambulaba un ejército formado por los camisas pardas, las SA, y demás grupos nacionalsocialistas que se dedicaban a cargarse a los opositores, a quemar sedes comunistas y, en general, a dominar las calles.

La efímera República de Weimar prácticamente desapareció con la llegada de Hitler al poder, pero la cosa se desmadró aún más tras el incendio del edificio del Reichstag, el Parlamento alemán, en febrero de 1933. Lo más absurdo de todo fue que la culpa la tuvo un comunista, un pobre tipo llamado Marinus van der Lubbe. Hitler, por supuesto, aprovechó aquella oportunidad para declarar el estado de emergencia e iniciar una lucha a muerte contra aquellos a quienes consideraba enemigos del Estado. Y yo, qué absurdo, también me vi envuelto en toda aquella violencia.

Sucedió de la forma más ridícula: por una confusión. Aquella fatídica noche había discutido con Eloïsa y regresé solo a la pensión. Estaba un poco bebido, es cierto, y tuve que apoyarme en las paredes para poder llegar a mi cuarto. Saqué la llave de mi bolsillo, miré hacia la puerta y me fijé en unas formas blancas pintadas sobre la madera. Confuso, retrocedí unos pasos para ver mejor de qué se trataba y descubrí unas palabras que me dejaron tan impactado que me caí redondo al suelo. Con una brocha gorda, alguien había dibujado una estrella de David en mi puerta y, debajo, había escrito: «*Juden raus!*». Que significa, claro está: «¡Judíos, fuera!».

Cuando abrí la puerta, me encontré a dos nazis ahí dentro. Y la cosa se puso fea, pero que muy fea. Tanto que tuve que largarme de Alemania al día siguiente.

10

Un nazi muerto y un corazón roto

1933

Creo que fue la radio la que volvió loca a la señora Putz. Cuando la conocí, era como una madre sin hijos que estaba desesperada por tener su propia prole de desheredados, a los que regañaba, limpiaba el culo y daba de comer puré de patata agrio. Tenía mal carácter, no se podía negar, y había días en los que no se podía hablar con ella, por el riesgo de recibir un escobazo, pero siempre cuidaba de nosotros. Incluso te esperaba de madrugada sentada en la cocina, con una taza de café caliente en la mano, para quitarte la borrachera de un bocinazo.

Sin embargo, cuando aquel maldito aparato entró en la casa, todo cambió para ella. Se le metieron en la cabeza una serie de voces que ya nunca la dejaron tranquila. Serpientes que le rodearon el cerebro hasta estrujarlo y dejarlo seco, listo para inyectar en él las consignas del NSDAP, el partido nazi.

La compró allá por el año 30. No tenía siquiera un altavoz, tan solo un auricular que se pegaba tan fuerte a la oreja que parecía querer atravesarse el tímpano. Al principio, le maravillaba escuchar música clásica y las emisiones de la BBC. Decía que podía oír el mar bajo el sonido de los violines. Ella se imaginaba que las ondas, cuando atravesaban el canal de la Mancha, arrastraban consigo también el murmullo de las olas. Una vez, incluso me aseguró que durante una pieza de Mozart había escuchado el canto de una ballena. Lo contenta que se puso. Cuando le pregunté entonces qué decían las ballenas, me respondió ofendida:

—¡Yo qué sé! ¡Pregúnteselo a ellas!

Pero pronto se cansó de aquello y se puso a escuchar sonidos más próximos aunque mucho más siniestros: los discursos de los dirigentes nazis. Hasta aquel día, yo únicamente creía en el poder de las imágenes. Apenas había comenzado el cine sonoro y nunca me había interesado escuchar la radio. Tampoco tenía tiempo. Pero cuando comprendí el impacto que ese aparato tenía sobre mi casera, me entró el miedo de su influencia, porque experimenté en mis propias carnes cómo aquella mujer compasiva se tornaba desconfiada y cruel. Su mundo, pequeño y ordenado, se resquebrajó, y comenzó a ver la realidad con los ojos del nacionalsocialismo. El tendero ya no era el señor Simons, sino un judío que pretendía robarle y cuya trastienda se había convertido en fuente de oscuras historias. Zimmermann, cuando todavía vivía, ya no era una persona que luchaba por los derechos de los trabajadores, sino un enemigo del Estado aliado con Rusia. Las mujeres que vestían pantalones y llevaban el pelo corto eran ahora las culpables de haber destruido la familia tradicional: quitaban el trabajo a sus maridos y ni siquiera traían al mundo a hijos arios como es debido y con una salchicha bajo el brazo. ¡Eso era el colmo! La sangre de los alemanes, que al parecer antes estuvo muy limpia, como el agua de un manantial, se había contaminado por culpa de los judíos, los responsables de los males de la patria: desde nuestra derrota en la guerra mundial hasta cualquier tipo de desviación sexual. ¡Y encima tenían cuernos!

De repente, la señora Putz había formado en su cabeza la imagen de una Alemania pasada, idílica, donde todo parecía perfecto y las cosas eran como debían ser (aunque nunca estaba claro a qué época se refería ni cómo era concretamente esa vida). Cualquier tiempo pasado era mejor, porque estábamos gobernados por esa «República de judíos» que había introducido «el veneno marxista» en nuestro país. Expresiones todas ellas que la señora Putz integraba en sus frases de forma artificiosa, con calzador, a martillazos más bien. Parecía entonces que su rostro se transformaba en el de Hitler y que un oscuro bigote le asomaba bajo la nariz. No solo hablaba más alto, sino que gesticulaba como una marioneta manejada por un demente. En sus ojos aparecía una mirada cargada de odio que atravesaba paredes y con la que era capaz de detectar al vuelo a los enemigos del Tercer Reich, culpables de los males de la nación. Al parecer, los alemanes de verdad nada habían tenido que ver con la humillante derrota sufrida en la Gran Guerra, la decadencia económica, la violencia de las calles, las drogas, la prostitución, la subida de los precios y el paro. No habían explotado a sus trabajadores, robado, mirado hacia otro lado y sobornado a funcionarios. No. Los otros eran los culpables. De este modo, para los buenos alemanes, únicamente un nuevo orden y un líder fuerte serían capaces de acabar con la escoria que cubría las calles de Berlín.

En su momento, no hice mucho caso a la señora Putz (al fin y al cabo era la casera, y no se me pasó por la cabeza pensar que había muchos otros como ella, millones, con las mismas ideas absurdas, cargadas de odio y de un rencor que aún hoy en día sigo sin saber de dónde procedía: ¿del miedo?, ¿de la ignorancia?, ¿de la estupidez?, ¿de una combinación mortífera de las tres? Quién sabe). Yo estaba, por supuesto, sumido en mis propias preocupaciones y pensaba que se trataba de otra excentricidad más de la mujer, como lo de su dentadura, cuyos augurios había dejado de escuchar. Era a la radio a lo que ahora hacía caso.

No imaginé, al igual que tantos otros, que todo eso se volvería en mi contra. Fui otro idiota más que a punto estuvo de morir por no querer ver lo que sucedía a mi alrededor. Me comportaba como uno de esos gordos burgueses que durante la cena dicen a su mujer, muy seguros de sí mismos: «Esto pasará y todo volverá a la normalidad. ¡Es solo cuestión de tiempo! Hitler no va a durar más que unos meses en el poder. ¡Ya lo verás! El ejército no lo va a apoyar y los trabajadores, tampoco. Además, el presidente Hindenburg es un hombre honorable y no va a permitir que un tipejo como Hitler destruya el país... Estoy convencido de ello. Venga, ponme un poco más de sopa».

Pensar así es como una lenta condena a muerte que uno mismo se impone. En el fondo, la mayoría no queremos que nada cambie a nuestro alrededor. Somos capaces de agarrarnos a cualquier atisbo de normalidad antes que aceptar que la bestia negra se encuentra ya en nuestro salón, sentada en nuestra butaca favorita. Ella crece y crece, nos roba la comida, el trabajo, la mujer, la casa, el país, y nosotros, mientras tanto, no hacemos nada. Solo pensamos: «Ya se irá, ya se irá».

Y no, no se va a ir.

Pero volvamos a la noche de la borrachera.

Cuando me encontré con aquella pintada en la puerta, pensé que se trataba de un error o de una broma de mal gusto, por lo que la abrí dispuesto a tirarme en la cama y llorar amargamente por mis penas.

Nada más entrar, me sorprendió una lucecilla que flotaba en medio de la habitación. «Qué curioso —pensé—, ¿será una luciérnaga que ha venido a visitarme?». Caminé hacia ella atontado, más bien contento por aquel prodigio, y, como un niño en plena excursión, me lancé a atraparla. Pero antes siquiera de acercarme, tropecé con algo, un zapato muy pesado. Extrañado, lo cogí, y he aquí mi sorpresa cuando descubrí que era una bota unida a una pierna, y esta a una entrepierna... La verdad es que yo no recordaba haber comprado nunca un calzado de esas características...

—¡Ponte de pie, cerdo judío! —gritó una voz.

La luz se encendió de golpe y se me apareció justo delante un camisa parda; detrás, en la puerta, había otro, pero el doble de grande.

Los dos llevaban la pistola al cinto y no parecían gente muy amigable, ciertamente. Yo creía que se trataba de un error y ya les iba a pedir amablemente que se largaran, cuando el que estaba sentado delante de la ventana me preguntó:

—Usted es Joseph Zimmermann y trabaja para la UFA, ¿no es así?

Al oír aquel funesto nombre (con el que había firmado el contrato), entendí de inmediato lo que estaba sucediendo y por qué motivo habían hecho aquella pintada en mi puerta. A sus ojos, yo era un judío que estaba además afiliado al partido comunista. ¡Lo tenía todo! Era, cómo decirlo, la clase de persona que más odiaban los nazis. Por supuesto, podría haber intentado defenderme contándoles la verdad: que era un miserable desertor y que por ese motivo había robado aquella identidad, pero eso habría sido aún peor. Tenía claro que prefería que me expulsaran del país, o que me encerraran en uno de esos campos de concentración que amablemente habían habilitado para comunistas e izquierdistas, antes que ser fusilado.

—Tenemos que hacerle unas cuantas preguntas, señor Zimmermann —prosiguió el hombre de la ventana mientras sonreía satisfecho, saboreando el momento. Su cara era alargada y huesuda, como si le hubieran metido bajo la piel varias piedras. Llevaba unas gafas de grueso cristal que agrandaban los penetrantes ojos azules con los que me vigilaba.

El que estaba a mi espalda era prácticamente un gigante, tan ancho como la puerta que protegía. Su pelo era casi albino y parecía rabioso, con unos labios gruesos que le brillaban de la saliva que le rebosaba de la boca. Daba la impresión de que me iba a dar un bocado en cualquier momento.

Con un raudo diagnóstico de mi situación, supe que el mundo que tan hábilmente había construido durante los últimos años se venía abajo. El suelo que me sostenía se volvió blando y viscoso. Bajo mis pies no había más que una masa informe, un asqueroso charco en el que flotaban cada una de mis identidades. Vi las caras de Varick, de Bill y de Joseph deformándose ante mí, y se me revolvió aún más el estómago. Pero no me vine abajo. Traté de mantener la compostura y solté lo primero que me vino a la cabeza:

—En realidad, señores camisas pardas, me llamo «Zimmerman», con una ene al final, no con dos. Creo que, por lo tanto, se han equivocado de hombre. A cualquiera le puede suceder. El verdadero Zimmermann, con dos enes, vivía en la puerta de al lado, pero ya murió, el pobre. Ahora su cuarto lo ocupa una preciosa chica alemana de ojos azules y con un historial tan ario que sería la envidia del mismo Sigfrido.

—De ella también queríamos hablarle, precisamente —respondió el nazi que estaba sentado delante de mí y que jugueteaba con un trozo de negativo que yo había robado de la sala de montaje de *Metropolis*.

Me quedé pálido al oírlo. No contaba con que hubieran venido también a por ella, aunque tenía mucho sentido. Eloïsa era una figura muy reconocida dentro de la lucha antifascista y se había ganado el odio de los nazis gracias a sus brutales fotomontajes. Además, en aquel momento, abril de 1933, los nacionalsocialistas estaban más preocupados por los comunistas que por los judíos, a los que estaban jodiendo la vida pero aún sin asesinarlos a miles, como harían después. Los comunistas eran entonces su principal enemigo, ya que tenían una gran capacidad de movilización y millones de seguidores, y algunos de ellos, además, iban armados.

—La estamos buscando, señor Zimmermann, y seguro que usted sabe dónde se encuentra —prosiguió—. La señora Putz nos ha dicho que usted y ella pasan mucho tiempo juntos. Si nos ayuda a encontrarla, puede que le dejemos salir libremente del país; de lo contrario, si no colabora, tendrá que venir con nosotros.

—Pero ¿qué tienen contra ella? Es solo una periodista y ni siquiera puede trabajar porque han cerrado los periódicos donde publicaba.

—¿Que qué tenemos contra ella? Interesante pregunta —respondió el nazi, sin moverse ni un milímetro. Tenía la espalda tan recta que él mismo parecía el respaldo de una silla, y su boca, aunque se movía, no alteraba la expresión de su rostro, fría y contenida—. Déjeme que le ponga un ejemplo para que lo entienda. Dígame: ¿qué haría usted si un día descubriese que tiene una terrible enfermedad?

—Pues iría al médico, claro —respondí sin comprender adónde quería llegar.

—Por supuesto, iría al médico —repitió ajustándose las gafas—. Imagínese por un momento que el médico le hace unos análisis y llega a la conclusión de que usted tiene una enfermedad terminal; cáncer, por ejemplo. ¿Cómo le haría sentir eso?

—Mal.

—Claro, claro. Incluso tendría miedo. Entonces, el médico le dice que la única forma de salvar su vida es extirpando ese cáncer. ¿Qué le respondería?

—Que me lo sacase ya.

—Exactamente, exactamente. Veo que me entiende, porque ¿acaso no es la vida lo más valioso que uno tiene?

—Sí, claro.

—Lo que le estoy diciendo —prosiguió con su voz tranquila y monótona, sin subir el tono en ningún momento— es que ustedes, los judíos y los comunistas, son el cáncer de ese cuerpo glorioso que es Alemania. Un cuerpo puro, limpio, que, por falta de higiene y de atención, ha visto crecer dentro de sí un bulto repulsivo y asqueroso que lo ha hecho enfermar gravemente. Nuestra misión es librarnos de él. Así de sencillo.

—Pero ¿para qué me cuenta todo eso? Yo solo soy un asistente de dirección que trabaja para el señor Lang.

—Otro judío, por cierto.

—¿Cómo? —pregunté sin poder creer lo que estaba oyendo—. ¿Lang, judío?

—Los judíos saben ocultarse muy bien —respondió al ver mi sorpresa—, incluso entre ellos, señor Zimmermann. Un ejemplo más que nos muestra lo traicioneros que son ustedes. Solo piensan en sí mismos y en enriquecerse a costa de los honrados trabajadores alemanes.

—¿De qué me habla? Pero ¿ha visto usted dónde vivo? ¡No me puedo ni explotar a mí mismo!

—Solo quiero que me diga dónde se encuentra Eloïsa —preguntó ignorando mi comentario—. Eso es lo que necesito, y cuanto antes hable, mejor para todos.

—No sé dónde está. Apenas la veo ya.

—No mienta —dijo él, al tiempo que hacía una señal al nazi albino que se encontraba detrás de mí.

—Le digo la verdad, señor camisa pardaaarrrjjj...

Mientras hablaba, el nazi babeante, a quien su bendita madre debió de darle de pequeño una sobredosis de leche, me puso sus manos alrededor del cuello y comenzó a estrujármelo sin más, sin pedir permiso o sin preguntar si yo tenía ganas de que me arrancaran la cabeza. Un bárbaro, vamos.

Se me hincharon los ojos como huevos y pensé que iban a caer rodando al suelo. Los pulmones, que luchaban por encontrar un poco de oxígeno, se alargaron desesperados en busca de aire. En resumen: me estaba asfixiando. Traté de balbucear algo, pero mi voz quedó atrapada en la garganta.

Solo cuando di patadas contra el suelo, me soltaron.

—No he entendido bien lo que decía, señor Zimmermann.

—Necesito un cigarrillo..., por favor —dije con una voz ronca.

—¿Un cigarrillo? —El camisa parda rio—. Muy bien, cójalo y después hable alto y claro.

En realidad, yo no fumaba, pero, antes de agonizar, me había fijado en que sobre mi mesa se hallaba el gran tintero de cristal que utilizaba para dibujar. Así pues, me levanté y di unos tambaleantes pasos en aquella dirección. Hice entonces como que abría un cajón y, con un rápido movimiento, agarré el pesado tintero y lo lancé contra el animal que estaba a mi espalda. El grueso cristal del frasco quebró al chocar en la frente del nazi y la tinta le cubrió los ojos de negro. El alarido que se oyó fue sorprendente. Salió de su interior una voz de niño grande, asustado. El muy idiota seguramente pensó que se había quedado ciego.

Lamentablemente, mi plan inicial no funcionó, porque mi intención era escapar por la puerta. Pero el nazi, que debía de pesar más de ciento veinte kilos, cayó al suelo igual que un saco de cemento, bloqueando la salida. De su nariz salieron unos mocos negros mezclados con sangre, algo asqueroso. No me quedó más opción que darme la vuelta y enfrentarme a la pistola del otro camisa parda. Di un paso hacia él, dispuesto a entregarme. No sirvió de nada, porque, sin mediar palabra, el nazi me disparó a bocajarro. Y falló, un maldito milagro. La bala perdida hizo un pequeño agujero en la pared, a través del cual juraría que vi aparecer el ojo de la señora Putz, aunque seguramente solo se trató de un producto de mi imaginación.

Antes de que pudiera dispararme una vez más, me lancé sobre él con tal ímpetu que el hombre, espantado, no atinó a apretar el gatillo. Mi cuerpo chocó con el suyo y ambos caímos sobre la ventana que tenía a su espalda, atravesando el cristal. Sin poder evitarlo, volamos en la noche de Berlín.

Por fortuna, no había mucha altura; era un primer piso. Dimos contra el asfalto, pero, ironías de la vida, fue el cuerpo del nazi el que salvó la mía, al servirme de mullido colchón de carne. La palmó, claro. No quise mirar atrás y, todavía con la cabeza dándome vueltas, salí por patas.

Hui por las callejuelas más oscuras, pero perdía el norte cada pocos segundos y, cuando volvía en mí, no sabía de dónde venía ni adónde iba. Por momentos, pensé que me hallaba dentro de la película *M* y que yo era el vampiro al que perseguían la policía y los criminales de la ciudad. Cual Peter Lorre, miraba con los ojos hinchados a un lado y a otro, convencido de que llevaba una marca con tiza en la espalda que me convertía en una diana móvil a la que cualquiera podía disparar. Al fin y al cabo, yo había pasado de ser un anónimo trabajador del cine a convertirme en judío, comunista y asesino de nazis. ¿Quién no querría verme muerto?

Tras una hora de vagabundeo y de haber sido señalado por fulanas, chulos y vendedores de cocaína, que se reían de mí pensando que era un patético borracho, logré encontrar al fin un lugar reconocible: la sede del KPD, donde quizá se encontraba Eloïsa. La puerta estaba cerrada y unos miembros de las tropas de asalto de las SA la custodiaban. ¿Dónde estaría? ¡Tenía que avisarla de que corría peligro! Continué dando vueltas por el barrio y llegué a otro local comunista, el Tante Martha. Tampoco había nadie. Pasé por bares y cafés, hasta que me tropecé con un viejo tipógrafo con gorra y larga barba blanca que conocía de los mítines. Lo agarré por los hombros y el hombre gritó del susto.

—¿Estás loco, Bill? ¿Se puede saber qué haces? ¡Nos van a detener!

—¿Sabes dónde está Eloïsa? La estoy buscando por todas partes.

El viejo miró a un lado y a otro y me arrastró a un oscuro portal. Un coche de la *Schupo*, la policía, que ahora patrullaba con los nazis, pasó a toda velocidad a nuestro lado, tras pisar un charco y salpicarnos de barro.

—Vete a casa. No es momento de andar paseándose por la noche. Te vas a meter en problemas.

—¡No me importa! Tengo que avisarla. Los de las SA la están buscando —exclamé, muy metido en el papel de héroe. Deseaba encontrarla para que viera que me preocupaba por ella y así recuperarla, a pesar de que Eloïsa me había mandado señales muy claras de que ya no tenía interés en mí.

El viejo me miró con sus ojos oscuros, se atusó la espesa barba, que crujía bajo sus gordos dedos de trabajador, y me dijo:

—Lo siento, Bill, pero la vi salir de la sede con Karl Gänseblümchen.

—¿Y adónde iban?

—No lo sé.

Sabía que intentaba ocultar la verdad, pero un hombre honesto como aquel, que dedicaba las noches a cocinar para dar de comer a los mendigos de Berlín, era incapaz de engañar a nadie.

—Claro que lo sabes.

—Bueno…, quizá han ido a casa de él, en la calle Mariendorf, en Nostitz… Pero no estoy seguro.

Sin despedirme siquiera, corrí hacia allí. Mi cerebro, muy

golpeado aquella noche, no quiso entender lo que eso suponía. Simplemente, atravesé las calles, ciego, esperando encontrarme a Eloïsa para llevarla a un lugar seguro (por supuesto, no sabía adónde podríamos ir o qué hacer, pero necesitaba aferrarme a ella de algún modo).

Llegué entonces al bloque de viviendas donde residía el apolíneo proletario, comprobé los nombres de los buzones, subí al segundo piso y llamé al timbre. Nadie me abrió. Empujé la puerta y descubrí que estaba abierta. No dudé ni un segundo en entrar. A oscuras, susurré patéticamente el nombre de mi amada por los pasillos y busqué entre las habitaciones hasta dar con el dormitorio. Debido a la falta de luz, únicamente pude distinguir unos bultos bajo las sábanas. ¿Sería Eloïsa? Eso me preguntaba allí plantado, más quieto que un fantasma.

Podría haber pasado horas en esa misma posición, sin atreverme a dar un paso y descubrir la verdad que había pretendido ignorar hasta aquel momento, porque prefería creer que Karl y ella estarían charlando sobre el materialismo dialéctico o bordando con hilo de oro la calva de Lenin en una bandera.

—Eloïsa... —logré susurrar entre las sombras, y después una vez más—: Eloïsa...

—¡Quién está ahí! —exclamó una voz de hombre al tiempo que encendía la luz de la mesilla.

Como me temía, allí estaba él, el hombre que parecía una escultura socialista de bronce, contemplándome atónito. A su lado, la que se suponía que era mi pareja, desnuda de cintura para arriba, exhibía esos preciosos pechos que tanto iba a echar de menos.

Mi pobre corazoncito, hasta ese día prácticamente virgen, se quebró en mil pedazos, y aún siento dentro de mí sus afiladas astillas.

—¿Se puede saber qué haces? ¿Cómo te atreves a entrar así? —gritó ella, indignada.

No me vi capaz de reaccionar. Mi falta de experiencia en los asuntos amorosos, aunque ya tuviese casi treinta y tres años, me había hecho pensar que ella, avergonzada, se disculparía al menos conmigo. Pero no, Eloïsa no era así.

—He venido para avisarte de que estás en peligro —dije al fin, más bien a modo de excusa—. Los nazis han ido a buscarte a la pensión y seguro que también vendrán aquí. ¡Debemos marcharnos cuanto antes de Alemania!

Eloïsa se cubrió entonces el torso con las sábanas y me miró con una profunda expresión de desprecio.

—Vete tú, si quieres. Yo no pienso marcharme. Tengo unos ideales por los que luchar.

—¿Y también te acuestas con ellos? —pregunté, enfadado.

Karl iba a abrir la boca para defenderse, pero Eloïsa lo interrumpió:

—Lo que ha pasado aquí no tiene nada que ver. Me da igual acostarme con Karl que con cualquier otro. Yo no soy de nadie. Parece que nunca lo has entendido. Solo pertenezco a la revolución, y este es el momento de luchar y dejar de lado los sentimientos pequeñoburgueses.

—Pero yo pensaba...

—Lo que tú pienses es tu problema. No eres capaz de entender nada de lo que sucede a tu alrededor hasta que ya es demasiado tarde.

Después de soltarme aquello, se vistió rápidamente y salió del dormitorio, empujándome. Karl simplemente apagó la luz, como si aquello no fuera con él, y se puso a dormir.

Sentí envidia al ver su despreocupación. Estaba claro que yo no era un buen revolucionario.

Cuando quise reaccionar y bajé a la calle, Eloïsa ya no estaba. Fue como si la neblina que se había levantado en las últimas horas se la hubiese tragado para siempre y ella solo hubiera sido el fruto de mi fantasía, de mi soledad.

Aquella noche me quedé sin nada: sin novia, sin trabajo y sin libertad. Había regresado al punto de partida. Me sentía como un huérfano perdido en un río que no sabe dónde desemboca. Pero lo que más me dolió fue descubrir lo engañado que estuve con Eloïsa respecto a sus sentimientos hacia mí. Quizá debería haberle preguntado en su momento si me amaba, o algo por el estilo. Pero, como me dijo, yo había dado por supuestas una serie de cosas y ella no. Eloïsa estaba por encima de las relaciones y solo le interesaban el partido y el sexo, y en este orden.

Abandonado igual que un perro en mitad de la noche y sin poder regresar a la pensión siquiera a por dinero, me dieron ganas de llorar de pura desesperación. ¿Cómo había podido torcerse mi vida de semejante manera? ¿Qué había hecho mal?

Me sentía tan desesperado y hundido que incluso pensé

volver a buscarla. Quizá, si me empeñaba en ser un comunista de verdad, ella me amaría. El problema era que yo no creía en el comunismo; era un individualista que desconfiaba de la política y al que horrorizaban las masas. Ya había sufrido en la guerra lo que era ser carne de cañón, un ser anónimo, y no pensaba repetirlo. Además, las tácticas del KPD para combatir a los nazis me parecieron inútiles, ridículas. ¿De qué les estaban sirviendo las huelgas, los carteles y las pintadas? De vez en cuando provocaban un tiroteo y mataban a alguno de ellos, pero poco más. Las calles ya las controlaba el gobierno de Hitler. ¡Y a mucha gente le gustaba aquello! O quizá yo solo era un derrotista. La cuestión es que ahora, analizándolo con la distancia de los años, sé que acerté al largarme.

Mientras vagabundeaba por la avenida Kurfürstendamm (creo que pasaron varias horas) me pareció identificar un coche que me resultó familiar: ¡el Mercedes negro de Lang! Desesperado al reconocer algo que pertenecía a mi antigua vida, corrí hacia allí convencido de que, si atravesaba una de sus puertas, iría a parar a otro mundo.

Al verme, el chófer, Acheron Feuer, detuvo el vehículo y me dijo con su habitual tono seco:

—Llevo varias horas buscándole. El señor Lang le necesita urgentemente.

—¿A mí? ¿Me busca a mí? —pregunté con la cabeza entera metida por el hueco de la ventanilla, sin poder creer lo que me decía—. ¿Para qué?

—Suba.

Y claro que subí. Con él hubiera ido adonde fuera.

Acheron arrancó el coche a gran velocidad, algo que nunca antes le había visto hacer, y atravesó en un instante la larga avenida.

—¿Se puede saber adónde vamos con tanta prisa? —pregunté con el temor, yo qué sé, de que Acheron fuese en realidad un nazi que me acababa de secuestrar.

—A la estación. Debe tomar el tren a París de las once treinta.

—¿Cómo? ¿Por qué?

—El señor Lang ha tenido que salir precipitadamente del país y necesita que usted le lleve su correo personal y algunos documentos.

—Pero ¿por qué tuvo que salir?

El chófer se mantuvo callado durante unos segundos y después me miró fijamente por el retrovisor, como si dudase en hablar.

—Solo sé que lo llevé al Ministerio de Propaganda y tuvo una entrevista con el ministro Goebbels.

¿Goebbels? Solo de escuchar ese nombre las manos comenzaron a temblarme, pero no entendía qué habría podido suceder. Era sabido que a los nazis les habían encantado algunas de las películas de Lang. ¿Habría habido algún problema con la última, *Das Testament des Dr. Mabuse*, cuyo estreno había sido misteriosamente pospuesto sin motivo alguno? ¿O aquello sucedía porque Lang era judío?

—Tome lo que hay en el asiento —ordenó el chófer.

Hice lo que Acheron me mandaba. A mi lado se encontraba una de las gabardinas que Lang encargaba confeccionar a su sastre cada vez que finalizaba un rodaje. De un bolsillo asomaba un flamante billete de tren, algo que jamás yo hubiera podido permitirme sin un *pfennig* en la cartera. Bajo la gabardina había un maletín en cuyo interior se guardaba una serie de abultados sobres. Tuve entonces la certeza de que, a pesar del peligro que ese viaje supondría para mí (perseguido por los nazis y sin pasaporte), aquella era la única oportunidad de escapar de Alemania.

Y así fue.

Me marché para nunca más volver. Ni ganas que tengo de hacerlo.

11

Una fuga sin fin

1933

El viaje a París fue en verdad más sencillo de lo que esperaba, a pesar de carecer de pasaporte y de estar perseguido por los nazis. Nada más entrar en el tren, me puse a vagabundear desesperado por los vagones en busca de un lugar donde esconderme. Pero no hubo manera. Había demasiada gente huyendo, familias que cargaban con lo que podían: baúles de madera, maletas de cartón, niños gritones y abuelos temblorosos. La atmósfera era tensa, atestada de miedos y sueños rotos. Judíos que habían tenido que vender lo que tenían y a los que se les había impedido sacar su dinero del país. Al parecer, los marcos eran una cosa muy aria y debían permanecer en Alemania.

Apenas pude caminar por el tren hasta que accedí a uno de los vagones de primera clase, un remanso de paz. Me dejaron pasar sin siquiera mirar mi billete; solo con verme vestido con la cara gabardina del gran Lang, no hicieron más preguntas. Allí viajaban los emigrantes de lujo, vestidos con esmoquin. Las mujeres llevaban abrigos de piel y dejaban tras de sí un denso rastro de perfume que casi debías apartar con las manos para poder seguir avanzando. Si se les despertaba el gusanillo del hambre, tenían la posibilidad de disfrutar de un magnífico restaurante situado en un vagón contiguo. Picado por la curiosidad, a pesar de que todavía estaba cerrado, también yo me paseé por allí. Un sitio peculiar, la verdad, porque recordaba más bien a una casa de muñecas. Tenía visillos en las ventanas, y sobre cada diminuta mesa se desplegaban lamparitas de cristal, relucientes cubiertos de plata, servilletas con forma de cisne y cubiteras desbordantes de hielo que enfriaban pequeñas botellas de champán.

Mientras babeaba con tanto lujo, del traqueteo del tren se abrió de golpe la puerta de un armario. Descubrí que allí dentro guardaban los uniformes. Viendo mi salvación colgada de esas perchas, tomé uno y entré rápidamente en el baño. A los pocos segundos, regresé al vagón restaurante convertido en un auténtico camarero.

—¿Quién eres tú? —preguntó al verme el *maître*, un anciano con un fuerte acento francés y un bigote blanco con las puntas que acababan en dos ridículos rizos.

—Mi nombre es François, François Dupont —respondí al instante en francés, esperando impresionarle.

—No te conozco —dijo primero con desconfianza—. Además, nadie me avisó de que tendríamos un refuerzo, ¡a pesar de que llevo meses pidiéndolo!

—Pues le he tocado en suerte, señor.

—¿Es usted francés?

—Sí, señor.

—¡Al fin! —exclamó, aliviado—. No sabe lo harto que estoy de estos alemanes que se mueven como autómatas, sin alma. ¡Les falta pasión y buen gusto! No son más que simples cerveceros. Y su cocina…, no me haga hablar de su cocina…

—Detestable, señor, por no decir infame.

—Creo que usted y yo nos vamos a entender —dijo con una amplia sonrisa.

—Yo así también lo espero, señor.

—Bien, ahora póngase a limpiar esas copas.

Y de ese modo, durante las siguientes horas, trabajé como camarero llevando platos de pato confitado o de *coq au vin*. De vez en cuando, pasaba por allí la policía nazi y pedía los pasaportes a los clientes, ignorando por fortuna a los miembros del servicio, entre ellos a mí. Aun así, pasé muchos nervios y más de una gota de sudor cayó sobre una *vichyssoise*. Un toque salado que seguro que apreciaron esos ricachones.

Pero no todo fue coser y cantar, porque, mientras atravesábamos el territorio francés, volvieron a mí aquellas horribles visiones que parecían haber estado esperándome durante todos aquellos años, agazapadas. Así, por la ventanilla del tren, me pareció que de los cables de los postes de electricidad colgaban miles de cadáveres que se movían al compás del viento. En los campos, antes verdes, había ahora cráteres por los que asomaban cráneos gigantescos. De sus ojos surgían cuervos deformes, como dibujados por un niño siniestro, que perseguían a soldados desnudos que corrían desesperados por las trincheras. Uno de esos cuervos sin ojos, que cargaba entre sus garras con varios cuerpos inertes y mutilados, voló entonces derecho al vagón restaurante, y supe que venía a buscarme. Y grité, claro que grité, porque yo, lo confieso, aún sentía que llevaba una vida de prestado y que en cualquier momento me tocaría regresar al lugar del que nunca debí salir: la trinchera.

Por supuesto, los platos que llevaba en la bandeja cayeron al suelo.

Todavía recuerdo el silencio que se produjo a mi alrededor y cómo todos me miraron de la misma forma, como diciendo: «Tú no eres de los nuestros, ¿qué demonios haces aquí? Deberías estar ahí fuera, con los muertos».

Ya estaba convencido de que me iban a denunciar a los nazis, pero un compañero me ayudó a limpiar y, después de la reprimenda del *maître*, todo volvió a la normalidad. No volví a mirar por la ventanilla hasta que llegamos a la Gare du Nord.

En cuanto el tren se detuvo, tomé mis cosas y, sin cambiarme de ropa, bajé al andén como alma que lleva el diablo. Cogí entonces tanto aire de una bocanada que daba la impresión de que no había respirado durante las últimas dieciséis horas. Mientras caminaba hacia la salida, descubrí a un hombre con un bombín que, entre la multitud, sostenía un cartel con un nombre que tardé en reconocer: VARICK WACHENSCHWANZ. Pensé que de nuevo se trataba de una alucinación.

Cuando comprendí que era real y que se trataba de una

broma de mal gusto por parte de Lang, me acerqué hasta él y dije:

—Yo soy Varick Wachenschwanz.

El hombre, que tenía los ojos pequeños y la nariz en forma de patata y muy roja, a punto de estallar, me miró de arriba abajo, como decepcionado, y dijo:

—Si usted lo dice...

Lo seguí con rapidez hasta la calle y, sin decir más, me hizo subir en su coche, un destartalado Citroën. Condujo por una ciudad que solo había visto en postales y que nada tenía que ver con el caótico Berlín. Había allí un orden armonioso que emergía de la belleza de sus edificios y extensas avenidas. Se respiraba otra atmósfera, más relajada y cordial, festiva, en definitiva, algo que se percibía en la forma de caminar de los transeúntes o en cómo sorbían, con verdadero deleite, un simple café en las abarrotadas terrazas. Había ligereza, eso era. Incluso la gente parecía feliz paseando sus perritos, que meaban con elegancia en cada árbol que encontraban. El aire olía distinto: una mezcla de jazmín, cruasán, tinta de periódico recién publicado y café molido.

Como si de una ruta turística se tratara, por el camino atravesamos los Campos Elíseos y el arco de Triunfo. A lo lejos, incluso divisé la torre Eiffel, ese faro sin luz que contemplaba de forma altiva la ciudad que se extendía a sus pies.

El hotel al que llegamos era, por supuesto, digno de Lang. Se trataba del Georges V, uno de los más lujosos de París. Recordaba a un palacio y allí había casi más botones que clientes. En cuanto te descuidabas, un chico te robaba la maleta, el abrigo y hasta el alma, y solo te lo devolvía a cambio de una propina. Por supuesto, yo no les di nada, porque nada tenía. Ni siquiera la ropa me pertenecía. Al igual que mi futuro, todo dependía de la bondad del señor Lang.

Así, hecho un manojo de nervios, subí hasta la suite de aquel exiliado de lujo. Nada más entrar, me encontré con un apartamento tan amplio como la pensión de la señora Putz, y con unas prodigiosas vistas de París. Lang vestía una elegante bata color púrpura, bajo la cual se adivinaban una corbata y una camisa blanca. Llevaba el monóculo, impoluto, firmemente encajado en el ojo, como si fuera una ventana circular. Un cigarrillo le colgaba de sus finos labios, que dibujaban una mueca nerviosa.

Antes de que pudiera siquiera saludarlo, me dijo:

—¿Se puede saber qué ha hecho usted con mi gabardina?

Sin entender por qué decía aquello, me miré y advertí que en efecto estaba completamente arrugada después de haber pasado casi un día entero escondida bajo manteles y servilletas por lavar.

—Lo siento, señor Lang. No fue fácil venir en tren.

Ignorando mi comentario, me preguntó:

—¿Y mi correo?

Saqué entonces las abultadas cartas que llevaba guardadas en los bolsillos de la gabardina y del pantalón, y se las ofrecí.

Sin siquiera mirarlas, las sopesó entre sus manos, calculando el peso, y después me dijo:

—Muy bien, señor Becker. Ha cumplido usted. Espero

volver a verle cuando todo esto se tranquilice —añadió llevándome hacia la puerta.

—Pero, señor Lang, no he hecho este viaje solo para hacerle un favor. Necesito trabajo. Quizá pueda usted...

—Lo siento. Yo también he tenido que salir con lo puesto y apenas me estoy instalando. ¡Ni siquiera tengo un cepillo de dientes! ¿Cómo piensa usted que le puedo ofrecer trabajo?

Dicho eso, me dio con la puerta en las narices. Estaba tan desconcertado por lo sucedido que fui incapaz de reaccionar. Simplemente salí atontado del hotel. Ya en la calle, no me sentía muy distinto de un perro abandonado por su dueño. Miré hacia la fachada del hotel y fui consciente de que mi época dorada había finalizado en aquel preciso instante. Sin Lang yo no era nada.

No quise darme por vencido y, con la excusa de devolverle la gabardina, decidí regresar. ¡Quizá podría trabajar con él como traductor! Entusiasmado, me quité la gabardina y la doblé con cuidado, pero noté que había algo en su interior. Se trataba de una de las cartas. El sobre estaba prácticamente roto y, sin poder resistir la tentación (durante el viaje me había preguntado por qué demonios eran tan importantes para él), lo abrí un poquito más. Para mi estupor descubrí que dentro había miles de marcos alemanes. ¡Lang me había mandado hacer aquel viaje para llevarle ilegalmente el dinero que no había podido sacar del país!

Acababa de comprender cómo, una vez más, me había utilizado para sus propios intereses y lo odié, vaya si lo odié.

Aquel día supuso un cambio radical en mi vida. Junto con

la traición de Eloïsa, el engaño de Lang dejó una indeleble huella en mí, un profundo surco que nunca ha cicatrizado y que provocaría que, años más tarde, me vengara de él. Sentía que, cada uno a su manera, se habían aprovechado de mí.

Caminé triste y desesperado hasta el puente del Alma, desde donde contemplé el Sena, cuyas turbias aguas atravesaban la ciudad igual que una interminable serpiente. Al ver mi sombra reflejada en la superficie del río, tuve la certeza de que debía dejar el pasado atrás y, con él, todos los errores, traiciones y decepciones. Era la única forma de avanzar: una huida hacia delante.

Aquel mismo día, mientras mi sombra flotaba en el agua, llegué a la conclusión de que quizá algo funcionaba mal en mí. Al fin y al cabo, me había empeñado en trabajar para un hombre narcisista y cruel y en perseguir a una mujer que no me amaba. ¿Qué clase de idiota, en definitiva, era yo?

Por supuesto, me quedé con el dinero y lo cambié de inmediato por francos franceses en un banco cercano. Ya en la cola, tuve la fortuna de encontrarme con una cara conocida, una de las personas a las que más había respetado durante aquellos años, porque me había parecido un actor de verdad y no un muñeco de trapo en manos del doctor Mabuse. Se trataba de Peter Lorre, el intérprete de ojos tristones, cuerpo encorvado y aspecto de eterno vagabundo. Un hombre que se había atrevido a decir delante de todo el equipo de rodaje que Bertolt Brecht (con quien había trabajado en Berlín) era el mayor artista que existía en Alemania. Lorre, un actor de talento descomunal, con un simple gesto, un movimiento de cejas o un encogimiento de hombros podía cambiar por completo de personalidad delante de ti. Era un actor eléctrico, cargado de una energía que no sospechabas que pudiera habitar en él y que descargaba solo en el instante preciso.

Al verme, se le alegraron los ojos, porque yo fui uno de los pocos que lo defendí durante el rodaje de *M*, cuando Lang (su especialidad) le hizo caer por unas escaleras una docena de veces para doblegarlo. El día antes, Lorre había decidido no aparecer en el estudio para protestar por la forma en que lo trataba el gran director.

—¡Señor Becker! ¿Usted también aquí? ¿Otro pobre exiliado de la madre patria? —preguntó mirándome con sus ojos saltones—. Es sorprendente la capacidad que tiene Alemania para vomitar lo que le desagrada. Pero muy pronto se le irá ese olor nauseabundo y será un hombre nuevo, se lo aseguro. Por cierto, ¿cuándo ha llegado?

—Hace unas horas.

—¡Se nota! Por cierto, ¿sabe usted que nuestro admirado director también se encuentra por aquí?

Para no sentirme aún más humillado, no quise contarle entonces que había venido precisamente por él y callé.

—No, lo desconocía.

—Pues sí, está instalado en el hotel George V, junto con los grandes productores. Ya sabe: Pommer, Somlo, Nebenzahl, Oliver... Los demás estamos alojados en el hotelucho Ansonia, en el número ocho de la rue de Saïgon. Verá allí a unas cuantas caras conocidas: Wilder, Pabst, Waxman. Los artistas de la farándula, vaya.

—Quizá yo pueda ir también.

—Claro, aunque es un hotel un tanto cochambroso y por la noche se oye cómo rondan las cucarachas por las paredes. Seguro que se dedican a robar las ideas de los genios que duermen allí. —Tomó un poco de aire antes de continuar—. Pero dígame, Bill, ¿sabe usted por qué se ha exiliado el señor Lang? Es la comidilla de todos. Unos dicen que es por su madre, que era judía, otros porque no soporta que su mujer le haya puesto los cuernos con un joven indio (¡al parecer, los sorprendió juntos en la cama!). También cuentan la historia esa de que Goebbels le ofreció ser el responsable jefe del cine de Tercer Reich y que, al saberlo, huyó con lo puesto. Pero yo no me lo trago. Lang nunca rechazaría algo así.

Aquella fue la segunda ocasión en la que oía hablar de ese cuento. Un relato que Lang iría adornando a lo largo de los años, en particular después de la Segunda Guerra Mundial, cuando haber huido de los nazis quedaba muy bien en tu historial. En su versión final, contaba cómo el perverso Goebbels le había citado en la sede del Ministerio de Propaganda (eso era cierto), situada en la Wilhelmplatz, para hablar sobre la prohibición del estreno de *Das Testament des Dr. Mabuse*. Antes de llegar al despacho, casi a modo de pesadilla, Lang había tenido que atravesar una serie de salas exactamente iguales y vigiladas por nazis que le preguntaban una y otra vez adónde iba. Cuando por fin accedió a la oficina del ministro, Lang, vestido con su frac, se encontró con un tipo simpático y dicharachero. Nervioso porque quería largarse de Alemania antes de que cerraran los bancos y poder llevarse así todo su dinero, miraba sin cesar por la ventana un gran reloj que había en la fachada del edificio de enfrente. Pero Goebbels, al parecer, hablaba y hablaba, mientras que Lang sudaba y sudaba.

Según esta versión de la historia, en un determinado momento, convencido de que se encontraba allí por ser medio judío, Lang decidió confesar sus orígenes hebreos. Goebbels soltó entonces una de sus más famosas frases: «Somos nosotros quienes decidimos quién es ario y quién no lo es, señor Lang». Después, el ministro de Propaganda, fan de *Metropolis* y de *Die Nibelungen*, le dijo que Hitler había propuesto que él se convirtiera en el jefe de la nueva agencia que supervisaría la producción cinematográfica del Tercer Reich. Lang, sin saber qué responder, le dijo que se lo pensaría.

Entre baños de sudores y manecillas que avanzaban velozmente, finalizó la entrevista con la promesa de verse al cabo de un par de días. De ese modo pudo salir del ministerio del terror a toda prisa. En su casa, rodeada de nazis, ordenó al chófer que se dirigiera a la estación con las joyas y el dinero que guardaba en su habitación (los bancos ya estaban cerrados). Al rato, salió él solo a dar un paseo, sin maletas ni bultos, para no levantar sospechas. Ya en el tren, escondió el botín bajo un lavabo y se hizo el dormido en su camarote. Milagrosamente, nadie entró a despertarlo.

Una historia estupenda, pero repleta de falsedades. Primero, porque el dinero lo saqué yo; y segundo, porque si los nazis no hubieran querido que Lang se marchara, se lo habrían impedido. ¿Cierto? Mi teoría es que se largó porque su vida en Berlín no tenía futuro alguno. Fuera ya de la UFA (su última película allí fue *Spione*), estaba teniendo dificultades para financiar sus siguientes trabajos y, con la llegada de los nazis al poder, la cosa no iba a mejorar, siendo además medio judío. Y, claro, la humillación que supuso que Thea von Harbou le hubiese puesto los cuernos con un indio, que además era seguidor de los nazis, es otro elemento que tener en cuenta.

Después de cotillear durante largo rato con Lorre (un verdadero chismoso), hablamos ya de camino al hotel sobre nuestros respectivos futuros. Él me dijo que tenía la intención de buscar fortuna en Inglaterra.

—Quizá debería usted hablar con alguno de los productores que hay por París —añadió a las puertas del hotel Ansonia—. He oído decir que Oliver va a montar una productora y necesita técnicos alemanes. Quizá podría entrevistarse con él.

—Vaya, es una idea estupenda. ¡No sabe cuánto se lo agradezco! —respondí al oír aquello.

No me lo pensé dos veces y, en cuanto me despedí de Lorre, salí precipitadamente hacia el Georges V con la esperanza de encontrar a David Oliver, un ricachón de origen judío que era propietario de decenas de salas en Berlín, entre ellas el Capitol Theater. Fue cofundador de la UFA y directivo de la Decla-Bioscop. El típico hombre que si no te da trabajo es porque no quiere.

Pero no di con él.

Regresé al día siguiente, y tampoco.

No desesperé y me aferré como un loco a aquella remota posibilidad.

Finalmente, lo encontré cenando en el restaurante del hotel junto a una preciosa francesa que fumaba sirviéndose de una de esas boquillas kilométricas que ya habían pasado de moda por aquel entonces. Sus oscuros ojos se fijaron en mí y de inmediato mi corazón se detuvo, hasta que, al recordar lo que me había sucedido con Eloïsa, echó a latir con indiferencia ante aquella arrebatadora belleza morena. Me dije a mí mismo: «No, chico, las mujeres se acabaron para ti. Para siempre».

Muy decidido, me aproximé hasta la mesa del productor y me presenté educadamente. David Oliver, sin mirarme siquiera, masticó lentamente el pedazo de bogavante que se había llevado a la boca, tragó, bebió un sorbo de vino blanco, se limpió con la servilleta y, solo en aquel momento, ofreció que me sentara a su lado.

Sabiendo que me jugaba el todo por el todo, hablé largo y tendido sobre mi vida. Le describí mi fantástica trayectoria hasta que, temiendo que aquello nunca acabara, Oliver alzó la mano para detenerme y dijo:

—Ya sé quién es usted, señor Becker, no hace falta que me cuente más. Si le interesa, voy a iniciar un nuevo proyecto, Ibérica Films, en Barcelona. Quizá le convenga trabajar para nosotros. Nos hace falta gente con su experiencia. Pero le recomiendo que, antes de marchar a España, se haga con los papeles necesarios para poder trabajar allí.

Entonces, si decir más, me ofreció una tarjeta con su

nombre y una dirección en Barcelona, y se levantó acompañado por la francesa. Pero cuando Oliver ya se había alejado unos pasos, se dio la vuelta y añadió:

—Solo una pregunta más, señor Becker: ¿por qué ha huido usted de Alemania?

Me vinieron a la cabeza cientos de posibles respuestas, aunque solo una me pareció idónea.

—Soy... judío. Por eso.

—Entiendo, entiendo —dijo Oliver mientras me tendía la mano con esas uñas perfectamente cortadas.

Lo cierto es que me sentí mal por haber mentido a un hombre tan cordial y aprovecharme del sufrimiento de otros, pero necesitaba adoptar el papel que se me ofreciera en aquel momento para poder sobrevivir. Soy como un personaje vacío que pasa de escena en escena y en cada una de ellas debe interpretar un nuevo rol. Aunque luego, cuando la luz del proyector se apaga, simplemente desaparece.

Y eso duele.

Después, ya solo en la mesa, y dada mi experiencia pasada, tuve la duda de si me había tomado el pelo o si realmente acababa de conseguir un trabajo en la lejana España. Un país del que solo sabía que había plazas de toros donde cientos de personas vitoreaban a un hombre vestido de mujer que jugueteaba con una bestia enorme y negra.

¿Qué podría hacer yo en un lugar semejante?

12

Filmando al dictador

1933-1940

Como es bien sabido, en el país de los ciegos el tuerto es el rey. Y así fue para la gente del cine en España, un país que, comparado con la verde Alemania, me recordó a un desierto salpicado por unos pocos árboles, donde la tierra se convertía en polvo, y el polvo, como luego se vería, en odio.

Allí fuimos los auténticos reyes, a pesar de que en realidad éramos unos técnicos de segunda categoría (los grandes estaban en Francia, Inglaterra y Hollywood, o rodaban filmes de propaganda para los nibelungos). Pero en España todo lo que viniese de fuera les parecía maravilloso y siempre resultaba mejor que lo patrio.

La mayoría comenzamos nuestra andadura en la hermosa ciudad de Barcelona, concretamente en el barrio chino, una encrucijada de marineros, prostitutas, pervertidos y ladrones (chino no vi ninguno) que regentaban burdeles, cabarets y tabernas de las que costaba salir porque el suelo estaba demasiado pegajoso debido al vino derramado. Por suerte, el bueno de Oliver me había adelantado algo de dinero (unas sonoras pesetas) para poder instalarme en un hotelito, El Oasis. Toda la pasta que había obtenido de Lang la tuve que gastar en unos espabilados abogados franceses que me falsificaron un pasaporte y una «Carta de identidad profesional» sin la cual no se podía trabajar en España. Mi nuevo nombre era Sebastian Roth, otro más en la lista de identidades tiradas a la basura.

El trabajo era bastante sencillo comparado con el que hacíamos en Alemania, aunque me costó adaptarme a las peculiares costumbres españolas. No es que yo fuera una persona puntual, pero nunca dejó de sorprenderme cómo en España las cosas nunca funcionaban según un horario fijo creado por un severo funcionario. El tiempo estaba más bien gobernado por malhumorados actores secundarios de la vida: el conductor del tranvía, el cartero o el portero del estudio donde filmábamos. Otra cosa que les caracterizaba era que tenían un talento natural para expandir el tiempo y dejar para el día siguiente lo que debía hacerse hoy.

Era desconcertante su relación con la comida: sagrada. Nunca se saltaban una, y además parecían no tener fin, cosa inaudita en la UFA, donde casi estaban prohibidas. El propio Lang daba ejemplo y apenas comía un sándwich mientras trabajaba o se tragaba solo y a escondidas sus pastillas azules. Esto era algo que afectaba al ritmo del rodaje, ya que un almuerzo solía consistir en un primer y un segundo plato, postres, café, copa y puro, todo regado con vino, y siempre en este sagrado orden. Era como asistir a una misa pagana. Además, algunos técnicos luego se quedaban medio traspuestos y se echaban la siesta escondidos en el armario del vestuario. Sin embargo, para los españoles parecía no existir problema alguno y, si un rodaje se retrasaba unos días más, nadie se volvía loco de furia. Simplemente, sucedía. No había problema.

En cierto modo, me sentía como si estuviera visitando una de las islas de los viajes de Gulliver, en la que todo funcionaba al revés de donde yo procedía.

Me sorprendió la ausencia de ese defecto tan alemán: el perfeccionismo. La idea de repetir una y otra vez una toma hasta que no fuera ya posible hacerla mejor, buscando nuevos ángulos de cámara, distintos puntos de luz o una sorprendente puesta en escena, no entraba dentro de la mentalidad de los españoles. Las cosas se acababan de una forma misteriosa y abrupta que nunca llegué a entender. Simplemente, ya estaba, habíamos finalizado. Y si a alguien se le ocurría decir: «Y si probamos con...», el resto del equipo lo fulminaba con la mirada.

Quizá no hicieran películas como las que se rodaban en Alemania, pero en los estudios donde filmamos, el CEA en Madrid o el Orphea en Barcelona, había gente con talento y se respiraba un aire de alegría y libertad. Se trabajaba, por descontado, pero no te exprimían hasta extraerte el alma con una navaja afilada. Evidentemente, todo eso supuso un choque tanto para los productores de Ibérica Films e Inca Films, ambas formadas por exiliados judíos, como para los directores, los operadores y los directores de fotografía que estábamos por allí. Eran los casos de Isy y Willy Goldberger, Adolf Schlassy y Heinrich Gärtner, el más brillante de todos. Germanos a quienes también impactaba comprobar que cualquier español al que no conocías de nada podía tutearte. Por no mencionar su singular generosidad. Eran capaces de invitarte a comer con su familia (siempre con media docena de niños que te miraban atónitos mientras agarraban con fuerza el tenedor), aunque acabaras de conocerlos hacía cinco minutos. O te regalaban un paquete entero de cigarros cuando tú solo habías pedido uno. Esta actitud ponía a la defensiva a algunos de los alemanes, temerosos de que fuese una treta y que, cuando menos se lo esperasen, tuvieran que devolver el favor con intereses.

Aquella fue una época fascinante para mí, a pesar de que había decidido no cultivar ninguna amistad, tampoco con mujeres. Era como si mi corazón, para protegerse, se hubiese cerrado totalmente. Siempre iba por libre en Barcelona, y aunque trataba de ser amable y profesional con el resto de los alemanes, los demás notaron que prefería mantenerme al margen. Lo que menos deseaba era reunirme con ellos en el bar del hotel Gran Continental para contar batallitas sobre Alemania. En realidad, con el único alemán que mantuve amistad fue con Peter Lorre, y fue por carta. El actor, tras su paso por Francia, trabajó con Hitchcock en Inglaterra y más tarde logró emigrar a Estados Unidos, donde no le fueron nada mal las cosas.

Durante esos años, aparte de trabajar como operador de cámara para Ibérica Films en producciones como *Doña*

Francisquita y *Una semana de felicidad* —creo recordar que de 1934—, tuve la suerte de comenzar a dirigir pequeños documentales. Aquello me ofreció la oportunidad de viajar por todo el país y conocer las singularidades de cada tierra. Quedé completamente fascinado, porque descubrí un mundo desconocido para mí. Filmé a gitanos que parecían recién llegados de la India, a vascos que sin venir a cuento levantaban pesadas piedras o arrastraban troncos con sus callosas manos, a catalanes que formaban torres con sus hijos pequeños, a los que se empeñaban en colocar en lo más alto, en las cúspides, como si se tratara de un antiguo sacrificio al sol, y a bailaoras que te hipnotizaban con sus veloces movimientos, convirtiéndose en bolas de fuego que te devoraban... ¡Incluso había gente que vivía en cuevas!

También asistí a largas procesiones de monjes sin rostro, que iban acompañados por esculturas de un Cristo sangrante. Visité palacios orientales que parecían sacados de *Las mil y una noches*, pueblos vacíos habitados solo por sombras y plazas de toros donde una bestia negra se agitaba por el ruedo hasta que su sangre manchaba de rojo la arena y sosegaba así a cientos de espectadores.

A su lado, Alemania parecía un gran prado verde, monótono y sin historia.

Era un país con mil realidades en su interior y, desde Galicia hasta Cádiz, descubrí un mundo iluminado por un omnipresente y despiadado sol que me hizo entender que mi vida en Alemania siempre había estado filtrada por un deprimente tamiz gris. Un mundo sin nitidez, en definitiva.

Pero no todo fue coser y cantar, como decían por allí (los españoles tenían dichos y refranes para cada cosa, y los soltaban orgullosos en mitad de la conversación como si extrajeran conejos de una chistera). Los nazis no se habían olvidado de nosotros; era sabido que sus espías vigilaban nuestros movimientos, sobre todo los de gente poderosa como David Oliver, a quien primero quemaron las oficinas y luego el costoso estudio de doblaje de la calle Londres de Barcelona. No conformes con eso, durante una visita a Berlín, lanzaron una granada al taxi en el que viajaba. Se salvó de milagro. Creo que, a partir de ese momento, fue consciente de que el dinero ya no le iba a proteger más.

Sin embargo, mi vida fue en general tranquila: mi piel se curtió por el sol, bebí cantidades ingentes de vino tinto, que sentía como si tragara sangre de toro, y dejé que el destino gobernara mis pasos. Quizá, si hubiera estado un poco atento a lo que sucedía, me habría dado cuenta de los bruscos cambios que se estaban viviendo en España y que nos precipitaron en la guerra. Pero yo no leía periódicos ni hablaba de política. Únicamente estaba interesado en mi trabajo y en explorar nuevas técnicas, como los planos aéreos que utilicé para mi documental *España desde el cielo*, para los que me jugué la vida en un aeroplano. Incluso inventé un sistema para amortiguar el temblor que producía el avión y realizar unos trávelin aéreos perfectos. Lástima que las bobinas se perdieran.

De este modo, y sin poder hacer nada, me vi envuelto en una nueva guerra que no era la mía, en la que el ejército, apo-

yado por falangistas, burgueses, terratenientes, tradiciona-
listas y, por supuesto, una oscura hueste de curas, impulsó el
famoso golpe de Estado. En el otro bando se encontraban los
republicanos, los socialistas, los comunistas, los sindicalistas
y, sobre todo, los anarquistas, un producto netamente ibéri-
co que me cautivó por su espíritu de libertad e igualitarismo.
Después de siglos de opresión e injusticia, pretendían arrasar
con todo: la religión, las desigualdades, las jerarquías, el Estado e incluso la propiedad privada.

No hay que olvidar que España era un país rural y pobre,
donde los campesinos y los jornaleros sin tierras habían sido
explotados por crueles y caprichosos señoritos. Contra esa
situación lucharon los anarquistas, una gente temeraria, in-
disciplinada, orgullosa, siempre seguros de sí mismos y de su
radical y bello proyecto. Me cautivó sin duda su búsqueda no
solo de la libertad, sino también de la hermandad entre los
hombres. Era una ideología que parecía haber surgido directamente de la tierra, de los campos, y que no resultaba tan
fría e inhóspita como el comunismo, cuyo objetivo era gobernar y dominar las descerebradas masas desde los púlpitos
del partido único.

Lamentablemente, fracasaron, como no podía ser de otra
manera. El fascismo, mejor organizado, ganó y arrasó con
todo: ciudades, vidas e ideas.

Aquel estallido de violencia contra la legítima República
(sentí que se estaba repitiendo lo que sucedía en Alemania y
hasta se me pasó por la cabeza que yo había traído aquel mal
al país, como si hubiera cargado conmigo un virus fascista)

me sorprendió el 18 de julio en el sur; concretamente, en la ciudad de Córdoba.

Nos encontrábamos rodando bajo un sol de justicia (del que huían hasta las lagartijas) una película titulada *El genio alegre*, producida por Cifesa y dirigida por Fernando Delgado: otra mediocre comedia costumbrista que tanto gustaba a los españoles. Apenas llevábamos unos días trabajando cuando contemplamos asombrados que las tropas nacionales atacaban la ciudad y se hacían con ella en tan solo unas pocas horas. De la noche a la mañana, los que habían sido tus amigos se convirtieron en tus enemigos. Incluso dentro de las familias hubo divisiones según los bandos. Pero lo peor fue la aparición de una nueva plaga, la de los delatores, una gentuza que aprovechaba los momentos de crisis para vengarse de sus vecinos. Por culpa de uno de ellos —un actor de la película y falangista en la vida real— comenzaron las detenciones dentro del equipo del rodaje. Primero encarcelaron a la actriz protagonista, Rosita Díaz, y luego a Isabel Flores, que logró escapar, y a muchos otros, como a Antonio Gil Valero, del que luego supe que fue fusilado. Si eras conocido por ser de izquierdas o tenías un familiar que fuese un político republicano o socialista, corrías el riesgo de que te subieran a un camión y acabaras muerto en una cuneta.

Así fue.

Qué mal me sentí al comprobar que los camisas pardas se habían transformado en camisas azules, el color de los falangistas, y que lo que había vivido en Alemania estaba sucediendo de nuevo, pero peor, porque en España estábamos en guerra.

A pesar de no tener nada que ver con lo que pasaba, también me vi envuelto en aquel torbellino de violencia y fui detenido. Cargos: no saber muy bien qué hacer conmigo. Evidentemente, no tenían prueba alguna contra mí, solo la certeza de que era extranjero y, por lo tanto, sospechoso, a pesar de que Alemania estaba gobernada por los nazis, muy próximos a los golpistas. Pero, claro, también existía la sospecha de que yo fuese judío y, por tanto, un posible rojo y subversivo (era de sobra conocido que los cineastas alemanes exiliados en España eran en su mayoría de origen hebreo). Lo cierto es que había tal grado de confusión en el país que todo aquel que no tuviera un certificado de, como se decía antes, «limpieza de sangre» acababa en el paredón o en la cárcel.

Al igual que otros miles de cordobeses, fui trasladado al Alcázar de los Reyes Cristianos, un antiguo palacio califal convertido en prisión, donde me encerraron en una mazmorra. Y no exagero. Aquella fortaleza era de la Edad Media y las celdas no tenían casi ventilación; el aire se renovaba a duras penas por un triste ventanuco. Las paredes eran de fría piedra y los charcos del suelo impedían que nos tumbáramos. Un poco de paja era nuestro único acomodo, y había que pelearse para hacerse con un puñado. Éramos cerca de veinte personas encerradas en menos de quince metros cuadrados, por lo que no nos llegaba ni el aire para respirar. Incluso dormíamos por turnos. Teníamos que hacer nuestras necesidades en un barreño y el olor a heces y a orines resultaba insoportable.

Fue en aquel horrible lugar donde encontré al doctor Julio Gago Torres, muy conocido en los barrios pobres de Córdoba por haber dedicado su tiempo a ayudar a los que más lo necesitaban. Su delito: formar parte del sindicato de médicos de la UGT. Un hombre que no solo hablaba de la justicia social, sino que buscó hacerla efectiva.

Tenía cerca de sesenta años, cara delgada, pómulos muy pronunciados y unas enormes orejas que, no sé por qué, le proporcionaban un aire pacífico y tranquilizador, como si fueran un manto bajo el que protegerse. Recuerdo el día que llegó, vestido con un traje blanco impoluto, una verdadera aparición. Al ver los numerosos heridos que había en la celda, se rasgó la chaqueta para confeccionar vendas y curar a los presos. Después, fue preguntando a cada recluso sobre su vida. Así fue como descubrí que había allí jornaleros, ferroviarios, funcionarios, militares fieles a la República, obreros, profesores e incluso familiares de fugados, a los que retenían solo por tener un hermano de izquierdas.

Muchos no sabían ni por qué estaban allí, y hasta ese día había reinado el silencio y la desconfianza. Temían que alguno de los presos fuese en realidad un delator.

Gago era un hombre que no pensaba en sí mismo o en sus necesidades, y terminaba agotado cada día, después de ejercer de médico, de psicólogo, de profesor o de lo que hiciera falta. Debido a las duras condiciones de vida en la cárcel (solo comíamos pan duro, agua y algunas sardinas rancias) y a la falta de higiene, su salud no tardó en resquebrajarse. Una fuerte fiebre lo obligó a permanecer tumbado. Entre todos decidimos proporcionarle la paja necesaria para que estuviera cómodo y seco.

Fue entonces cuando pude intimar con Gago. Descubrí que estudió los últimos años de su carrera justamente en Berlín, y que luego se dedicó a seguir por Suiza e Italia los pasos de Goethe, un escritor al que admiraba profundamente (por supuesto, yo no tenía ni idea de quién era el tal Goethe). Como ateo convencido que detestaba la Iglesia, despreciaba en especial a aquellos que en sus últimos momentos se encomendaban a la Virgen o a los santos para salvar su alma.

—¡Son unos cobardes! —exclamaba sin fuerzas—. Hay que mirar a la muerte de frente, sin miedo. Cuando te mueres, solo debes rendir cuentas ante ti mismo, no ante Alá, Yahvé, Jesús o el mismísimo diablo. La vida del hombre es sagrada y lo único que importa son tus acciones, lo que has hecho por los demás. Eso es lo que te permitirá morir tranquilo y con dignidad. Nada más.

Le encantaba chapurrear el alemán conmigo, y así fue como me enteré de algunas cosas íntimas de su vida, sobre todo acerca de su hijo Mateo, que al parecer se dedicaba a la pintura. Aquellos fueron los únicos momentos en los que se mostró algo intolerante. Nunca acabó por aceptar que su hijo no siguiera sus pasos y que, en cambio, se ocupara de «pintar prostitutas desnudas». Despreciaba sus dibujos aberrantes, con cuerpos que se retorcían y se deformaban. Pensaba que su hijo era un degenerado. Este rechazo provocó que el chico se marchase a estudiar pintura a la Academia de San Fernando de Madrid. Desde entonces, habían cortado por completo la comunicación. El padre se arrepentía amargamente, ya que temía no volver a verlo o que le hubiera ocurrido alguna desgracia durante la guerra.

—Quizá haya escapado a Francia —dijo, tratando de convencerse a sí mismo—. Allí están las cosas más tranquilas. Además, ¡es el centro del mundo del arte!

Eso me lo contó el día antes de que lo mataran. Lo más perverso de aquella tragedia fue que los fascistas esperaron a que se recuperara de la fiebre. Lo sacaron entonces a pasear por lo alto de la muralla del Alcázar, como hacían con los presos para amedrentarlos antes de los interrogatorios, y lo lanzaron al vacío. Al parecer, Gago se había resistido a revelar el paradero de unos amigos socialistas.

Resultó traumático ver caer su cuerpo a través de la estrecha ventana. Una fracción de segundo, no más, pero juraría que en aquel instante clavó los ojos en mí, como si pretendiera con ese último gesto quedar atado de algún modo a la vida.

Después del asesinato de Gago, pasé otro mes en la cárcel, perdiendo los pocos kilos de carne que todavía me cubrían los huesos, hasta que acabaron por trasladarme, sin decir una palabra, a Sevilla. En un despacho del cuartel general me estaba esperando nada menos que José Millán Astray, el fundador de la Legión española, conocido por haber perdido un ojo y un brazo en combate. La brisa que entraba por un gran ventanal agitaba de tal modo la manga vacía que colgaba de su chaqueta militar que daba la impresión de que aquella extremidad ausente estaba cobrando vida. Cuando el soldado que me acompañaba anunció mi presencia, el general se dio la vuelta con brusquedad y pude entonces contemplar su rostro pétreo, con unos dientes torcidos como árboles mal plantados, y un parche negro que le cubría el ojo derecho. Una figura siniestra, todo hay que decirlo.

—¿Así que usted se dedica al mundo de la farándula? —fue lo primero que preguntó—. ¡Valiente oficio!

Entre los nervios y mi todavía pobre español, no entendí a qué se refería.

—No comprendo.

—¡Que si es usted del cine, coño!

—Soy operador de cámara y he trabajado diez años en Alemania.

—Haciendo qué.

—Pues… películas.

—Ya, películas… ¡Vaya usted a saber qué películas! —exclamó alzando su único brazo con indignación.

Cuando le iba contestar, me interrumpió:

—¡Queda usted reclutado para el bando nacional! Pero como me entere yo de que es un rojo judío, me encargaré personalmente de pegarle un tiro en la boca y verá usted lo bien que quedan sus sesos esparcidos por la pared. ¡Y luego le obligaré a limpiarlos!

—Yo no soy ni rojo ni verde. No tengo color favorito…

Me miró entonces como si le hubiera hablado en otro idioma, y continuó:

—Su misión será hacer noticiarios para que el mundo sepa lo que está pasando en España. ¡Nuestra gloriosa cruzada! —exclamó—. Desde la Junta de Defensa se ha decidido que debemos iniciar una lucha de propaganda contra esos maricones republicanos y sus amigos extranjeros, que están llenando el mundo con imágenes falsas. ¿Entiende?

Todo esto lo dijo mirando hacia el techo con su único ojo, como si allí tuviera escrita cada palabra que pronunciaba. A continuación, se estiró el uniforme y me volvió a mirar, sorprendido de que todavía siguiera allí.

—Apesta. Que lo arreglen un poco y que salga hacia Salamanca hoy mismo. Y no me lo maltraten por el camino…, que los conozco —añadió con una sonrisa torcida.

—A sus órdenes, mi general —respondió el soldado que guardaba la puerta.

Al día siguiente, de madrugada, y tras un penoso viaje en camión rodeado por militares, me trasladaron a Salamanca, donde se encontraba el centro de operaciones del líder del bando nacional, el recién nombrado Generalísimo, Francisco Franco Bahamonde.

Además de hacer unas cuantas tomas de desfiles militares y escenas de batalla, mi primer trabajo serio fue filmar la presentación de las credenciales del embajador de Alemania ante el Caudillo. Eso sucedió en marzo o abril de 1937. Se trató de un evento multitudinario que se celebró en la plaza de Salamanca, para el que fue necesario servirse de distintos operadores cinematográficos. Con lo que detesto las multitudes (huelen a muerte), y más aún asistir a un desfile en el que participaban las juventudes de la Falange y la Guardia Mora, montada en sus corceles y portando lanzas. Asustaban, no lo dudéis, con sus rostros curtidos por la arena del desierto y su mirada fija, sin compasión. La gente, controlada por los militares que formaron a su alrededor un perfecto cuadrado, ondeaba banderas españolas y nazis; saludaban igual que en Alemania, con el brazo en alto. De veras que no podía creer lo que estaban viendo mis ojos. ¿Cómo podía estar aquello sucediendo en un lugar como España? No me entraba en la cabeza. El odio, al parecer, simplemente germina donde y cuando quiere, y hay épocas en las que se extiende por todo un continente.

Aunque lo peor para mí fue tener que filmar al mismísimo embajador del Reich, Wilhelm Faupel, al que habían invitado para presidir junto a Franco los desfiles desde un palco de honor que daba a la plaza. El embajador se fijó un instante en la cámara que yo sostenía y entonces noté que su mirada atravesaba el objetivo y me veía a mí, ese falso alemán, falso francés y falso judío. Había un profundo desprecio en esos ojos y me sentí desnudo e indefenso. Estaba convencido de que me había descubierto.

Después, Franco habló a la multitud allí reunida, con aquella voz fina, casi un hilo que se perdía entre los vítores. Allí estaba, un hombre sin carisma, sin presencia, incapaz siquiera de gesticular como Mussolini o Hitler, pero que controlaba el ejército nacional y gran parte del país. Para mí siempre fue un misterio cómo logró hacerse con el poder.

Durante aquella jornada también hubo momentos divertidos. Una vez acabados los fastos, me tocó filmar una escena con sonido para los noticiarios alemanes. En ella aparecía la familia de Franco; él de pie y la esposa y la hija, Carmencita, sentadas. La niña, como la madre, no era precisamente una belleza española, y su forma de hablar resultaba torpe y carente de naturalidad. Apenas había logrado memorizar el texto que debía pronunciar frente a la cámara. Aunque lo más ridículo de la escena sucedía justo detrás. Mientras la niña hablaba, el padre, como si fuera el ventrílocuo y ella su muñeco, movía los labios recitando exactamente las mismas palabras que la pequeña, con gran esfuerzo, iba soltando. ¿Era aquella la imagen que el Caudillo se había propuesto transmitir en Alemania? Me abstuve de decir nada, por supuesto.

A partir de aquel acto, me dediqué en exclusiva a rodar documentales de propaganda. No tenía verdadera libertad (ni sueldo, claro), pero filmar fuera de los estudios me permitió experimentar con las imágenes, porque cada plano suponía un nuevo reto. Era necesario improvisar sobre la marcha y trabajar con pocos medios, la mayor parte de las veces sin sonido. Me acompañaban la cámara y, como mucho, un ayudante, normalmente un soldado raso que todavía estaba saliendo, y con dificultades, de la pubertad. En una ocasión, me asignaron como asistente a un soldado monaguillo, Julio, al que le daba pánico combatir (temblaba con cada disparo) y al que después me encontraría en el palacio de Franco, El Pardo.

Hasta aquel día, la mayoría de las imágenes rodadas por el bando nacional resultaban muy pobres. Querían filmar las batallas, pero siempre lo hacían desde lejos, en planos generales que no transmitían emoción alguna ni sensación de peligro. Tampoco había montaje propiamente dicho, tan solo una torpe sucesión de secuencias monótonas. Esto sucedía por dos motivos: el miedo que tenían los cámaras a recibir un tiro y el empeño en hacer únicamente planos fijos con trípode. Y no es que yo no tuviera miedo, que lo tenía, pero ir a un campo de batalla con una cámara fue una experiencia muy distinta a lo que viví durante la Gran Guerra. Primero, porque aquella batalla fue mucho más dura y brutal (aquí, los anarquistas a veces no tenían ni balas con las que disparar, y no había cosas como el gas mostaza); y segundo, porque sabía que podía largarme en cualquier momento. Sentía, además, que la cámara me protegía, como si mirar a través de un visor abriera un abismo entre lo que veía y mi cuerpo.

Harto de hacer lo mismo que el resto (ya que me jugaba la vida, ¿por qué no intentar al menos algo distinto?), decidí librarme del maldito trípode y me lancé al campo de batalla armado solo con la cámara de 16 mm, una Siemens & Halske de tres lentes. No me importaba que los planos estuvieran un poco desenfocados o movidos, porque eso me permitía estar cerca de los soldados. Podía admirar sus rostros, sus reacciones, su pánico y, sobre todo, podía filmar a la muerte trabajando a mi lado. No es que la viera, no, pero estaba ahí, desgarrando con su larga uña la fina membrana que nos une a la vida.

A pesar de que muchas de esas imágenes crudas, sin lindezas, se censuraron por resultar demasiado duras (no había que asustar al pueblo y mostrar cómo era realmente una guerra, ¡jamás!), fueron también muy celebradas.

Muchos de mis mejores planos serían luego reutilizados

en noticiarios de Estados Unidos, Inglaterra, Francia y Rusia. Ver para creer. En esa época, las imágenes no tenían dueño y cualquiera podía servirse de ellas, daba igual el bando. Con una simple voz en off o un buen montaje, podías cambiar el sentido ideológico de cualquier escena.

Ese pequeño éxito provocó que me ordenaran más trabajos, de algunos de los cuales ciertamente me avergüenzo. Llegó así un momento en el que mi ánimo se vino abajo, porque, aunque no lo quisiera, formaba parte del bando que estaba destruyendo el país con la ayuda de los aviones alemanes.

Comencé a sentir asco por lo que hacía. Así de sencillo.

Es verdad que tenía la excusa perfecta: si no realizaba aquellas películas, podía ser encarcelado de nuevo o deportado a Alemania. Al mismo tiempo, sabía que me sería muy fácil fugarme. Apenas me vigilaban, confiaban en mí.

En muchas ocasiones, pensé en pasarme a la zona republicana y luchar contra el fascismo. No lo hice. Me quedé allí atrapado, sintiéndome un miserable cobarde. Entonces, muy a mi pesar, recordaba de nuevo a Eloïsa. Sabía que ella había acertado en su juicio sobre mi personalidad: solo pensaba en mí mismo y evitaba la lucha. ¡Y, para colmo, me había unido al enemigo! Podía sentir cómo su desprecio recorría los miles de kilómetros que nos separaban y me envolvía con una capa que me paralizaba.

Había, en definitiva, vendido mi alma por segunda vez (no sé si todavía me quedará algún trozo en propiedad), únicamente para hacer unos penosos documentales de propaganda.

Gracias a mi fama, la cosa se puso aún más difícil, porque decidieron que debía encargarme de inmortalizar las actividades de Franco (las visitas al frente, las reuniones con las autoridades, los rezos en misa, toda esa clase de memeces) para el *Noticiario Español*. Fue verdaderamente un castigo. No pude evitar detestarlo en cada ocasión en que me tocaba retratarlo, ya fuese en Salamanca, en Burgos o en el Pazo de Meirás, un palacete que le habían regalado en La Coruña. Los desconfiados ojos negros del Caudillo seguían cada uno de mis gestos, pero sin dirigirme nunca la palabra. Era un hombre experto en mantener la distancia, frío como él solo.

Trabajé así para el Departamento Nacional de Cinematografía hasta el final de la guerra. Cuando concluyó la contienda, pensé que quizá podría retirarme a Madrid o a Barcelona, o emprender una nueva vida en Sudamérica, pero no; al parecer, Franco me había echado el ojo. Según me comentaron, le impresionó la forma en que lo había retratado. Por ello, el jefe de la Casa Civil del Jefe del Estado había decidido que yo sería el encargado de filmar los eventos que transcurrieran en la nueva residencia del Caudillo, el palacio de El Pardo, adonde Franco se trasladó en 1940. Y no solo eso: para sacarme más partido, también decidieron que sería el proyeccionista del cine privado del palacio.

Una broma de mal gusto, vamos.

13

Las mil estancias de El Pardo

1940

El país estaba devastado. La guerra había dejado tras de sí más hambre, más ciudades destruidas (Madrid estaba irreconocible después de los bombardeos) y más represión contra los enemigos del régimen, incluidas las mujeres, que eran obligadas a pasearse por las calles con los cabellos rapados y la ropa desgarrada y a lamer el polvo que dejaban a su paso los vencedores.

Vencedores de qué, me preguntaba yo.

Y frente a esa barbarie y destrucción, estaba El Pardo, un simpático palacio del siglo XVI cerrado herméticamente a la miseria, al dolor y a la duda. Un lugar situado a las afueras de Madrid donde Franco había instalado su propia corte; una maquinaria que funcionaba a la perfección y que me recordó a los estudios de la UFA, donde un tirano dirigía a cientos de personas para configurar su propia y grandiosa puesta en escena con la que pretendía emular a los reyes de antaño.

Cerca de doscientas cincuenta personas pululaban por El Pardo, dedicadas en cuerpo y alma a que todo estuviese milimétricamente dispuesto. Había incluso gente encargada tan solo de vigilar escaleras, puertas o umbrales, y de dar aviso cada vez que Franco se desplazaba, diciendo: «Su excelencia el Generalísimo baja la escalera oficial», como si un movimiento de él o de su santa familia fuese un milagro que debía anunciarse para regocijo del pueblo español.

Dentro de la corte existía además una verdadera estructura jerárquica, presidida por el jefe de la Casa Civil, Julio Muñoz Rodríguez de Aguilar. Bajo su mando se hallaban todos los demás, desde el jefe de Servicios hasta el primer mayordomo (también había un segundo, supongo que por si se moría el primero en acto de servicio). Había ayudantes de cámara, escoltas, requetés, un capitán de guardia, un jefe de cocina, ujieres, una doncella para su excelencia la señora, el encargado de la bodega, otro de la vajilla y la cristalería, otro de quitar el polvo (al que perseguía como si fuera un fantasma por la casa), el lavacoches, el chófer, un conductor de jardines (distinto del chófer, dedicado a llevar a su excelencia por el peligroso mundo exterior), el sereno, etc.

Algunos tenían cargos cuyo sentido tardé meses en descifrar. El más enigmático era un hombre al que habitualmente encontraba tomando notas de cada acontecimiento que sucedía en palacio. Se trataba de un anciano encorvado, calvo, con ojos saltones y aspecto, en definitiva, de sapo alejado de su charca. Lo peculiar era que parecía invisible a ojos de los demás.

Intrigado por su peculiar actividad, una tarde, tras haber filmado la entrada en palacio del embajador inglés, Samuel Hoare, decidí seguir al anciano, pero pronto le perdí el rastro. Extrañado, miré por dónde podría haberse escabullido, descubriendo para mi asombro una puerta oculta bajo las escaleras de servicio. La abrí y entré en un pequeño cuarto de forma triangular donde no se podía ni permanecer de pie. El hombre, al verme, reaccionó como si le hubiera sorprendido en la cama con una mujer. Inmediatamente, cerró el cuaderno en el que estaba escribiendo e intentó levantarse, pero su cabeza chocó con la bombilla que colgaba del techo, que comenzó a balancearse de un lado a otro.

—Perdone que le moleste, pero ¿trabaja usted aquí?

—Sí, señor. Soy el registrador del Movimiento, para servirle.

—¿Registrador? ¿Y se puede saber qué registra? —insistí mientras el baile de la bombilla alargaba y encogía sin cesar nuestras sombras en la pared.

—Muy simple, señor Roth —respondió para demostrar que sabía perfectamente quién era yo—. Me dedico a registrar cada uno de los movimientos y horarios de su excelencia. Ahí está mi obra —dijo señalando a su espalda, donde había una estantería ocupada por largos cuadernos rojos de tapa dura—. Él los mira sieeempre —afirmó con un tremendo énfasis final—. Incluso a veces se sienta aquí —explicó emocionado, al tiempo que rozaba los cuadernos con sus cortos dedos.

—¿Para qué?

Me miró entonces directamente a los ojos y, con una sonrisa condescendiente en los labios, como si sintiera compasión por mí, un simple ignorante, respondió:

—Para comprobar que su vida no cambia.

El Pardo era un lugar extraño, fuera del tiempo, donde cada empleado tenía una función tan precisa que rayaba en lo absurdo. Unos corrían y descorrían cortinas; otros despertaban al Generalísimo a las nueve de la mañana; otros le daban masajes y le afeitaban, y otros le llevaban el desayuno: compota de manzana y café. La mayoría simplemente lo observaban al pasar.

El palacio era un laberinto con incontables espacios y cada uno de ellos tenía una función concreta: una sala de espejos para encuentros oficiales, una salita de tapices para las visitas privadas de la señora, un despacho privado para trabajar, un despacho oficial para las reuniones con autoridades, un salón gris para tomar el café, un salón para el Consejo de Ministros, un lujoso comedor de diario, una salita de estar para la merienda, un cuarto de uniformes para desayunar... Aunque el lugar que más me llamó la atención fue la capilla, presidida por un altar con un Cristo de marfil, varias pinturas de santos y un misterioso objeto: una lamparilla de aceite que el monaguillo se encargaba de mantener siempre encendida, día y noche, festivos incluidos. Había además dos reclinatorios, el mueble que servía para que sus excelencias descansaran las rodillas mientras el capellán, José María Bulart, celebraba el oficio de espaldas y en latín.

La verdad es que siempre me sorprendió que aquel hombre que permitió el fusilamiento de miles de republicanos y que ordenó la construcción de campos de concentración donde se vivía en unas condiciones infrahumanas fuese una persona tan católica. No me entraba en la cabeza, o quizá es que yo había entendido mal aquello de perdonar al enemigo y resultaba que en realidad había que arrancarle la cabeza de cuajo. El tipo hasta tenía en su dormitorio un oratorio, donde, según me reveló el mayordomo segundo, Manuel, un hombre nervioso y con unas venas en el cuello que parecían a punto de reventar, guardaba reliquias de santos, entre ellas la mano incorrupta de una tal santa Teresa de Jesús. Al parecer, tenía tanta fijación con ella que se la llevaba en cada viaje. El propio Manuel se ocupaba de organizar los traslados. Sin embargo, no era un trabajo fácil. ¿Y si se te caía la maldita mano al suelo y se convertía en polvo?

En general, había pánico en palacio a cometer cualquier error, ya que suponía regresar al mundo real, a la miseria o a la cárcel. Y no era difícil cometerlos, porque, además de tener que seguir a rajatabla una serie de complicados protocolos, también se exigía que nos anticipáramos a los deseos del Caudillo, lo que provocaba más nervios entre los empleados. A tenor de su nula expresividad y sus prolongados silencios, resultaba imposible saber qué le pasaba por la cabeza.

Durante el año que permanecí en El Pardo, tuve muchas ocasiones para observar el comportamiento del dictador en la intimidad. Y puedo asegurar que era un hombre frío y cauteloso, pero con muchas ínfulas, aunque contenidas.

Sorprendentemente, en el trato personal no era un hombre violento o brutal. Más bien mostraba indiferencia hacia el dolor ajeno, una falta enfermiza de empatía. Estaba así solo consigo mismo y era de naturaleza callada. Sin embargo, cuando llegaba alguna autoridad, podía volverse de repente muy dicharachero (eso, me contaron, sucedió durante su famosa reunión con Hitler). Después, volvía a sumirse en aquel estado suyo de silencio vigilante, atento a cada movimiento que se producía a su alrededor.

Al principio, pensé que era su forma de controlar a los demás y de mantenerlos a raya (a la creación de esta atmósfera de amenaza ayudaba que los responsables de la seguridad realizasen constantes informes sobre el pasado de los miembros del servicio y más de un empleado acabase preso). Pero no, me di cuenta de que era en realidad el propio Caudillo quien tenía miedo. En aquellos huidizos ojos suyos, si te fijabas bien, podías advertir el terror a que se desmoronase el mundo que tan hábilmente había construido y que alguno de sus escoltas fuese en verdad un masón encubierto que diera fin a su preciada vida.

Mi función principal era filmar los eventos que se sucedían en Madrid y en especial en El Pardo: los desfiles, la Pascua Militar, las entregas de premios a los mejores empresarios o, ¡peor aún!, un coro de monaguillos de voz aguda y finos bigotillos. Capturaba saludos, apretones de mano, diplomas, sonrisas forzadas y firmas, mientras el Caudillo, siempre muy tieso, lo observaba todo con una máscara de falsa cortesía esculpida en el rostro. Sin duda, era un hombre con una asombrosa capacidad para confinar dentro de sí sus pensamientos y sus verdaderas intenciones, un talento que le había ayudado a llegar al poder.

Dos o tres veces por semana me tocaba también hacer de proyeccionista en un antiguo teatro del palacio reconvertido en cine. La sala de proyección estaba situada detrás de una bella tribuna abovedada y de forma semicircular en la que se sentaban los invitados de honor. Allí tuve que aprender a manejar correctamente el proyector, un Summumlux de cien amperios que los de Cifesa habían regalado a su simpático líder. En palacio habían dado por hecho que, al proceder del mundo del cine, también sabría manejar ese monstruo que se calentaba como una caldera y que tenía el poder de crear una luz cegadora. Debajo de la tribuna, circundada además por columnas y las esculturas de dos musas, se hallaba la platea, con las butacas tapizadas en seda amarilla. Del techo colgaba una gran lámpara de araña de bronce y cristal que temblaba cuando se proyectaban escenas de guerra. ¡Cuántas veces me imaginé que caía sobre la despoblada cabeza del pequeño tirano!

Durante esas proyecciones, por supuesto, el protocolo era muy férreo, porque en El Pardo, es bien sabido, no existía nada vivo o espontáneo. Era en verdad un cementerio regentado por almas en pena. Antes de cada sesión, un ayudante rociaba primero el lugar con un ambientador que, en efecto, olía a cine (siempre me pregunté de qué podía estar hecho, ¿de cenizas de teatros?) y, a continuación, ponía música de ambiente. Después, otro miembro del servicio acompañaba al Caudillo hasta su butaca y, de pie, se quedaba a vigilarle la nuca durante dos horas. Tras la proyección del noticiario, que era cuando yo veía proyectadas mis propias imágenes, un tercer empleado le llevaba la merienda (¡qué fijación con la merienda tienen en este país!). El jefe de Servicios, el hombre que controlaba los detalles de la puesta en escena, me hacía entonces una señal y comenzaba la película, ya fuese española o estadounidense. Cosas de Henry King, de Curtiz, de Dmytryk o de Hathaway (al menos, hay que decirlo, esas sesiones me permitieron descubrir aquel cine tan desenfadado, dinámico y divertido, frente a la gravedad y la pesadez de lo germano). Finalmente, el dictador esperaba a que se encendieran las luces y salía sin hacer comentario alguno. A pesar de esta aparente indiferencia, el cine le interesaba poderosamente, como luego supe. Creo que en el fondo era un enigma que le atraía como la luz a las polillas.

En resumen, yo vivía encerrado en un mundo hermético donde todo se sucedía siempre del mismo modo. Me sentía decaído, desanimado y sin fuerzas para reaccionar. Ya había vivido dos guerras y bajo dos regímenes fascistas, y eso hunde a cualquiera, porque dejas de verle el sentido a la vida. El futuro se convierte en un muro de acero que no solo te impide avanzar, sino que además muestra un reflejo de ti tan borroso que en él apenas te puedes reconocer.

Por supuesto, no era el único que se sentía frustrado. Aparte de los adeptos al régimen, ansiosos por recibir una caricia en la cabeza por parte de su amo, muchos otros, para sobrellevar la atmósfera de opresión, se habían decidido a ejecutar sus pequeñas venganzas. Uno de ellos era el sereno,

Gutiérrez, un hombre con una prominente cabeza cuya función era pasear cada noche su linterna por las salas del palacio. A escondidas, según me contó, escribía con lápiz breves mensajes en lugares que pensaba que nadie iba a descubrir: en un rodapié, en una pared, tras un armario o bajo una alfombra. Allí dejaba frases como estas: «¡Me las pagarás!», «¡Muerte al tirano!», «¡Enano cabrón, ojalá te atragantes con un palillo!», «¡Acabaré contigo!». Cuando estaba más desanimado, se resignaba con un simple: «Franco, gordito».

—Si las descubre, no sabes cómo se va a poner, ji, ji, ji... —Reía el bueno de Gutiérrez—. ¡Habrá que verle la cara!

—Pero ¿crees que esto servirá de algo? —le preguntaba yo mientras paseábamos por los jardines de palacio.

—Por supuesto, por supuesto. Estos mensajes crean energías, ¡energías negativas!, ji, ji, ji. Son más efectivos que las balas, te lo digo yo. A la larga, esto provocará su caída. No sabrá qué le pasa, por qué le duele la cabeza o por qué siente flojera, pero son esos mensajes que yo le envío los que le hacen mal. Es una energía ponzoñosa y a la fuerza le hará caer, ya lo verás.

Lamentablemente, una chica del servicio de limpieza descubrió una de aquellas soflamas y lo denunció. El pobre Gutiérrez desapareció de la noche a la mañana.

No fue el único. Había otros que también idearon sus propias venganzas, a cada cual más absurda, como si en el fondo no pretendieran cometer un atentado real y aquello fuera más bien algo urdido para acallar la conciencia. El cocinero, don Vicente, concibió un peculiar sistema para acabar con el dictador, ya que llegó a la conclusión de que iba a matar a Franco obstruyéndole las arterias. Un extra de sal por aquí, otro extra de grasa por allá, y su menudo cuerpo acabaría por colapsar.

—Es la muerte invisible —decía—. ¡He visto a muchos morir así! Son años, sí, pero al final la palmas. Cuando menos lo esperemos, terminará con la cara dentro de la sopa.

Pero la mayoría simplemente descargaban la rabia y el rencor robando en los almacenes de palacio, donde sus excelencias guardaban los regalos que los invitados llevaban, tan dispares como una cubertería de plata o unos sacos de arroz o de garbanzos. Se colaban allí y se llenaban los bolsillos de legumbres con las que alimentar a sus familias.

Yo no hice nada más allá de fantasear con huir. No me veía con ánimos para convertirme en un fugitivo y esconderme durante meses de la Guardia Civil. Decidí aguantar, así de simple. Había sido requerido por el régimen hasta que este dejara de necesitarme, sabiendo que no podía regresar a Alemania por mi supuesta condición de judío. Estaba, digámoslo de esta manera, viviendo en un paréntesis, y mi única opción era esperar a que se abriera una oportunidad.

Vamos, que estaba deseando que alguien me obligara a hacer algo para salir de esa situación.

Y así fue.

Sucedió a comienzos del año 1941, pocos días antes de la fecha prevista para la invasión nazi de España. Aquella noche me encontraba en casa, una de las viviendas que el Estado prestaba a los trabajadores de la Casa Civil. Intentaba prepararme la cena. Mientras daba distraído vueltas a la sopa, oí un ruido que me sacó de ese estado catatónico. Mi cuerpo se tensó de inmediato. Esperé a que se repitiera aquel sonido y entonces lo reconocí. Era un carraspeo.

Armado tan solo con la cuchara de madera que tenía en la mano, me di la vuelta convencido de que iba a encontrarme con dos miembros de las SS. Y sí, habían entrado en mi casa dos hombres, pero no eran alemanes. Uno de ellos me era de sobra conocido. Se trataba de Samuel Hoare, el distinguido y pulcro embajador británico, al que había visto salir más de una vez enfurecido del despacho del dictador, cansado probablemente de no obtener resultado alguno de sus reuniones, ya que la especialidad de Franco, tanto en lo cotidiano como en lo político, era la inamovilidad. El otro visitante, al que jamás había visto, se hallaba sentado a la mesa redonda donde yo tenía una radio estropeada. Llevaba puesta una gabardina y un sombrero que le cubría la mitad del rostro. Solo se veían sus finos labios y una barbilla partida por un hoyuelo en forma de ye invertida.

—Perdone que le molestemos a estas horas —dijo Hoare mientras apagaba un cigarrillo en un plato. El embajador estaba sentado en mi butaca favorita y tenía las piernas cruzadas. Sobre ellas había depositado su abrigo, que acariciaba como si se tratara de una alargada pantera negra—. Pero no hemos encontrado otra forma mejor para conversar con usted en privado.

—No entiendo qué hace aquí, señor Hoare. ¿Cómo ha entrado? Juraría que cerré la puerta con llave. ¿O me la dejé puesta? Si es así, ¡devuélvamela! —exclamé, cada vez más alterado por la situación. Después del dramático encuentro con los nazis en mi cuarto de Berlín, había cogido pánico a que ese tipo de situaciones se repitieran, y el hombre del hoyuelo no me inspiraba mucha confianza.

—Tranquilícese, señor Roth —respondió su acompañante, quien finalmente se había quitado el sombrero. Tenía unas enormes cejas negras, que parecían dibujadas con un tizón, y unos ojos pequeños y grises—. No venimos a hacerle daño. Simplemente hemos revisado su historial y nos ha chocado descubrir una serie de cosas, como que el tal Sebastian Roth no aparece por ningún lado. Antes de llegar a España, parece no haber existido.

Miré entonces al embajador, confundido.

—¿Y qué les importa eso a los ingleses? —respondí, indignado.

—Comprenda que estamos en guerra y que debemos investigar a cada persona que hay alrededor de Franco —respondió Hoare.

—Usted bien podría ser un espía que estuviera pasando información a sus compatriotas —añadió el hombre del hoyuelo malvado—. ¿Acaso no es el único alemán que trabaja en El Pardo? Eso le hace parecer muy sospechoso.

Apreté aún más fuerte la cuchara de palo. Si habían venido a matarme, estaba dispuesto a lanzársela al primero que se moviera.

—¿Es por eso por lo que están aquí? ¡Pero si detesto a los nazis! Me tuve que largar de Alemania por su culpa.

—Lo sabemos, señor Zimmermann —respondió el hombre, desvelando mi anterior identidad—, lo sabemos. Es por ese motivo que hemos pensado en que quizá podríamos confiar en usted.

Más bien, lo que quería decir aquel individuo es que me tenía atrapado y que podía chantajearme a su antojo. Una denuncia suya y yo acabaría en un campo de concentración.

—¿Se puede saber qué pretenden de mí? ¡Solo quiero que me dejen tranquilo! Además, esto que están haciendo resulta muy peligroso. Si nos descubren, estamos perdidos, principalmente yo.

—Más peligroso es lo que está sucediendo ahora en España —dijo el hombre del hoyuelo—. No sé si lo sabe, pero el Caudillo está negociando con los nazis la entrada en la guerra de forma inminente a cambio de territorios en África y una ingente ayuda material. Su intención es permitir que las tropas alemanas atraviesen España y puedan así tomar Gibraltar. Lo han denominado Operación Félix.

—Eso no está claro todavía que vaya a suceder, Harry.

—Como ve, señor Zimmermann, tenemos ciertas discrepancias —aclaró el tal Harry mirando hacia Hoare—, pero para los servicios secretos está más que claro. El señor embajador siempre ha creído que podría mantener la neutralidad de España jugando al gato y al ratón, dando un poco por un lado y amenazando por otro. Pero las cosas no pueden seguir así, y tenemos órdenes de actuar antes de que ocurra algo irreversible y España se integre en el Eje. El destino de la guerra depende de ello.

Hoare, inquieto, encendió otro cigarrillo. Se le veía indeciso. ¿Quién podría ser aquel tipo que era capaz de poner nervioso a alguien de su autoridad?

—Hasta el momento, hemos explorado todas las vías diplomáticas. Y también las no diplomáticas —comentó el embajador—. Hemos sobornado a generales del régimen para que convenzan al Generalísimo de que no entre en la guerra. También hemos bloqueado la llegada de alimentos para presionar más a Franco. Pensábamos que eso haría reaccionar al Caudillo, porque el país se muere de hambre.

No me gustaba nada que me estuvieran revelando aquellos secretos. Eso suponía que no había vuelta atrás; o colaboraba con ellos en lo que fuera, o me liquidarían.

—Pero nada de eso ha servido —dijo secamente Harry, ahora de pie y a tan solo unos pasos de mí—, y por ese motivo le necesitamos a usted.

—Yo no tengo nada que ver en todo esto…

—Sabemos que usted se ha visto obligado a trabajar para Franco. Es un esclavo, aunque no quiera verlo así. Sin embargo, en el pasado combatió contra el fascismo y por ese motivo huyó de su país. Y ahora, no sé si lo sabe, se encuentra en busca y captura por toda Alemania.

Iba a responderle que yo no era esclavo de nadie, pero en el fondo era consciente de que me estaba mintiendo a mí mismo.

—Usted ha perdido el rumbo y solo le hace falta un empujón para llevarlo por el camino correcto.

—Odio que me empujen, señor Harry. Además, ¿se puede saber cuál es ese camino?

Los dos entonces me miraron fijamente.

—Un camino del que se pueda sentir orgulloso —respondió Harry—. ¿O quiere pasar a la historia como un cobarde que solo se dedicó a hacer películas de propaganda para un dictador? Además, ni siquiera tiene usted el talento de Leni Riefenstahl; solo es un decadente operador de cámara.

Aquel hombre sabía cómo humillarlo a uno hurgando en cada una de sus debilidades. Me había llamado primero «esclavo» y luego «decadente operador». Y, por cierto, ¿qué demonios había hecho Leni Riefenstahl?, me pregunté. Cuando me fui de Alemania en el 33, solo filmaba películas de montañeros, unos verdaderos tostones.

—Dígame de una vez adónde quiere ir a parar —exigí, ya cansado de tantos rodeos.

—Seré claro —dijo Harry—. Cuando un tirano ya no es útil a nuestros intereses, debe ser eliminado. Y el momento se está acercando, a pesar de que el señor Hoare no lo vea así. Ya contamos con el apoyo del general Aranda y de otros militares. Están deseando quitar a Franco de en medio y reinstaurar la monarquía. Solo es necesario un golpe maestro y liberaremos a España del tirano. Y usted... —añadió acercándose aún más a mí—, usted es nuestro hombre en El Pardo. ¿Comprende?

Y sí, claro que comprendía.

14

Muerte al tirano

1941

Por supuesto, los ingleses querían que asesinara a Franco, ese hombre todopoderoso que gobernaba el país sin titubeos, convencido de su misión. El mismo hombre que se servía de una serie de títulos grandilocuentes (y no me los invento): «Supremo capitán de la raza», «Ángel custodio del Imperio español» y, el que más me gustaba, «La espada más limpia de Occidente». Sin embargo, sus súbditos no se reían al pronunciarlos, convencidos de que aquello era cierto. Estaban cegados por el poder que había acumulado gracias a sus triunfos militares y a su astucia, porque si Franco tenía algún atributo, ese era ser listo como un zorro. Fue lo suficientemente paciente como para esperar el momento más oportuno para neutralizar a sus enemigos internos, en general, cualquier militar que tuviera pretensiones de poder o que resultara demasiado competente. Prefería así rodearse de aquellos que le eran fieles y que podía controlar y comprar. Pero para los españoles, excepto para los millones de perdedores, era un hombre que representaba el orden, la tradición, la unidad nacional y los valores de la España eterna. Muchos idolatraban por ello aquella efigie inmóvil de las pesetas, que manoseaban cada vez que compraban un pan.

Pero yo no me veía capaz de matarlo. Quizá, por ese motivo, imaginé el momento del asesinato como si se tratara de la escena de una película imposible que debía rodar. Era, probablemente, una forma de distanciarme.

Comenzaba de este modo.

Tras los títulos de crédito, en los que yo, Sebastian Roth, aparecía como director y asesino, la película se iniciaba con un plano general en el que se me veía entrando rebosante de confianza en su despacho. Le seguía un plano medio de Franco contemplándome desde su mesa, llena, no sé por qué, de palillos mordisqueados con los que intentaba construir torres. Después, venían un trávelin lateral en el que yo aparecía acercándome hasta una diminuta silla, donde me sentaba, y un primerísimo primer plano de la cara del Caudillo, tan próximo que se le verían hasta los poros; en realidad, túneles que nos llevarían hasta el oscuro interior del dictador. A continuación, se veía un plano detalle de mi mano introduciéndose en el bolsillo donde guardaba el revólver. Mientras tanto, ambos hablábamos sin que se nos oyera la voz, quizá porque en realidad no era capaz de creerme la escena. Franco, sospechando algo, se levantaba en plano medio corto. Yo hacía lo mismo, pero en un plano tres cuartos, lo que me daba más espacio para mover los brazos y sacar el arma. Los ojos del dictador, inyectados en sangre, se movían agitados, pero, antes de que abriera la boca, le disparaba a bocajarro. Una lenta panorámica iba desde mi pistola humeante hasta mi cara. Se escuchaba el sonido de los pasos de los guardias de palacio y yo huía saltando por la ventana. En el jardín debía esperarme el chófer de Franco, comprado por los ingleses. Pero, en vez de caer sobre unos matorrales, me precipitaba en el interior del estanque de *Metropolis*, donde era pisoteado por cientos de niños mientras Lang, por el megáfono, gritaba: «¡Nunca saliste vivo de aquí, idiota!».

Así veía, soñaba, no sé, el asesinato de Franco, tal y como lo habían planeado los ingleses, incluido aquel imposible plan de fuga que concibieron para que me sintiera más tranquilo. Pero sabía que aquello se trataba de un suicidio en toda regla. La otra opción era que Hoare me denunciara a los militares, quienes me torturarían y me meterían en un campo de concentración hasta que me pudriera, como tantos otros miles de españoles.

En efecto, ninguna de las dos opciones ayudaba a que me levantara contento por las mañanas. No tengo madera de héroe, pero aun así no podía olvidar a los caídos por culpa del dictador, desde el doctor Gago hasta el sereno, que finalmente había fallecido en la cárcel de tuberculosis, tosiendo sangre hasta perder el alma. Y eso tan solo por ser desafecto al régimen.

Continué mi vida según lo establecido, como si realmente fuera capaz de matar a un tirano con mis propias manos, porque una cosa es la guerra, en la que disparas a figuras lejanas o luchas en el fango contra alguien que quiere atravesarte con una bayoneta, y otra muy distinta disparar al pecho de un hombre desarmado y reventarle los pulmones. Tenía, pues, que alargar el juego lo máximo posible, igual que hacía Franco. Después, ya vería lo que podría hacer para salvar el pellejo. Aunque también tenía la esperanza de que las relaciones entre España e Inglaterra cambiaran y necesitaran vivo al dictador.

Mientras, tal y como me habían ordenado, intenté aproximarme al Caudillo para que me tomara confianza. No resultaba una tarea sencilla. Salvo unos pocos miembros de la Casa Civil, nadie del servicio podía dirigirse directamente a él. Siempre era necesario un intermediario, incluso durante las filmaciones. Debía dar las indicaciones al jefe de Servicios y este las transmitía a Franco. Aunque solo nos separara un metro, la distancia era insalvable. Por otro lado, siempre había demasiada gente a su alrededor, lo que dificultaba encontrar el momento adecuado para poder estar a solas con su excelencia.

Estuve pensando durante días en cómo llegar a él. Tenía claro que, siendo un hombre en extremo desconfiado, no podía intentar hacerme su amigo. Ante todo, porque ese hombre carecía de ellos. Solo tenía subordinados o familia, especialmente su hija, la única persona por la que yo veía que mostraba algún gesto cariñoso. Debía, pues, hacer que Franco se interesara en mí. Solo de esa forma yo quedaría fuera de toda sospecha.

Se me ocurrió entonces que el único camino para relacionarme con él era buscar algo que tuviéramos ambos en común, y eso no era otra cosa que el cine. Había oído contar al mayordomo segundo (los rumores en palacio eran el principal alimento de los empleados; daban un sentido a su gris y tensa existencia) que le había visto dictando a su taquígrafo, Manuel Lozano, una especie de guion cinematográfico. Aquello podía ser una solución, pensé, aunque me costaba imaginar qué podría estar escribiendo alguien como él. Sin embargo, no podía soltarle: «Oye, Paco, ¿cómo va esa película en la que estás trabajando?». Debía hacerle entender que de algún modo yo podía serle útil.

Mi brillante idea fue hablar con el programador del cine de palacio, Pepe Campúa, un buen hombre que había sido fotógrafo profesional (luego supe que lo acusaron de masón y lo encarcelaron). Le propuse que proyectara la primera parte de *Die Nibelungen* al Generalísimo con la excusa de que aquella película había entusiasmado a Hitler. Lamentablemente, no la encontraron. El único filme de Lang que había en Madrid era *Der müde Tod* (*La muerte cansada*). Lo salvó de la destrucción un legendario proyeccionista del cine Estrella que se dedicó a esconder en las alcantarillas todas las bobinas que halló por Madrid durante la guerra. También logré convencer al programador de que comentara de pasada al Caudillo que yo había sido ayudante de dirección en esa película, aunque no fuera cierto.

La estratagema surtió efecto y, al domingo siguiente, se proyectó una copia en bastante mal estado del filme de Lang, pero el Excelentísimo, como pude apreciar a través de una de las ventanillas de proyección, se quedó dormido antes de que finalizara la película. Cuando encendí las luces de la sala, se despertó de golpe y salió de la sala sin decir nada.

Al parecer, mi intento de que se interesara por mí había fallado. No me quedaba más remedio que encontrar otras alternativas. Debía seguir aparentando que hacía algo o los ingleses tomarían cartas en el asunto. Pensé entonces en ofrecerle consejos acerca de sus películas caseras, que filmaba con una cámara Bauer de 8 mm, pero temía que se lo tomara como una crítica.

Estaba ya desesperado y sin saber qué contar a los ingleses, cuando Julio Muñoz, el jefe de la Casa Civil, me comunicó, justo antes de filmar una entrega de premios a los mejores empresarios, o sea, a los más corruptos, porque en España todos compraban y vendían su alma a una velocidad pasmosa, desde los militares hasta los ministros, que el invicto Caudillo quería hablar conmigo en privado.

Por supuesto, estaba convencido de que había sido descubierto. Atemorizado, entré al despacho privado del dictador, una pequeña sala abarrotada de documentos que olía a sudor rancio, papeles mohosos y naftalina. Vamos, el perfume del nuevo régimen.

Y allí estaba el Generalísimo, apretando de tal forma su pluma estilográfica que más bien parecía que estuviera tallando el papel. Se oía el murmullo de una radio de fondo; más bien, una letanía que llenaba un sepulcral silencio.

—Siéntese —ordenó.

Y me senté. Miré a mi alrededor por si había algún miembro de la Guardia Mora, los feroces combatientes que protegían el palacio y de quienes se contaban espeluznantes historias. Se decía que cortaban los genitales de sus enemigos y se los introducían en la boca. Por si acaso, apreté los dientes con fuerza. Pero no, estábamos él y yo solos.

Esperé durante cinco largos minutos. El Generalísimo pasaba lentamente de un documento a otro, que firmaba con trazos rápidos, de médico. De vez en cuando suspiraba con fuerza, como dudando, pero al final siempre estampaba la firma, indeleble porque no tenía marcha atrás. Volaban entonces unas migas secas y afiladas que había sobre un plato y que, como todo lo demás en aquel lugar, me resultaban amenazantes. Vi también, sobre una antigua cómoda, una foto del Caudillo en la que exhibía un enorme salmón mientras sonreía de forma campechana. Miré entonces esos ojos congelados en el tiempo, y me pregunté qué había detrás de esa sonrisa y ese bigote, de esa boca que era capaz de decidir sobre millones de personas, y resultó para mí el más grande de los misterios.

Finalmente, y sin mirarme a los ojos, el Generalísimo aproximó al borde de la mesa una abultada carpeta llena de folios.

—Léalo y dígame su opinión.

Me incliné hacia delante y tomé la carpeta. En la portada vi escrito un título: *Los milagros de la Santa Mano. Una historia verdadera de España.* Al parecer, mi primer plan había funcionado: quería que le ayudara con su película.

—También el otro —dijo señalando con la pluma hacia una abultada carpeta que había bajo un crucifijo. Esta vez sí me vigiló con el rabillo del ojo.

La tomé también con manos temblorosas y leí la portada: *Raza*. ¿Sería una película sobre perros?, me pregunté sin entender de qué podría tratar.

—Ahora márchese —dijo mientras volvía a su trabajo—, pero no salga de El Pardo con esos dos documentos bajo ningún concepto. Solo puede leerlos en la biblioteca.

Y allí fui, guiado en todo momento por un ujier que me abrió la puerta de la sala. Dentro me esperaba un guardia tan tieso que pensé en colgar mi abrigo de su cabeza. Cargado con las carpetas, me senté a una mesa alta y comencé la lectura tan concentrado que ni siquiera recuerdo cómo era la habitación. A mi mente solo vienen aquellas letras negras escritas a máquina que yo imaginé que correspondían a las tumbas de todos y cada uno de los republicanos muertos durante la guerra.

El primer guion (aunque no era propiamente tal, sino más bien un largo argumento novelado) era de una película histórica, aunque resultaba tan delirante y enrevesado que más bien parecía un filme fantástico sobre las aventuras de la mano de Teresa de Jesús, una reliquia amputada del cuerpo de la santa tras su muerte. La historia comenzaba en el siglo XVI y describía la eterna lucha entre unos caballeros cristianos y unos seres malvados que me recordaron a los nibelungos. Eran los masones, el llamado «poder en la sombra», cuya misión, no quedaba claro por qué, era conspirar para derrocar reyes, atacar la fe católica y crear el caos. Ayudaban, por ejemplo, a que Napoleón invadiera España, provocaban la pérdida de Cuba o creaban la perversa República española. Era, en definitiva, un guion escrito por alguien que consideraba a los masones como los culpables de cada problema en el mundo, desde el comunismo hasta el capitalismo. Sin embargo, unos héroes siempre lograban impedir que el mal se propagara, sirviéndose de la mano incorrupta. Formaban parte de una sociedad secreta de caballeros cristianos que transmitían de generación en generación aquella reliquia que obraba milagros. Gracias a sus poderes, conseguían detener las conspiraciones de esa perversa secta. Al final de la película, por supuesto, la reliquia caía en manos de un tal Jaime de Andrade, un militar sospechosamente parecido a Franco. El clímax de la historia llegaba con la entrada triunfal en Madrid de ese general portando la mano incorrupta. Los republicanos, al ver el brillo que emanaba de la reliquia, se arrodillaban arrepentidos a su paso y lanzaban las armas al suelo.

En definitiva, en la película podía verse con total claridad la obsesión de Franco con esos huesos que, tal y como se narraba, le habían permitido ganar la guerra y luego afianzarse en el poder. De algún modo, Franco se sentía atado a ellos y a su destino.

El otro guion, *Raza*, narraba la historia de una familia de cuatro hermanos, los Churruca, una especie de hermanos Marx pero sin gracia. En vez de reescribir la historia de España, Franco había reescrito la de su propia familia, pues los

parecidos eran asombrosos (después de haber oído tantos co-
tilleos en palacio, conocía bien los detalles de la vida de los
Franco). En la ficción, el padre de familia era un capitán de
navío que había muerto valerosamente en la guerra de Cuba,
todo lo opuesto a su padre real, sobre el que circulaban numerosas historias: marino también, pero jugador, infiel, bebedor y, sobre todo, una persona que despreciaba profundamente a su hijo, incluso en público. Aparecía un hermano
republicano que, arrepentido de su error en el último momento, se pasaba al bando nacional. Otro hermano era un
fraile asesinado por las hordas rojas. La hermana, por su parte, era un personaje simplemente de relleno que mostraba
cómo debía comportarse una mujer: devota, obediente y sa-
crificada. El protagonista era José Churruca, un militar sin
tacha y ligeramente parecido a Franco que, al igual que Cristo, sobrevive a la muerte para luego liberar a España. Lo más
curioso de la película era que el propio Franco, tan vanidoso
él, aparecía por partida doble en el guion, ya que trasuntos
suyos eran tanto José Churruca como el propio Caudillo, a
quien se veía al final de la historia. En definitiva, la película
era casi tan fantástica como la anterior, ya que reflejaba una
España ideal.

La vi años más tarde. Se me hizo insoportable escuchar
aquellos soporíferos discursos sobre el deber, la patria, Dios,
el destino y la familia, interpretados por actores que con voz
monótona siempre miraban a lo lejos, sumidos en un trance
nacionalcatólico.

Cuando finalicé la lectura, el guardia tomó las carpetas y

me comunicó que Franco me esperaba al día siguiente en su despacho.

Me marché del palacio pensando en cómo podría ser útil al Generalísimo y llegué a la conclusión de que debía proponerle escribir el guion técnico de una de las películas (o de las dos, ¡qué importaba!). De esa forma, alargaría las reuniones y quizá también alejaría el fatídico momento. Pero mi idea no tuvo mucho recorrido, porque esa misma noche me encontré a Harry de nuevo en mi salón.

—Ha hecho usted un excelente trabajo, señor Roth —fue lo primero que me dijo. Iba de nuevo vestido con gabardina y sombrero, y fumaba junto a la ventana, desde donde vigilaba el exterior.

Me quedé callado. Lo observé y pensé que sí, que quizá lo había hecho demasiado bien.

—No se crea, señor Harry, por ahora solo he leído un par de guiones, nada más. Tremendos, por cierto. Aunque no lo parezca, este hombre tiene una imaginación desbordante.

—Sabe usted que no puede evitar que todo suceda según lo planeado, ¿verdad? —afirmó el miembro del Secret Intelligence Service—. Churchill, que ha dado en persona el visto bueno a la operación, ha decidido que mañana será el día.

Aunque, al oírle decir aquello, me lo quedé mirando fijamente, en realidad ya no estaba viendo a mi interlocutor. ¿Acaso su cara no estaba transformándose en la de la muerte, tal y como aparecía en el filme de Lang? ¿No había incluso delante de él, sobre la mesa, un pequeño ataúd?

—No creo que pueda hacerlo —dije finalmente—. No me veo capaz de apretar el gatillo.

—Lo sabemos, señor Roth. Lo sabemos.

—¿Cómo? —pregunté sin entender—. Entonces, ¿qué sentido tiene haber hecho todo esto si ya sabía que no sería capaz de disparar?

—Queríamos ponerle a prueba y, de paso, no revelar nuestro verdadero plan en el caso de que lo detuvieran.

—¿Y cuál es el verdadero plan?

—Que usted coloque una bomba en el despacho. Así no tendrá que disparar a nadie. Ni siquiera verá cómo el dictador se convierte en un plato de *goulash*.

—¡Eso es imposible! —exclamé—. ¿Cómo voy a introducirla en palacio?

—Ahí la tiene —dijo señalando hacia la mesa, donde se encontraba la caja que yo había pensado que se trataba de un ataúd diminuto.

Di un paso hacia atrás de forma instintiva.

—¿Está usted mal de la cabeza? ¿Ha traído aquí una bomba?

—Ábrala.

—No —respondí, haciéndome el indignado.

—Sepa que solo tengo que hacer una llamada y denunciar que usted está tramando atentar contra Franco. Nos sería muy fácil reunir pruebas en su contra. La principal se encuentra encima de su mesa.

Me callé lo que iba a decir. Sabía que estaba atrapado y que, desde el momento en que él y Hoare entraron en mi casa, ya no tenía escapatoria. No tuve más opción que aproximarme hasta la caja y mirar dentro.

—Vaya susto que me ha dado —dije al ver que solo contenía una cámara de 16 mm cubierta de paja—. No termino de entender el humor inglés, al parecer.

—La bomba se encuentra en el interior de la cámara, señor Roth.

—¿Cómo? —pregunté sin podérmelo creer.

—Una cámara no va a despertar sospechas, y menos si la lleva usted. Todos le han visto entrando y saliendo con un aparato semejante desde hace meses. Lo único que debe hacer mañana es activarla en el despacho de Franco, cuando se reúna con él.

—¡Pero entonces yo también moriré! —exclamé, alarmado ante tal posibilidad. Ya veía mis preciosos restos mezclados con los de Franco.

—No. La cámara posee un temporizador que se activa girando el foco. Después, debe esconderla debajo de la mesa y escapar de palacio. Ya fuera, le estará esperando nuestro chófer, Julito Meneses. Él le ayudará a salir de Madrid.

Debería haber pensado en alguna excusa, cualquier cosa que hiciera imposible llevar a cabo semejante plan, pero algo extraño sucedió en mi interior. Mi cabeza dejó de funcionar, igual que si alguien hubiera extraído indoloramente mi cerebro y hubiese depositado en su lugar un cielo azulado con algodonosas nubes. Estaba tranquilo, sin miedo. No sentía pánico, ni nervios, ni ansiedad. Fue como vivir una epifanía. O algo así.

Tuve que sentarme, convencido de que mi cerebro había colapsado. ¿Qué me sucedía? De repente tuve la certeza, en una visión de absoluta claridad, de que todo, desde mi deserción del ejército alemán y mi periodo con Lang hasta el exilio en Francia y mi trabajo en España, todo eso me había llevado hasta allí, a ese preciso momento. Acababa de comprender, de ver realmente que, si no hubiera vivido esas cosas, jamás podría haberse dado esa oportunidad única.

Por primera vez estaba aceptando mi destino, en vez de quejarme, llorar y huir. Fue como quitarme un maldito peso de encima. Claro que tenía miedo a palmarla, pero sentía con nitidez que debía hacer aquello, debía dar muerte al tirano.

—Voy a hacerlo —dije.

—¿Cómo? —preguntó Harry, sorprendido por aquel brusco cambio de actitud y sin acabar de creerme del todo.

El agente secreto se acercó hasta mí, se quitó el sombrero y me miró a los ojos como un oculista en busca de una enfermedad. Pero no, en ellos descubrió seguridad, certeza. Lo cierto es que me hubiera gustado verme a mí mismo para recordar la expresión de mi cara.

—Le creo —dijo estrechándome la mano—. Usted va a salvar a este país de entrar en una terrible guerra.

Después, aquel hombre, al que jamás volvería a ver, me explicó el resto del plan y se marchó, dejándome allí a solas, sentado en mi salón, esperando a que mis miedos, en forma de demonios, regresaran en cualquier momento.

A la mañana siguiente, todo siguió según lo planeado. A eso de las nueve me presenté en El Pardo con mi cámara bajo el brazo. La excusa para llevarla (Harry había pensado en todo) era muy convincente, ya que una hora después debía filmar la visita de unos campesinos que venían a hacer sus ofrendas anuales al señor del castillo: calabazas gigantes con forma de carroza, tomates con la cara de Cristo y otras cosas por el estilo.

Cuando al fin entré en el despacho del invicto Caudillo, todavía estaba convencido de mi misión y de mi destino. Sin embargo, al sentarme en la silla y mirar a Franco a los ojos, las piernas comenzaron a temblarme y mi vientre dio las primeras señales de que aquello no iba bien.

El dictador, más amable de lo que esperaba, pidió mi opinión sobre los guiones, pero yo no atinaba a responder. Balbuceaba. Sentía la bomba-cámara sobre mi regazo igual que si fuera un animal salvaje a punto de atacarme.

—¿Por qué no habla? —preguntó Franco, extrañado.

—Me han…, me han encantado, su excelencia. ¡Soberbios! —respondí tratando de parecer normal.

—No hace falta que me adule —respondió levantando ligeramente la mano—. Lo que quiero saber es su parecer como profesional que conoce de cerca las grandes producciones de cine, y que me diga si es viable…

—Ha encontrado usted a la persona adecuada. Tuve la suerte de trabajar en la mismísima UFA, la catedral de los estudios, así que conozco bien este mundillo.

—No me interrumpa —dijo mirándome por primera vez a la cara. En esos ojos duros y confiados vi reflejado el tedio de alguien que ya ha logrado sus objetivos y sabe que no le queda nada más por hacer, pero que continúa dispuesto a todo por mantener sus privilegios.

—Perdone —dije.

—Señor Roth, estas películas están ideadas para ofrecer una imagen precisa de la historia de España. No solo servirán para alzar los espíritus de los españoles en estos duros tiempos en que vivimos, sino también para demostrar al resto de las naciones cuál es nuestra más ambiciosa misión: ser un país gobernador de tierras, culturas y almas.

Guardó entonces silencio, sin mover un solo músculo de la cara. Después, continuó:

—Dígame, ¿cuál de los dos proyectos cree que refleja mejor el sagrado destino de España?

—Yo creo… —respondí mientras toqueteaba nervioso el foco de la cámara—, creo humildemente que el guion de la santa mano muestra de forma inmejorable la eterna y victoriosa lucha de España contra el mal. Además, es una gran película épica que cautivará a los líderes del mundo. ¡Seguro que impresionaría al Führer! El otro filme, sin embargo, no lo veo muy claro —añadí sin ser consciente de lo que estaba haciendo—. ¿A quién puede interesar la historia de una familia de burgueses?

Franco se quedó pálido al oírme. Estaba tan indignado que no le salían las palabras. Parecía que en su interior estuviera produciéndose una verdadera batalla naval, en la que se decidiría a cañonazos si mandarme a galeras o directo al paredón.

Viendo que el final de mis días se aproximaba, decidí que

diría algo más antes de que él volviera a abrir la boca. Además, debía prolongar aquella conversación. Según me había informado Harry, ellos se encargarían de que el dictador saliese del despacho (no sabía cómo) y solo entonces tendría la oportunidad de colocar la bomba.

—Sin duda, *Los milagros de la Santa Mano* es una película histórica muy ambiciosa, su excelencia —dije de forma muy entusiasta—, aunque no sé si todos los espectadores comprenderán qué significa exactamente la mano. ¿Se trata de una especie de amuleto?

—¿Un amuleto? —respondió sin poder creer lo que estaba oyendo—. ¡Usted no ha entendido nada! Se nota que no es español. Esa mano es milagrosa, es la mano de la Santa de la Raza.

El dictador se levantó con brusquedad de su silla y se dirigió hacia la vitrina que tenía a su espalda. La abrió y extrajo un extraño bulto cubierto por un velo negro. Lo colocó sobre la mesa y me mostró la santa reliquia, una mano sostenida por una base circular recubierta de plata dorada y piedras preciosas.

Al ver que me había quedado boquiabierto (en realidad, no lograba entender dónde estaban los huesos, ya que todo era de metal), el dictador me habló:

—Esta es la mano incorrupta de santa Teresa de Jesús, fundadora de la Orden de los Carmelitas Descalzos y doctora de la Iglesia. Esta mano, tal y como aquí la ve, ha cambiado la historia de España, y su hallazgo no fue sino obra de la divina Providencia, señor Roth. Esto no es cosa de superstición, sino de fe verdadera. ¿Sabe usted que tomé Madrid precisamente el día del nacimiento de la santa, el 28 de marzo? ¿Cree que eso es también casualidad? No. Tenerla a mi lado ha sido una de las herramientas que Dios ha puesto a disposición del Movimiento Nacional, ¿entiende?

—Comprendo.

—No, no comprende. Ni siquiera se ha santiguado al verla. Estoy seguro de que usted es un impío y un infiel. Para colmo, me han informado de que nunca le han visto entrar en la iglesia y de que quizá tenga orígenes judíos. Y creo más, señor Roth, ahora más bien estoy seguro de ello: usted ha tratado de llegar hasta mí por algún oscuro motivo que pronto desvelaré.

Tragué saliva. No me estaba gustando nada la dirección que había tomado la conversación, y menos aún saber que me habían vigilado. ¿Me habrían visto con Harry? Ya me disponía a responder para defenderme, cuando alguien llamó a la puerta. Franco, molesto, dijo secamente:

—Pase.

El mayordomo asomó la cabeza y anunció que el embajador Samuel Hoare tenía un asunto urgente que tratar con él.

Así que aquella era la señal esperada, pensé.

—¿A qué viene tanta prisa? Bien, dígale que ahora voy.

El Caudillo se puso en pie y me miró a los ojos.

—Más vale que me ofrezca una buena respuesta cuando regrese —dijo—. Y tú, Luis, vigila mientras tanto a este hombre —ordenó al mayordomo.

Salió entonces del despacho. Todo marchaba como Ha-

rry había planeado, a excepción de aquel gravísimo incon-
veniente: me había quedado encerrado con el mayordomo,
un hombre corpulento y tan fiel al régimen que lloraba de
emoción cada vez que su excelencia se acordaba de su cum-
pleaños.

¿Qué podía hacer? Si Franco regresaba, sabía que más
pronto o más tarde me iba a descubrir.

Instintivamente, me levanté de la silla y dije:

—Tengo que irme.

—No, usted no se va de aquí —respondió el mayordomo
con una voz grave y cascada, de bebedor de anís.

Me volví a sentar, pensando en cómo podría librarme de
aquel hombre que pesaba treinta kilos más que yo, aunque
los tuviera acumulados en la barriga y bajo la barbilla, en forma de monumental papada. Por supuesto, podía activar la
bomba y hacer que muriéramos los tres juntos, pero quién
sabía si nuestras almas estarían luego unidas por siempre y ni
siquiera Dios sería capaz de separarlas. ¡Nadie conocía cómo
funcionaban esas cosas!

Entonces la solución se presentó ante mis ojos; concretamente, encima de la mesa. Decidí activar el temporizador de
la cámara y la dejé a mis pies.

—¿Se puede saber qué hace? —preguntó el mayordomo.

Ignorando sus palabras, me levanté y, dándole la espalda,
avancé hasta la mesa.

—¡Siéntese ahora mismo o llamo a la guardia! —ordenó.

Pero no hice caso y agarré con disimulo la pesada mano
de metal. Cuando noté que el mayordomo se encontraba jus-

to detrás de mí, me volví con rapidez y lo golpeé con la reliquia en la sien.

Un golpe magnífico.

El hombre cayó redondo al suelo, inconsciente. Al verlo, respiré profundamente, tratando de tranquilizar mis desbocadas vísceras, y salí del despacho cerrando la puerta tras de mí. Me esforcé por mantener la compostura y bajé por las escaleras, cruzándome con requetés, criadas y ujieres, sin que nadie sospechara de mí.

—¿Adónde va? ¿No tenía una reunión con el Caudillo? —dijo inesperadamente una voz a mi espalda. Se trataba del jefe de seguridad de palacio, un hombre delgado, con un bigote fino y unos penetrantes ojos.

¡No podía ser! «Justo cuando casi lo he conseguido», pensé.

—Hemos finalizado antes de tiempo —respondí de inmediato, temiendo que aquel militar descubriera lo que sucedía—. El embajador inglés le ha visitado de urgencia.

—A mí nadie me ha avisado de eso.

—Ha debido ser cosa de Luis, el mayordomo —respondí utilizando la baza de los celos—. Ya sabe que siempre quiere tener al Caudillo para sí solo y suele saltarse los protocolos.

—Ya, eso es cierto. No soporto que haga esa clase de cosas. Hablaré con él, pero usted no se mueve de aquí.

Por supuesto, no le hice ni caso. En cuanto desapareció de mi vista, salí a toda prisa de El Pardo, adonde jamás regresé. Ya fuera del recinto, descubrí aliviado que me estaba esperando el chófer. Subí al auto y nos alejamos a toda velocidad de Madrid y de la miseria.

Lamentablemente, la bomba no estalló. Al parecer, el temporizador se detuvo al cabo de un rato, quizá porque en El Pardo al tiempo le costaba avanzar, quién sabe. Una lástima, porque así nos podríamos haber ahorrado unos cuantos muertos.

15

La tierra prometida

1941

Un fantasma atravesó Europa, y no fue otro que yo mismo. Crucé Francia, Alemania, Suiza, España e Inglaterra, pero sin dejar huella alguna de mi paso. Nadie me escribió una carta o derramó una sola lágrima por mí. Nadie. Quizá por ese motivo me dediqué a hacer películas, para que quedara algo de mí: imágenes. Son más difíciles de arrancar de la cabeza.

Los ingleses cumplieron con lo prometido y me trasladaron a un pueblito del norte de España. Allí, en mitad de la noche, me embarqué en un pesquero vasco con el que navegamos hasta la costa de Plymouth. Después, nos dirigimos a Londres, donde lamentablemente no pude hacer mucho turismo, ya que la ciudad estaba siendo bombardeada por la Luftwaffe alemana. Una vez más, estaba en medio de una guerra. Vi casas arrasadas, columpios que ardían en llamas y una atmósfera de miedo constante. Vivir allí era una maldita lotería, porque nunca sabías si el tejado iba a acabar sobre tu cama, igual que si te cayera encima un pesado sueño. Cada noche se producía un nuevo bombardeo y las baterías inglesas hacían lo que podían para derribar aquellos pájaros negros que rasgaban los cielos de la capital.

Quise, por supuesto, largarme de allí cuanto antes, pero el cuerpo tiene su propia memoria y, aunque pienses que estás tranquilo, que ya superaste esa mierda, en realidad tus células reviven constantemente cada cosa que te sucedió: cuando oyes una explosión es como si apretaran un botón que activase tus miedos.

Gracias a los servicios prestados (yo hice lo que se me mandó, lo que falló fue la bomba), me ofrecieron una nueva identidad y algo de dinero. No me costó mucho convencerlos. A decir verdad, nadie me quería allí; si me descubrían en Inglaterra, podrían surgir graves problemas con el gobierno español, al que de nuevo trataban de convencer de que mantuviera la neutralidad. Me hicieron así un nuevo pasaporte y aproveché aquel momento (¡al fin una identidad legal, aunque fuera falsa!) para cambiarme el nombre por el de Max von Spiegel.

¿Que por qué utilicé un nombre alemán y no uno inglés? Supongo que, de algún modo, quería aferrarme a algo del pasado, aunque fuera un sonido. Solo eso. También consideré que resultaba ridículo llamarme, por ejemplo, Graham Smith, sin saber casi una palabra de este simpático idioma con el que ahora me despierto, sueño y recuerdo.

El gobierno británico, como último favor, me pagó un billete en el trasatlántico Queen Mary, una isla de metal que hacía la ruta a Nueva York. Salimos del puerto de Southampton un frío y húmedo 27 de febrero. El trayecto lo viví bajo una tensión constante, porque temía que en cualquier momento los submarinos nazis comenzaran a torpedearnos. No hice otra cosa, durante los seis días de trayecto, que vigilar las aguas en busca de aquellas sombras de acero. Tampoco hablé con otros pasajeros, ni siquiera con mi compañero de camarote. Se trataba de un viejo húngaro que, supuse, iba a reunirse con su familia. Durante aquellos días, jamás lo vi salir de allí y siempre me lo encontré en la misma posición: sentado en su cama con el abrigo puesto y agarrando con fuerza la maleta, que debía de estar repleta de tesoros. Aunque más bien pienso que el hombre creía que ahí dentro guardaba su patria entera y por ese motivo no quería soltarla ni para dormir. Pasé tantas horas a su lado que casi pude ver cómo le crecía cada día la barba, una serie de puntos negros que fueron inundando su rostro hasta oscurecérselo por completo.

Solo con observarlo, uno ya se daba cuenta de que era la clase de hombre que no iba a soportar la vida en un nuevo país. Estaba condenado. Si quieres ser un buen exiliado, de los que les gustan a los norteamericanos, debes soltar lastre, mirar hacia delante, trabajar hasta reventar a cambio de unos pocos dólares y renegar de tu pasado. Si no lo haces, la nostalgia, esa horrible criatura con largas uñas, te atravesará el cráneo y te chupará el cerebro. Tu fracaso entonces estará garantizado.

Por suerte, yo no sufría de aquella enfermedad y jamás miré atrás. Además, tenía a alguien esperándome en Estados Unidos: Peter Lorre. El actor me había enviado años atrás una carta en la que me invitaba a su casa de Santa Mónica, en Los Ángeles, donde, según él, me sería muy fácil encontrar trabajo en la gran industria hollywoodiense. En realidad, tampoco tenía otro sitio donde caerme muerto.

Durante el tiempo que mantuvimos correspondencia, el genial intérprete me fue poniendo al día de cómo le iba. Tras su paso por París, había logrado hacer una película con un tal Alfred Hitchcock en Inglaterra, *The Man Who Knew Too Much*, a pesar de que no sabía apenas inglés. No tuvo más remedio que memorizar cada una de las líneas de diálogo. Como él mismo me escribió, fue «el hombre que no sabía demasiado inglés». Más tarde, viajó a Estados Unidos, donde se integró en la numerosa colonia de alemanes exiliados. Allí se encontraban los directores Fred Zinnemann y Billy Wilder, el músico Franz Waxman, los hermanos Siodmak, el productor Joe May y muchos otros, una verdadera plaga para muchos estadounidenses. Por supuesto, también fue allí mi amigo Fritz Lang, a quien contrató la Metro-Goldwyn-Mayer tras haber rodado una película en Francia, *Liliom*. ¡Casi era como no haber salido de casa! Solo faltaban unos pocos nazis y sería igual que en Alemania.

En sus cartas, Lorre, a pesar de la suerte que había tenido, se quejaba amargamente. Su orgullo de actor estaba herido y eso no hay quien lo aguante. Aunque era un intérprete muy valorado, estaba harto de hacer siempre papeles de malvado, ya fuese de doctor loco, de asesino o de espía enemigo. Y cuando protagonizó una adaptación de Josef von Sternberg de *Crimen y castigo*, interpretó a Raskólnikov, otro agradable perturbado. Por lo que parecía, su interpretación en *M* había marcado de tal modo la forma en la que le veían los directores, incluido Hitchcock, que no lograba salir de ese encasillamiento, una celda cuyas llaves uno nunca posee. Quizá por ese motivo decidió encarnar durante esos años a un personaje completamente opuesto: un detective japonés llamado mister Moto, al que dio vida en siete películas.

Cuando el Queen Mary atracó en el puerto de Nueva York, quedé fascinado al ver aquella isla formada por torres de cristal. Debido a la bruma que había esa madrugada, parecía que los rascacielos emergían del fondo de las aguas, lo cual hacía aún más impresionante la visión. Efectivamente, me hallaba en un nuevo mundo de soberbias construcciones que temí que cayeran las unas sobre las otras igual que un gigantesco dominó. Lamentablemente, apenas pude permanecer unas horas allí y lo único que hice, después de pasar por el control de inmigración, fue enviar un telegrama a Lorre para anunciar mi llegada.

Aquel mismo día, agotado, tomé el 20th Century Limited, un tren que me llevó hasta Chicago. Sin salir de la estación, subí al Santa Fe Chief, un lujoso ferrocarril de color plateado que incluso tenía un vagón con los techos de cristal. Crucé Estados Unidos de costa a costa. Una vez superadas las Montañas Rocosas, aparecieron las extensas praderas y el desierto, con vastos paisajes de tierra rojiza.

Seguíamos la ruta del Gran Cañón, un trayecto que me permitió conocer numerosas ciudades, como Kansas City, Las Vegas y Santa Fe, metrópolis que a mis ojos de europeo parecían como caídas del cielo; nuevas, en definitiva. No había en ellas trazos del pasado ni apenas monumentos, ruinas, murallas o iglesias de piedra; todo era transitorio y en frenético movimiento.

Frente a la inmovilidad y la decadencia del Viejo Continente, comprendí de inmediato que aquel país se encontraba en plena ebullición, porque desprendía una energía desbordante y contagiosa. La gente que tenía a mi lado sonreía abiertamente: se reían cuando hablaban, como si todo fuera un gran chiste y ellos conocieran el secreto de la vida. Llevaban trajes caros y pitilleras de oro, y sus manos parecían recién salidas de la manicura. Vamos, que el dinero allí era algo tan abundante que se les caía de los bolsillos. ¡Las propinas que daban a los camareros eran más altas que un sueldo en España! No veía a mi alrededor más que promesas y sueños. Estaba convencido de que había dejado atrás la barbarie y la muerte.

Por supuesto, no tenía ni idea de nada. No vi la pobreza, la desigualdad, el racismo ni el odio. Lo miraba todo con los ojos del niño al que acaban de regalar un caramelo gigante con el que no sabe que se puede atragantar.

Cuando llegué a mi destino, Los Ángeles, casi no podía mantenerme en pie del cansancio y la emoción. ¡Menudo viaje! Había visto demasiado como para poder asimilar verdaderamente algo. En la entrada de Union Station, un edificio de paredes blancas coronado por una torre con reloj que recordaba a un campanario, esperé a que alguien viniera a recogerme. Finalmente, entre el gentío, entreví una figura que me recordaba vagamente a Peter Lorre. Pero no podía ser. Aquel desconocido tenía un aspecto atlético y jovial, y no iba encorvado como el jorobado de Notre-Dame. Aunque lo más pasmoso era su vestimenta. Llevaba puesto un chaleco de punto con cuello de pico, una camisa, pantalones y zapatos, todo blanco. Daba la impresión de que acababa de salir de un partido de tenis, de que, entre set y set, se había pasado para recogerme. ¡Incluso estaba bronceado! Nada tenía que ver con la oscura figura que conocí en Berlín, porque, además, se apoyaba en un flamante LaSalle Convertible Coupe. Era la típica estampa del norteamericano de éxito.

—¡Bill! No sabes la alegría que me da verte —dijo dándome un abrazo, algo que me dejó tan sorprendido que casi me eché atrás. Porque ¿cuánto tiempo había pasado desde que alguien me había tomado así entre sus brazos?, me pregunté consternado.

Lo cierto era que estaba tan agarrotado por dentro que fui incapaz de sentir emoción alguna y de mi rostro solo surgió una torcida sonrisa. Téngase en cuenta que apenas unos meses antes estaba en manos de Franco. Me sentía por ello desdoblado, como si una parte de mí estuviera allí y la otra aquí, pero exactamente al mismo tiempo.

—Parece que te han sacado de una fotografía antigua —dijo Lorre mirándome de arriba abajo—. ¡Te hace falta un poco de sol! Pero para eso te he traído a California. Mira,

mira qué cielos, ¡qué azul, qué luz! ¿Y las mujeres? ¿Las ves? ¡Van a juego con los coches!

Miré entonces confundido a mi alrededor sin dejar de agarrar con fuerza la maleta, igual que el húngaro del barco. Y sí, vi a numerosas mujeres que llevaban floridos vestidos que les llegaban hasta las rodillas, gafas de sol y elegantes sombreros de ala ancha. Aunque lo más extraordinario fue observar cómo se acercaban a la acera y entraban en esos kilométricos vehículos conducidos por hombres que parecían recortados de una revista en color, con sus jerséis deportivos, su tez morena y sus deslumbrantes dientes blancos. Esos coches ronroneaban de placer al sentir cómo los cuerpos de las novias, esposas o amantes caían jovialmente sobre los asientos de cuero.

Todo resultaba demasiado perfecto y, por un momento, pensé que se trataba de una escenificación que habían hecho para mí.

Lorre, al verme atontado, exclamó:

—¡Despierta, Bill, que ya no estás en Europa! Aquí las cosas son así, formidables. Pero venga —dijo poniéndose detrás de mí—, quítate ya ese viejo sombrero y el abrigo. Te sentirás mejor, ya lo verás.

Y, según me lo quitaba, sentí literalmente que me estaba arrancando mi vieja identidad europea y que estaba apareciendo mi nuevo yo, el flamante Max von Spiegel, el hombre que triunfaría en el cine en poco menos de dos años. Un récord para un maldito emigrante.

Peter me llevó hasta su casa de Santa Mónica, donde residí durante los siguientes meses. Se trataba de una pequeña mansión de estilo español con piscina (cualquiera que se preciara en Hollywood debía tener una, aunque viviera frente al mar). El actor se lo pasaba en grande allí, dándose un chapuzón, bebiendo margaritas en el jardín o yendo a jugar al Beverly Hills Tennis Club con Billy Wilder y Paul Lukas, un actor húngaro.

Yo también disfruté de todo eso, claro, aunque el que hiciera siempre calor llegó a hartarme de veras. ¿Dónde estaban los malditos inviernos? Además, detestaba ponerme moreno. Eso de dejar que se te quemara la piel resultaba un verdadero suplicio. Por suerte, durante las primeras semanas también nos dedicamos a hacer vida social, la única forma, según Peter, para poder entrar en el juego de Hollywood, cuyas reglas yo desconocía por completo.

El mejor lugar para darse a conocer era la casa de los Viertel, un matrimonio judío formado por Salka, actriz y guionista austriaca, y Berthold, director de cine y también guionista. Su hogar era un celebrado lugar de reunión para los alemanes emigrados. Allí se solían organizar fiestas a las que también asistían grandes estrellas del cine e intelectuales, gente como Greta Garbo, Charles Chaplin, Aldous Huxley, Thomas Mann o Bertolt Brecht.

Su hogar se encontraba también en Santa Mónica, concretamente en el número 165 de Mabery Road, y de veras que quedé sorprendido la primera vez que fui. La casa parecía trasplantada directamente de un pueblito alemán. Tenía un alto tejado a dos aguas y vigas de madera que cruzaban las paredes blancas del edificio. Un lugar donde no solo siempre eras bienvenido, sino que te alimentaban con típica comida alemana: *bratwurst, kartoffelsalat, schnitzel* e incluso *eintopf,* un guiso de carne como el que hacía mi madre. Por supuesto, para un expatriado como yo, encontrarse con esos sabores de la infancia bajo el sol californiano fue una experiencia inigualable y babeé de placer.

Pero, como digo, lo más importante para los recién llegados era hacer nuevos contactos entre la colonia alemana. Fue allí, en el espléndido y refrescante jardín que tenían los Viertel, donde Lorre me presentó a otro exiliado, Curt Siodmak, escritor, guionista y hermano del director Robert Siodmak. Ambos habían participado en la película *Menschen am Sonntag (Los hombres del domingo)* junto con Ulmer y Wilder: un fresco y desenfadado retrato de la juventud berlinesa rodado de forma documental y con actores no profesionales. En su momento, en 1930, fue una auténtica novedad, pero como yo andaba metido con la cabeza en la UFA y en las grandes producciones, he de reconocer que no me interesó en absoluto y solo fui a verla porque Eloïsa insistió.

Curt había logrado publicar varias novelas de ciencia ficción con cierto éxito, así como numerosos guiones, pero en aquel momento yo solo lo recordaba por haberse colado en el rodaje de *Metropolis.* Se hizo pasar por un figurante para poder escribir un reportaje para un periódico y asistió a la famosa escena en que se prendió fuego a Maria la robot y casi ardió la pobre Brigitte. Cuando Lang se enteró de que había un intruso entrevistando a su actriz, lo echó sin contemplaciones del set.

Y ahora Curt se encontraba allí, acomodado en una tumbona blanca y fumando en pipa. Tendría mi edad, unos cuarenta años, aunque se le veía mayor debido a su cabeza calva y a unas gruesas gafas que llevaba puestas. Lorre nos presentó utilizando mi nuevo y pegadizo nombre. Le había contado a mi amigo que me lo había cambiado porque había tenido problemas con los nazis y temía que me pudieran localizar, lo que era cierto, ya que, al parecer, Hollywood estaba invadido por agentes alemanes. No le revelé nada de mi colaboración con el servicio secreto inglés ni la historia con Franco.

—Querido Curt, te presento a nuestro nuevo invitado, Max von Spiegel —dijo Peter—, aunque quizá antes lo conociste con otro nombre, Bill Becker. Pero no creas que tienes ante ti a un simple obrero del cine, no, ¡estás ante un hombre maldito! —exclamó abriendo de par en par sus grandes ojos—. País que pisan sus pies, país que entra en guerra. Primero lo hizo con Alemania; pero, no contento con eso, luego pasó por Francia y por España. ¡Todos en guerra! Y ahora me pregunto yo: ¿cuánto tiempo quedará para que este acogedor país también sufra su maldición?

Abrí la boca para quejarme, pero con Peter era así: le encantaba sorprender o tomar el pelo a sus amigos. Con los desconocidos, sin embargo, se mostraba muy reservado. Una de sus bromas más pesadas (aunque en realidad sucedió un año más tarde, durante el rodaje de *Casablanca*) fue cuando sacaron de la funeraria el cadáver del actor John Barrymore y lo llevaron a casa de Errol Flynn, donde había vivido durante los últimos meses. Lo sentaron en una butaca y esperaron a que Flynn regresara a casa. Errol lo saludó como hacía siempre y hasta le ofreció una copa. Cuando se acercó para ver por qué no respondía, se dio un susto de muerte. Lorre y sus amigos salieron entonces de sus escondrijos y se cachondearon del actor. Flynn a punto estuvo de dar una paliza a Peter.

Al oír lo que había contado Lorre, Curt pareció interesarse en mí.

—¿Cómo es eso de que estás maldito? —preguntó el escritor.

—No estoy maldito, pero tampoco puedo decir que haya tenido mucha suerte —repliqué—. Los nazis estuvieron a punto de apresarme y tuve que lanzarme por una ventana para escapar. Uno de ellos cayó conmigo y murió.

—¡Vaya historia! Eso va a encantar por aquí. ¿Y estuviste en España durante la Guerra Civil?

—Sí. David Oliver, el productor, me consiguió trabajo en Barcelona hasta que comenzó la guerra. Después, tuve que buscarme la vida con otras cosas.

—Curt es ahora un guionista de éxito —intervino Peter—. Pero ten cuidado con él, Max, porque durante las noches, cuando escribe, sufre una desagradable mutación: le salen pelos por todas partes, aúlla y muerde a cualquiera que le haga una sola crítica.

Mientras contaba aquello, el rostro de Lorre sufrió una serie de bruscas convulsiones que mostraban la transición de un hombre inocente a una bestia asesina. Los tres nos pusimos a reír («¡Dios mío! —pensé de nuevo consternado—.

¿Cuánto hacía que no me reía?». Ya casi ni recordaba cómo era soltar una carcajada y sentí que mi cuerpo se resquebrajaba). Después, el actor volvió a poner aquella cara suya de niño que no ha roto un plato y que le era tan útil para interpretar sus papeles más perversos.

—Deberían contratarte a ti para el papel —dijo Siodmak— y así la productora se ahorraría el maquillaje.

Al parecer, Curt había escrito el guion de una película de bajo presupuesto para la Universal titulada *The Wolf Man*. Se iba a rodar durante los próximos meses. En ella se describía justamente a un hombre maldito que se convertía en lobo durante las noches.

—Desde que la Universal sacó *Dracula* y *Frankenstein*, se han puesto de moda las películas sobre monstruos. ¡Como si ya no hubiera suficientes Peter Lorre por el mundo! —exclamó con sorna Curt.

—Pero el tuyo es un monstruo especial, Curt —dijo Peter—. Se dice por ahí que te has inspirado en Hitler para crear a tu bestia.

—¡No sé de qué me hablas! —exclamó Curt, sonriente.

Lorre se rio de la respuesta del guionista, pero de súbito su rostro se congeló y su piel se puso pálida. Al instante notamos que ya no se trataba de una broma.

—¿Estás bien? —dije.

—Tengo que ir al baño… Si me disculpáis.

Desapareció velozmente entre los invitados, a algunos de los cuales empujó e hizo que tiraran sus copas al suelo.

—¿Qué le sucede? —pregunté, preocupado.

—¿No lo sabes?

—No.

—Lleva años así. Si no toma su dosis de morfina, sufre unos terribles dolores —respondió Siodmak mientras soltaba tranquilamente el humo de su pipa—. Se acostumbró a tomarla por una enfermedad que contrajo en Alemania y ahora no puede desengancharse. El problema es que se le va la mitad del dinero así. Es algo que todos saben —añadió, consternado—. Como verás, Hollywood es un lugar donde no hay secretos. Por eso te recomiendo que nunca hables de más, porque cualquier cosa puede utilizarse en tu contra. Pero, dime, tú aspiras a trabajar en un estudio, ¿verdad? De director, imagino.

—Por supuesto —respondí, muy convencido—. Trabajé diez años con Lang y luego rodé varios documentales en España. ¡Muy innovadores!

—Con eso no vas a impresionar a nadie, Max. Tendrás que comenzar desde cero, me temo. Lo que hayas hecho en Europa no te vale de nada aquí. Debes entender que, a diferencia de Europa, donde estamos literalmente enterrados por el pasado, en Estados Unidos solo interesa el presente. Aquí todo va muy rápido, tanto que, si no eres listo, te quedas atrás. Incluso al propio Lang nadie le reconoce sus méritos anteriores, y sé que esto le saca de quicio. Se lo he oído decir aquí mismo, en este jardín.

Al escuchar su nombre, sentí que el corazón se me desprendía del pecho y caía a mis pies. ¿Se encontraría por aquí?, me pregunté. Miré hacia a uno y otro lado, inquieto, aunque no entendía que todavía pudiera temerlo, porque, pensé, ya no ejercía poder alguno sobre mí. ¿O sí?

—Tengo muchas ideas para hacer películas —dije inocentemente.

—¡Ja! —Rio de forma seca Curt. Una carcajada que sonó como un corte, más que una risa—. Así no funcionan las cosas aquí, querido Max. Tú no vendes ideas. Ellos te contratan y luego haces lo que te dicen: una comedia, un western o una película de monstruos.

No quise darme por vencido. Sabía que Curt, aunque no era una persona muy influyente dentro del cine, llevaba mucho tiempo dentro del sistema y siempre podría ser de ayuda.

—Tengo una historia y estoy dispuesto a contártela.

—Ya tengo mis propias ideas, gracias —respondió, molesto, Siodmak. ¿Cuántos otros le habrían venido con lo mismo?

—Esto es algo serio, Curt. Se trata de un argumento mío que estuve a punto de rodar con Pommer. Por desgracia, llegaron los nazis y se acabó la historia —mentí vilmente, pero necesitaba impresionarlo. Había comenzado a entender que en Estados Unidos era fácil inventarse cualquier historia que procediera de Europa, adonde nadie podía ir para contrastar la información. El continente se había convertido así para los exiliados en un contenedor de fábulas que permitía que cada uno reinventase su propio pasado.

—¿Con Pommer? —preguntó.

—Sí, el guion se perdió, pero todavía recuerdo la trama. Con unos pocos cambios, puedes hacerla tuya.

Curt permaneció en silencio y vi en sus ojos que estaba

valorando la propuesta. Se sentó ahora con la espalda recta en la tumbona, tomó un largo trago de ginebra y me miró atentamente.

—Desembucha. Aunque desde ya te digo que no vas a conseguir nada de mí.

—De acuerdo —dije.

Por supuesto, no tenía nada para contar. Hasta aquel día ni siquiera había pensado qué clase de película querría hacer, porque siempre se había tratado de un sueño lejano e irreal, y ahora que tenía la oportunidad de hablar con un guionista de Hollywood no sabía qué decir. Busqué desesperado algo dentro de mi cabeza (sabía que en cuestión de segundos él perdería el interés por mí). Finalmente, de entre un torbellino de recuerdos aparecieron varias anécdotas del pasado que metí en una coctelera, las agité y luego probé a ver a qué sabían.

—La historia comienza así…. —dije, y me quedé callado unos segundos.

—¿Cómo empieza? —me urgió.

—Comienza con…, con una atractiva mujer que aparece en el despacho de un detective, nuestro protagonista. La joven asegura que alguien ha robado el alma de su marido. Al oírla, el detective piensa que está loca, pero como le hace falta el dinero es capaz de hacer lo que sea. Además, le gusta beber y tiene ciertos problemas…

—Al grano, Max.

—Se dirige a la mansión de la mujer y visita a su marido. El hombre se encuentra sentado en su silla de ruedas y, efectivamente, está sumido en un extraño estado catatónico. No puede moverse, pero tiene los ojos completamente abiertos. Sin embargo, estos están vacíos..., sin alma. Nadie sabe qué le sucede y los médicos que lo han tratado no encuentran nada malo en él. El detective, llamémoslo Howard Carter, sigue el juego a la mujer e investiga cada uno de los pasos que dio el marido antes de caer en ese estado. No ve nada raro. Ese día fue a su oficina con su chófer, salió a almorzar a un restaurante y por la tarde pasó un rato con su hijo pequeño en Central Park. Para sacarle unos dólares más, Howard le dice a la esposa que seguirá investigando, aunque en realidad no tiene ni idea de qué hacer. A la semana siguiente, se despierta con la noticia de que el director del FBI ha caído también en un extraño coma. «¿Será casualidad?», se pregunta Carter. Y no es el único.

»Durante las siguientes semanas, las noticias se suceden: banqueros, militares y otros hombres poderosos están cayendo en el mismo estado. Todos piensan que se trata de alguna enfermedad desconocida, pero nadie tiene una sola explicación. Cunde el pánico. Howard tiene entonces una corazonada y decide interrogar al hijo de su cliente, un niño de ocho años. Le pregunta qué hicieron exactamente esa tarde en el parque. El niño, entre sollozos (piensa que Carter le está echando la culpa a él), le revela finalmente que un extraño tipo hizo una foto a su padre. A pesar de que eso carece de sentido, Howard (a quien en futuras producciones podríamos convertirlo en detective de lo paranormal) sigue esta pista. Decide entonces aprovechar sus contactos en la policía para conocer más detalles de los otros casos y poco a poco va descubriendo que estos tienen varios elementos en común: además de ser gente relevante, fueron fotografiados el mismo día en el que cayeron en coma. Investiga entonces a más testigos de los hechos y, gracias a las descripciones, descubre que siempre se trata del mismo hombre. Pero ¿cómo dar con él?

»Solicita ayuda al FBI y deciden tender una trampa al fotógrafo organizando una falsa rueda de prensa con el secretario de Estado. El detective vigila por los alrededores del edificio. Entre la multitud ve a un tipo que responde a la descripción del fotógrafo. Le persigue, pero el hombre toma un taxi y desaparece. Howard sube a su coche y da con su guarida, una casa aislada en Brooklyn. Armado con su pistola, entra en el edificio, de estilo gótico. Es estrecho, oscuro y está poblado por odiosas ratas que se mueven entre las paredes. Bajando unas escaleras, descubre el laboratorio del fotógrafo. Allí ve una cuerda de tender la ropa de la que cuelgan una serie de fotos. Se acerca hasta ellas y las observa espantado. Algo se mueve dentro: son hombres y mujeres que parecen gritar y golpean desesperados contra una pared invisible. ¡Están encerrados dentro de la foto!

»El detective entonces lo entiende todo y busca al fotógrafo por la casa tenebrosa. Desciende hasta el sótano, donde encuentra un salón lleno de espejos en el que su reflejo se multiplica. De la nada aparece armado con su cámara el fotógrafo. Howard se lanza al suelo. Sabe que, si aparece en su foto, perderá el alma. Cuando el fotógrafo trata de poner otra bombilla para utilizar el flash, Howard le dispara. Le impacta en el pecho, pero, antes de que muera, intenta interrogarlo. El fotógrafo confiesa que es un oficial de las SS y que científicos alemanes inventaron aquel diabólico dispositivo. Pero asegura que no es el único. El país está invadido por otros fotógrafos. Uno de ellos se encuentra en esos momentos en una rueda de prensa que está dando el presidente de Estados Unidos en Washington. Howard llama desesperado a la Casa Blanca, pero no le creen. El presidente, inevitablemente, es fotografiado.

—¿Cómo? —preguntó Siodmak.

—No te preocupes Curt, que hay un final feliz. —La verdad es que estaba impresionado conmigo mismo por haberme sacado de la manga un argumento en el que mezclaba las películas americanas que había visto con las historias de Jean Sans-Lumière y Bestatter, el dueño del templo de la fotografía—. Desesperado, Howard intenta interrogar de nuevo al nazi, pero este ya ha muerto. Mira a su alrededor y solo se le ocurre una solución: quemar las fotos. Pero, se pregunta, ¿morirán las personas encarceladas en ellas o las salvará? No lo sabe. Decide arriesgarse y prende fuego a las fotografías. Inmediatamente después, llama a casa de su clienta y...

—¿Y?

—Su marido ha salido del estado de coma. Gracias a su descubrimiento, logra que le crean y detienen al nazi que fotografió al presidente. Queman entonces también la foto que le hicieron y este regresa a la vida. Todo acaba así como debe ser, estupendamente —dije, agotado—. Qué, ¿te ha gustado?

Pero Curt no se mostró en absoluto entusiasmado, más bien se le veía molesto. Mi impresión fue que le había gustado demasiado la historia y no quería reconocerlo.

—Me temo que nadie va a comprar una película antinazi, Max. Alemania es el segundo mercado más grande del mundo y el cónsul alemán, Georg Gyssling, está controlando los contenidos de cada producción de Hollywood para que no se filme nada contra su país. Tiene cogidos por los huevos a los jefes de los estudios.

Me quedé un tanto desanimado con su respuesta, pero Curt tenía razón. Sin embargo, seis meses después, pasó algo con lo que nadie contaba: Pearl Harbor fue atacado por los japoneses y Estados Unidos no tuvo más remedio que participar en la guerra. A partir de aquel momento, todos los estudios se volvieron locos por hacer una película antinazi, y la mía iba a ser de las primeras. Se tituló: *The Fear Photographer*.

Y fue un bombazo, aunque por otros motivos.

16

La fábrica de imágenes

1942

Apenas unos meses después de mi llegada, tuve la fortuna de trabajar como segundo ayudante de cámara en algunas películas interpretadas por Lorre, quien, de la noche a la mañana, se había convertido prácticamente en mi agente. Cosas como *Mr. District Attorney*, una producción de Republic Pictures donde hizo de funcionario corrupto, o *They Met in Bombay*, una película de aventuras de gran presupuesto (casi un millón y medio de dólares) de la MGM, protagonizada por dos rutilantes estrellas, Clarence Brown y el propio Lorre. Aun así, no estaba muy contento; solo recibía órdenes y más órdenes, iba a por cafés, movía cables, limpiaba lentes, y eso me cabreaba, porque había vuelto a empezar y era el último mono de la producción. ¡Yo había sido alguien en la UFA!, aunque solo fuera la sombra de Lang.

Tenía la ingenua idea de que en Hollywood todo sería más sencillo que en Alemania. Me equivoqué de lleno. No sabía que se trataba de un mundo aún más despiadado, desleal y competitivo, donde en general no eras más que un empleado que debía fichar cada mañana. Además, yo era otro inmigrante que todavía hablaba con acento y muchos me despreciaban por quitarles el trabajo. Éramos gente anónima que no salía en los créditos, simples peones. Incluso para los directores también era así. Nada tenía que ver con lo que había vivido en Berlín, donde el realizador era la figura más importante; alguien que mandaba sobre vivos y muertos. Aquí los reyes eran los jefes del estudio, gente como Louis B. Mayer y los grandes productores independientes, los casos de Goldwyn o Selznick. Los demás estábamos a años luz de ellos. Éramos simplemente unos contratados que cobraban un sueldo semanal, que iba desde los cincuenta dólares de una secretaria o los cien de un ayudante de dirección hasta los cuarenta y cinco mil que ganaba por película un director con éxito de taquilla.

Porque aquí, como bien se sabe, lo que cuenta es el dinero, y este tiene un poder inmenso sobre los hombres. Todo está ligado al dinero: tu trabajo, la clase social en la que te mueves, la casa, tu futuro, tu salud y, sobre todo, tu libertad. Sin dinero no existía libertad alguna, estabas preso en un país poblado por mendigos y vagabundos que acampaban cerca de los estudios con la esperanza de que el brillo de las estrellas les llenase el plato por un día.

En los estudios no existía un verdadero trabajo en equipo. Los guionistas debían producir veinte páginas por semana (la mayoría de los grandes estudios contaban con más de cien pulsateclas trabajando en un mismo edificio; cuántas páginas al año, cuántas historias que no llegaban a nada y que se ahogaban en papeleras que luego eran vaciadas por mujeres mal pagadas que únicamente visitaban los estudios durante la noche, cuando nadie las veía). Los directores debían rodar sus minutos de película semanales, pero estos debían ser visionados diariamente por el productor, quien decidía qué toma debía repetirse y cómo. Los departamentos de vestuario y de decorados creaban cada siete días cientos de trajes, muebles, casas o árboles de cartón piedra, formando un nuevo mundo desde cero.

El director reunía todos esos elementos —palabras, decorados, actores y luces— y les daba forma siguiendo el «libro de estilo» de cada estudio. No era lo mismo hacer una película para la MGM, con su toque *art déco*, limpio y pulcro, que para la Warner Bros., con sus largometrajes de gángsteres interpretados por tipos duros como Humphrey Bogart. Además, cada productora tenía su propio estilo de iluminación, y debías regirte por él. A nadie le interesaba que experimentaras con la cámara o que mostraras tu propia personalidad. No podías decirle a Darryl F. Zanuck: «Oye, tengo una idea genial que quiero dirigir yo mismo». No, tu máxima aspiración era firmar un contrato de siete años, renovable cada seis meses, y rodar lo que te mandaran, porque lo importante era llenar las salas. Resultaba casi imposible elegir los contenidos o los guiones.

Y luego había otra cosa igual de terrible: que en Hollywood quien más importaba era la estrella, no la película.

Dentro de la férrea jerarquía del cine, si en la cúspide de la pirámide se hallaban el jefe del estudio y los productores, justo detrás iban los actores, los dioses del Olimpo. Trabajé con Greta Garbo, Barbara Stanwyck y hasta Spencer Tracy, gente normal hasta que se ponían delante de una cámara. Era extraño verlos en el set y luego observarlos a través de la lente. Se convertían en otros, brillaban sin que nadie supiera el motivo. Tenía algo de sobrenatural aquella transformación. Ellos eran los que verdaderamente generaban ingresos y para los que se pensaban las películas. Sin embargo, tampoco es que estos lo tuvieran fácil, porque, una vez que firmaban un contrato, quedaban atados de pies y manos de una forma inimaginable. Había todo tipo de cláusulas, desde las que controlaban la moralidad de los actores y las actrices, hasta las que impedían que salieran fuera de Los Ángeles sin permiso. Tampoco podían romper el contrato e irse a otro estudio para hacer la película que les interesara. No, los actores eran simplemente una mercancía intercambiable que podía ser prestada entre las productoras cuando les convenía. David O. Selznick fue un especialista en esa clase de tratos, y se dedicó durante años a ganar dinero simplemente alquilando a sus actores, como Ingrid Bergman o Gregory Peck, y a directores como Hitchcock. No le hacía falta rodar una sola película. ¡Eran igual que ganado!

Yo fui aprendiendo todas estas cosas de las que no sabía nada al principio. Escuchaba a los directores hablar con los productores y las quejas de los actores, y trataba de asimilar cada cosa que sucedía a mi alrededor. También me colaba en las salas de montaje hasta que me echaban. Descubrí que si te presentabas con un *bagel* y unas cervezas, te dejaban quedarte allí unas horas. Aquel cuarto era para mí el lugar más sagrado del estudio y me recordaba al laboratorio de Jean Sans-Lumière: el espacio donde se revelaban las verdades, donde podías gobernar la realidad a tu antojo, detener el tiempo, alargar los primeros planos de las mujeres hasta caer en el éxtasis y ordenar la historia a tu gusto. Lástima que la vida no fuera así y no pudieras cortar todo lo que no te gustaba.

Pero las cosas cambiaron con la guerra en Europa. Hollywood comenzó a producir películas antinazis y el gobierno decidió por fin prohibir las numerosas asociaciones pro-Hitler repartidas por el país. Hablo de la America First Committee o de la German-American Bund (su líder, Hermann Schwinn, fue uno de los pocos expulsados de Estados Unidos). Esta misma asociación tuvo antes otro nombre, Friends of New Germany, y había abierto su propia librería, la Aryan Bookstore, situada en Alvarado Street, en Los Ángeles. Pero había muchos más grupos, sin contar con los colegas del Ku Klux Klan.

Se trataba de miles de simpatizantes que seguían paseándose tranquilamente por las calles de un país cuyo gran héroe, el aviador Charles Lindbergh, también estaba encantado con el Führer. Yo vi cómo se exhibían uniformados por las ciudades, imitando a sus homólogos nazis. Tuve ganas de lanzarles piedras, o al menos de gritarles que estaban locos. No tenían ni idea de lo que estaban defendiendo. Solo leían noticias falsas en los periódicos. No lo habían sufrido en sus carnes, como yo.

Sin embargo, lo más absurdo de todo fue que el gobierno decidió encerrar en campos de concentración a los japoneses que vivían en el país, y no a los filonazis. Daba igual que hubieran nacido allí y que tuvieran la nacionalidad estadounidense. Se los consideraba sospechosos de realizar sabotajes y de formar parte del ejército japonés. Familias enteras fueron así trasladadas a la costa oeste, lejos de sus casas y de sus negocios, sin darles una sola explicación.

Por otro lado, la guerra también provocó que las cosas se pusieran aún más difíciles dentro de la industria del cine. Fue necesario reducir el número de producciones y bajar el sueldo de los trabajadores (no el de los jefes de los estudios, quienes seguían ganando millones de dólares). Había menos dinero y más incertidumbre. Esto llevó a que las productoras hicieran películas cada vez más baratas, los llamados filmes de serie B.

Pero yo fui afortunado. A pesar de que el mundo parecía venirse abajo y de que muchos técnicos perdían su puesto de trabajo, tuve la oportunidad de hacer de segundo asistente de dirección en el rodaje de una película escrita por Siodmak e interpretada por Lorre: *Invisible Agent*. Se trataba de un filme inspirado en la famosa novela de H. G. Wells, pero adaptada a los convulsos tiempos que corrían, o sea, con malvados nazis.

Era un proyecto con un presupuesto medio, unos 325.000 dólares, y se rodó en los estudios Universal Lot, en San Fernando Valley. Fue un rodaje divertido, sobre todo por los efectos especiales que había ideado John P. Fulton para recrear al hombre invisible. Para esta película utilizaron dos técnicas distintas. Cuando era necesario filmar los objetos que el hombre invisible llevaba y que parecían volar, los atábamos a unos hilos que movíamos desde el techo, como titiriteros. La otra técnica resultaba más compleja. Nos servíamos de ella para filmar acciones en las que el hombre invisible aparecía parcialmente vestido y no se le veía ninguna parte del cuerpo. Primero, rodábamos la escena, donde solía haber más personajes, pero sin el actor que hacía de hombre invisible. Después, se rodaba el mismo plano —totalmente sincronizado con el anterior— en un estudio con los fondos completamente negros. El actor, Jon Hall, al que yo muchas veces ayudaba a vestir, llevaba entonces unas mallas negras sobre la piel, de modo que en realidad solo se veía la ropa, lo único que destacaba en la oscuridad. De este modo, en el montaje, cuando se superponían ambos planos, los fondos negros desaparecían y podías ver a un hombre en bata pero sin cabeza, manos o piernas, que se movía por la escena que primeramente habíamos filmado e interactuaba con otros personajes.

Funcionó de maravilla. Desde mi experiencia en *Metropolis*, me encantaban aquellos trucos (engañar, en definitiva, al espectador), y aprendí todo lo que pude.

Aunque lo más relevante de aquel rodaje no tuvo que ver propiamente con la película. Sucedió cuando Curt Siodmak, el guionista, se presentó por sorpresa una noche en el estudio para hablar conmigo. Aproveché un descanso y salimos juntos a dar un paseo. Tras atravesar varias naves en las que se rodaban otros proyectos, subimos por la ladera de la colina que había en la parte trasera de los estudios. Nos sentamos en un tronco cortado y contemplamos desde allí todo Universal Lot, una maquinaria que trabajaba día y noche en la producción de imágenes.

El guionista sacó una pipa del bolsillo de su chaqueta y la encendió con maestría. Una llamarada iluminó su rostro durante unos segundos, para luego sumirse de nuevo en la oscuridad. Finalmente, habló:

—He venido para darte una buena noticia, Max: he vendido tu idea.

—¿Cómo? —pregunté, emocionado—. ¿Mi historia del fotógrafo? ¿A quién?

—A la RKO. Hace poco, el vicepresidente, Charles Koerner, me pidió que comenzara a trabajar en el guion de *I Walked with a Zombie*, una película que producirá Val Lewton, no sé si lo conoces. Es el encargado de la nueva unidad dedicada a la producción de películas de terror. A pesar de que Lewton no me traga del todo (me temo que es porque yo vengo de la Universal y detesta lo que hacen allí, o porque él es escritor y yo también), quedó bastante contento con el guion. Aproveché entonces para hablarle de tu historia, a pesar de que habitualmente son ellos los que deciden los temas sobre los que debemos escribir.

Curt aspiró con fuerza y el tabaco de su pipa ardió. Vi un pequeño y aromático infierno entre sus manos.

—¿Y?

—Le encantó. Me dijo que desarrollara el guion. Siento no habértelo contado antes, pero como ya no vives con Lorre, no sabía cómo contactar contigo.

—Pero ¿sabe Lewton que la idea es mía?

—Por supuesto. ¡Yo no voy robando historias por ahí! —exclamó, ofendido—. Pero tampoco suelo hacer favores. Este es un mundo donde cada uno debe luchar por sí mismo. Simplemente, no lograba quitarme tu película de la cabeza; no paraba de crecer dentro de mí. Por eso se la conté, para librarme de ella. Le hablé entonces de ti y le mencioné tu trayectoria con Lang y tu paso por España. Se mostró impresionado —añadió el guionista mientras golpeaba la pipa contra el tronco para extraer el tabaco—. Me dijo que quería verte en persona.

—¿De veras?

—Por supuesto, Max —dijo, estrechándome la mano—. ¡Espero que tengas suerte!

Aquella era una noticia sensacional. Sentía que otra puerta se me estaba abriendo allí mismo, en medio de la colina, y quería atravesarla cuanto antes, porque yo tenía prisa, mucha prisa. Había estado durante años atado y ahora quería recuperar el tiempo perdido. ¡Quería ser director en Hollywood!

Una semana más tarde, me reuní con Val Lewton en su oficina de la RKO. El despacho estaba custodiado por una gruesa secretaria, prácticamente una figura mitológica con aspecto de esfinge, que te observaba con sus gafas de culo de vaso y a la que debías rendir pleitesía para poder visitar al productor. Atravesé la puerta y, sentado tras su mesa, me encontré con un hombre de frente despejada y mirada intensa, cuyos ojos te vigilaban igual que si fueran los cañones de una escopeta. En las manos, lo pude ver, tenía el guion, titulado *The Fear Photographer*. Buen título, pensé, aunque allí no aparecía mi nombre.

—Max von Spiegel —dijo separando cada una de las sílabas—. Es usted alemán, ¿verdad?

—Así es, señor Lewton.

—Nada de «señor». Llámeme Val. Aquí todos valemos lo mismo.

—Como usted diga, Val.

—Le seré sincero: yo no soy especialista en el cine de terror. Me contrataron más bien debido a un error —explicó mientras palpaba distraído las páginas mecanografiadas del guion—. Los de la RKO andaban buscando un productor y alguien les dijo que yo había escrito unas «novelas horrorosas», y ellos, no me diga por qué, entendieron que se refería a novelas de horror. Pero la vida es así, llena de azares y de confusiones maravillosas. Aunque eso no viene al caso, Max. La cuestión es que su historia me ha hechizado. Es inquietante y genera mucha tensión en el espectador utilizando solo una cámara diabólica. Simple y efectivo. Y esas cárceles para almas son una idea brillante.

—Agradezco mucho sus palabras.

—Como le he dicho —dijo midiendo cada una de sus palabras, como si costasen dinero—, quiero hacer esta película. Además, es barata de rodar y tengo al director perfecto para ella…

Al oírle decir aquello, lo miré fijamente, esperando escuchar mi fantástico nombre. Ya anticipaba en mi mente el redoble de tambores...

—Jacques Tourneur —soltó Lewton.

—¿Turner? —pregunté, completamente decepcionado—. ¿Cómo? ¿Quién es ese?

—Tourneur —me corrigió, retorciendo los labios hasta hacer con ellos una u a la francesa—. Jacques es mi hombre de confianza. Lo conozco desde hace años. Trabajé con él en la segunda unidad de una producción de Selznick, *A Tale of Two Cities*, y ahora lo he contratado para que dirija este verano nuestro primer largometraje para este estudio: *Cat People*.

«¿*Cat People*?», me pregunté. En ese momento de confusión no fui capaz de imaginar de qué podría tratar una película así y me pareció una idea ridícula hacer un filme con tipos disfrazados de gatos. He de confesar que meses más tarde, cuando la fui vi a ver al Million Dollar Theater, me dejó noqueado. Produjo una fuerte influencia en mí y en mi cine. Tanto como Lang. Me deslumbró el uso que Tourneur había hecho de las sombras, porque fue capaz de crear una atmósfera de terror latente, inconcreto, ¡sin mostrar apenas nada! Solo había pasos, miradas de pánico, rugidos, calles desiertas, sombras y la noche, tal cual, perturbadoramente negra. El terror estaba ahí, rodeándolo todo. Sabías que sucedían cosas fuera del encuadre, aunque nunca lograras verlas, y eso provocaba que tu imaginación se abriese de par en par, como si alguien clavara una estaca en tu cráneo. También me sorprendió que la historia, en vez de transcurrir en sitios lejanos y exóticos, se desarrollara en Estados Unidos. El miedo estaba aquí y ahora, y eso me interesó mucho.

En ese momento, sin embargo, el nombre de Jacques Tourneur era el de mi peor enemigo. Lo odié. Y si hubiera sido capaz de lanzarle una maldición, lo habría hecho.

—Tengo algo para usted, por supuesto. He pensado que, dada su trayectoria, sería más interesante ofrecerle el puesto de primer ayudante de dirección, un gran paso en su carrera. ¿Qué me dice? —dijo poniéndose de pie y alargando la mano hacia mí.

Me costó largo rato responder, paralizado por la frustración. La mano que me ofrecía Lewton parecía encontrarse a kilómetros de distancia de la mía. Haciendo un gran esfuerzo, se la estreché.

Salí apesadumbrado de allí por no haber logrado mi sueño. No era capaz de ver lo afortunado que había sido por haber logrado un contrato con la RKO. Había metido la cabeza dentro la industria, pero no era suficiente para mí. Quería más. Estaba tremendamente insatisfecho, frustrado. Había algo que me reconcomía por dentro desde hacía tiempo, que me abrasaba, y no sabía qué era. No estaba a gusto conmigo mismo y pensaba que la solución a mis problemas era triunfar.

Durante los rodajes descubrí que muchos compañeros (electricistas y ayudantes de cámara, pero también actores) se escapaban durante unos minutos del set y luego regresaban milagrosamente rebosantes de energía. Al principio, tardé en entender qué pasaba, hasta que, un día, un foquista llamado

Carlo Brunetti me llevó al baño y me dijo, como si fuera el mismísimo diablo: «Esto es lo que estabas buscando, Max». Entonces, me mostró una línea de polvo blanco que había dispuesto sobre un pequeño espejo y me dio a probar. Y lo hice sin dudarlo, hipnotizado por aquel camino blanco. De golpe, sentí que la alegría regresaba a mí y que el sentimiento de angustia que tenía en el pecho desaparecía.

Pero, claro, la cosa no quedó ahí. Después del rodaje, íbamos a un bar llamado BillyBob, un antro situado en la esquina de la calle Once con Broadway. Allí bebíamos tequila hasta caer redondos, y desde el suelo contemplábamos las musculosas pantorrillas de las camareras. Para mí, esa clase de vida fue una forma de olvidar mis frustraciones, de dejarme atrás a mí mismo; qué cosa tan absurda pero tan agradable, tan liberadora. Quería olvidarme de Europa y de los muertos que habían quedado allí; entre ellos, yo mismo. Necesitaba correr a toda velocidad, como si una sombra me persiguiera por una carretera desierta.

El día de la reunión con Lewton fue demoledor para mí, pero no solo por no haber logrado ser director. Pasó algo mucho más grave, como para ponerle los pelos de punta a uno: el pasado, efectivamente, había regresado. Y, según me enteré, estaba dispuesto a acabar con mi vida.

Fue el primer aviso.

De vuelta de las oficinas de la RKO, me encontraba en el apartamento que acababa de alquilar en Emmet Terrace Street, junto a las colinas de Hollywood. Estaba ahogando mis penas en un bourbon sin hielo cuando recibí una inesperada llamada. Descolgué el teléfono pensando que se habían equivocado (nadie solía llamarme por la sencilla razón de que no había dado mi número) y oí una voz que preguntaba por mí:

—¿Hablo con Max von Spiegel?

—Sí, el mismo que viste y calza un cuarenta y cuatro, creo, a no ser que se me hayan hinchado los pies con este calor —dije medio borracho.

—Tengo un asunto muy importante que tratar con usted.

—¿Con quién estoy hablando?

—Mejor se lo comento en persona. Venga a verme a mi oficina. Se encuentra en el edificio Roosevelt, en la calle Siete, cuarta planta, despacho cuatro, cuatro, tres. Hoy, es urgente.

—¿Se trata de un trabajo? —pregunté sin entender.

—No, se trata de su vida —dijo. Y colgó.

Lo que me faltaba; un loco, pensé. Igualmente, decidí ir, porque, conociéndome, sabía que no iba a parar de dar vueltas a aquel asunto durante días y era mejor salir de dudas cuanto antes. Me lavé un poco la cara para despejarme, me encajé el sombrero en la cabeza y subí al destartalado Oldsmobile de segunda mano que me había comprado. Era la vergüenza de los estudios, pero con la escasa paga que recibía, setenta dólares semanales, apenas tenía para pagar el alquiler.

Bajé la colina y llegué al centro, a la calle Siete. Las oficinas se encontraban en un bonito edificio que hacía esquina. La fachada estaba decorada con bloques de terracota que le daban un cierto aire antiguo, cosa sorprendente en una ciudad como Los Ángeles, donde todo parecía efímero, listo para ser derribado y cambiado por un nuevo y lucrativo negocio.

Mientras subía, seguí pensando en qué demonios querría de mí ese hombre. ¿Sería alguien de inmigración? Sin embargo, aquel no era un edificio gubernamental. Además, había renovado el visado hacía tan solo un mes, después de haber pasado unos días en México.

Llegué finalmente al despacho 443 y en la puerta de cristal vi rotulado un nombre: LEON LEWIS, y debajo: ABOGADO. Pasé dentro y me encontré a un hombre vestido con traje gris y corbata, de mirada afable y con aspecto de ser una persona del todo normal, casi tanto que resultaría invisible por la calle. Las paredes estaban ocupadas por anchas estanterías rebosantes de volúmenes marrones que parecían formar parte de una única e interminable colección. Tras las ventanas se veía la ciudad, cuyas calles se extendían hasta perderse en una bruma formada por polvo y humo.

—Agradezco mucho que haya venido, señor Max von Spiegel —dijo, sonriente—. Por lo que sé, es usted de origen alemán y trabaja en el mundo del cine, ¿verdad?

—Sí... —respondí con cautela. No me gustaban esa clase de preguntas y adónde podían llevar—. Pero ¿qué quiere de mí? ¿Es usted abogado?

—Sí, soy abogado. Trabajo principalmente para la Liga Antidifamación, pero también me encargo de otros asuntos que afectan a la seguridad nacional. Y de eso quería hablarle.

—¿Cómo? ¿Es usted del FBI?

—No exactamente, solo soy un ciudadano que se preocupa por la seguridad de su país, nada más. Junto con otros exmilitares, hemos formado un grupo que, en colaboración con las autoridades, se dedica a buscar nazis infiltrados en Los Ángeles, especialmente en Hollywood.

«¡Nazis!», exclamé para mí. No podía ser verdad.

—¿Y qué tiene eso que ver conmigo? —pregunté haciéndome el despistado.

—Uno de nuestros agentes escuchó su nombre durante una conversación.

—¿Mi nombre? —pregunté al tiempo que sentía que toda Europa, con cada uno de sus cadáveres, caía sobre mí—. ¿Por qué? Soy un simple técnico que huyó de Alemania, como tantos otros.

—Eso es lo que queremos saber. Hasta el momento, los infiltrados nazis que conocemos se han dedicado a idear complots contra los judíos de Hollywood. Hablo de asesinatos contra gente tan importante como Mayer o Goldwyn. También pensaron en cometer un atentado en el barrio judío de Boyle Heights. Una de sus células pensó incluso en apoderarse del arsenal de la Guardia Nacional. Pero el suyo es un caso distinto, atípico. Desconocemos por qué usted es un objetivo. ¿Conoce el motivo?

—¡No! ¡Por supuesto que no!

Y era cierto. No comprendía por qué los nazis querían darme caza. ¿Por haber intentado matar a Franco? Carecía de sentido. ¿Sería entonces por haber colaborado con los servicios secretos ingleses? ¿Por haber huido del país con una identidad falsa? ¿Por desertor? Quizá, pero debía haber algo más y no sabía qué cosa podía ser. Aunque, ¿acaso importaba?

Lo único relevante era que, a partir de aquel momento, tendría que volver a convivir con un odioso compañero de viaje: el miedo.

17

El pasado es un asesino despiadado

1942-1943

El miedo campó a sus anchas en mi vida. Ocupaba un sitio en la mesa del restaurante mexicano donde comía, asistía a los rodajes donde trabajaba o se metía en mi dormitorio, adquiriendo la forma de un bulto extraño en la cama o de unas cortinas que se movían por la brisa que llegaba del pasillo y que sonaba como una larga espiración. Una fugaz sombra en un espejo, unos pasos que me perseguían por la calle, un taxista tuerto que no dejaba de mirarme por el retrovisor o un perro negro que se acercaba amenazadoramente y que yo pensaba que había sido entrenado por los nazis para destriparme. Todas esas cosas las vi, porque el miedo tiene muchos rostros y formas, y la imaginación es el mejor combustible que encuentra.

No había un momento del día en el que no lo tuviera a mi lado, e incluso ahora mismo sigo temiendo que esté detrás de mí, esperando para atenazarme con sus gélidas manos.

El miedo es peor que la muerte, porque esta es definitiva, no hay más, y el miedo, en cambio, provoca que tu vida no sea vida, pero tampoco muerte, sino otra cosa bien distinta: agonía y desasosiego. Porque ¿quién sabía cuándo iba a aparecer un nazi para pegarme un tiro por la espalda, envenenarme o prender fuego a mi cama?

Sin embargo, continué, porque qué iba a hacer: ¿huir a México para dejarlo todo y cambiar otra vez de nombre? No iba a servir de nada, porque el miedo iba a continuar ahí. Es el compañero de viaje más fiel que existe.

Seguí, pues, adelante.

Val Lewton me había dicho (más exactamente, ordenado) que debía conocer a Tourneur antes de trabajar con él («Somos una gran familia, terrorífica, eso sí, pero muy unida», fueron sus palabras), y así lo hice. No fue fácil concertar una reunión, porque parecía estar siempre rodando. Ese año, 1942, filmó *Cat People* entre julio y agosto, y en octubre comenzó el rodaje de *I Walked with a Zombie*. Más tarde, a principios de 1943, tenía previsto iniciar la preproducción de *The Fear Photographer*. Ese era el plan.

Fue a finales de agosto cuando Tourneur me citó en un lugar bastante inhabitual: Los Angeles Yacht Club, en Terminal Island. Tenía la peregrina idea de que diésemos una vuelta en su yate privado. Al parecer, entre rodaje y rodaje, le encantaba olvidarse completamente de los estudios y echarse al mar, donde solo hay una única imagen a la que perseguir.

Así que allí me presenté, vestido con un traje negro que

desentonaba con el ambiente reinante. Caminé por el puerto y vi los barcos golpeando sus cascos entre sí, en plena disputa. Entré en el club, un alargado y blanco edificio de madera que se encontraba situado junto al muelle. En la recepción tenían colgadas fotos de veleros y, una cosa en verdad absurda, nudos marineros enmarcados. Pregunté al chico que había allí, un pecoso vestido con pantalones cortos y gorra, por el señor Tourneur. A cambio de una propina (ya se sabe que, en este país, cualquier favor se paga, por pequeño que sea), me llevó hasta el atraque donde se encontraba su yate, un barco de unos ocho metros de eslora con una cabina decorada con planchas de caoba. Lo llamaba Shearwater. Subí a bordo por una larga pasarela, sin dejar en ningún momento de vigilar las sombras que se agitaban bajo el agua.

—¿Señor Tourneur? —pregunté en voz alta—. Soy Max von Spiegel.

Del fondo de la cabina emergió la figura de un hombre vestido de blanco y con la gorra de capitán puesta. Tenía el rostro redondo y llevaba gafas de pasta. Su aspecto era de serio funcionario de Hacienda.

—Max, pasa y ponte cómodo —dijo mientras señalaba hacia la popa, donde había una silla plegable—. Enseguida saldremos a navegar.

Me dirigí hacia donde me indicó y, apenas coloqué mi trasero en el asiento, el motor de la embarcación rugió con violencia. Intenté agarrarme a los reposabrazos, pero no sirvió de nada: el condenado yate iba a toda velocidad, saltando sobre ese suelo duro que es el mar.

Vi cómo la ciudad de Los Ángeles se alejaba de nosotros y, por supuesto, pensé que en realidad se trataba de un plan orquestado por mi asesino para alejarme de la metrópolis y tenerme para él solo. ¿Sería Tourneur un agente infiltrado? Miré hacia la cabina y le vi de espaldas girando el timón, concentrado en su tarea. Todo parecía normal.

Al cabo de casi media hora de navegación, el director apagó los motores y salió de la cabina con dos cervezas frescas en la mano.

—Magnífico, ¿no crees? —dijo contemplando el mar.

—Supongo —respondí con indiferencia. Di un largo trago a la cerveza. No estaba de muy buen humor. Todavía no había superado que él fuese a realizar mi proyecto.

—¿No te gusta el mar?

—Soy más bien de tierra, y cuanto más firme, mejor.

—Entiendo —respondió afable, sin mostrar en ningún momento que le hubiera molestado mi comentario.

Dio otro trago y miró hacia el horizonte. Parecía feliz simplemente con estar allí, en mitad de la nada. Y le envidié, claro que le envidié, porque creo que siempre he sido un envidioso profesional, alguien que nunca ha estado satisfecho con lo que tiene.

Cuando acabó su cerveza, Jacques habló:

—He querido que vinieras para conocernos mejor, o más exactamente, para que sepas mejor cómo trabajamos. A Lewton le gusta que formemos un equipo unido, y esto no es nada habitual en Hollywood. Tiene además una filosofía muy clara: a cambio de realizar películas baratas, con sueldos bajos y sin estrellas, obtenemos un cierto margen de libertad. Y eso yo lo valoro enormemente.

El capitán del yate volvió a quedarse callado mientras las olas zarandeaban con suavidad la embarcación, meciéndola. Pensé que era el momento de hablar del guion; mi ego lo estaba pidiendo a gritos hacía rato.

—¿Qué te pareció la historia de *The Fear Photographer*?

—Que tiene potencial.

—¿Solo eso? —pregunté un tanto ofendido. ¡Era un argumento brillante!

—Max —dijo, tuteándome, una práctica habitual en Hollywood, a diferencia de Alemania, donde debías llamar «herr» hasta al cartero—. A mí no me importan demasiado los guiones. Soy un director profesional, y filmo lo que me ponen sobre la mesa. Lo que me interesa es el rodaje, lo que puedo crear en él. Como verás, me gusta trabajar rápido y dejarme llevar por el instinto. Creo que no conviene pensar demasiado los planos y es mejor hacer las cosas tal y como uno las siente en el momento. Y si el rodaje dura un par de semanas, mucho mejor. Todo estará más concentrado, más en su sitio, sin divagaciones ni dudas.

—Entiendo —respondí, aunque me costaba imaginar que una buena película pudiera realizarse en quince días.

—Pero no te creas que no me interesa preparar bien las películas. Eso es algo que considero fundamental, especialmente en lo que se refiere a los actores. Me gusta ensayar lo máximo con ellos, durante semanas, aunque lo que no soporto es estar supeditado a los caprichos de una estrella. Prefiero evitarlas. La estrella debe ser la luz —dijo mirando hacia el cielo—. Esa es la clave para crear una atmósfera potente. Pero te pongo un ejemplo —dijo en plan maestro de escuela—. Imagínate por un momento que el sol desapareciera y que únicamente viéramos un extraño brillo que surge de las olas. Te quedarías sin duda alguna fascinado por el efecto. Sin embargo, si yo te contara que eso es producto en realidad de la putrefacción provocada por miles de pequeños animales muertos, el mar se convertiría para ti en un lugar siniestro. El mundo ya sería otro, más tenebroso, y todo simplemente gracias a un cambio en la iluminación. Ya no verías el mar como un lugar plácido. ¿Entiendes lo que te digo?

Y sí, casi pude ver cómo aquel inmenso océano se volvía negro, con minúsculos cadáveres fosforescentes flotando en él.

Jacques entonces acercó ahora su silla hacia mí, como si de golpe me hubiera convertido en su confidente.

—Puesto que vas a ser mi mano derecha durante el rodaje, te contaré lo que espero de mi equipo. Como comprenderás, no necesito un ayudante que me cree problemas, y por eso es fundamental que entiendas la forma en la que trabajo. Una de las cosas que seguramente más te sorprenderá será ver que ruedo el menor número de tomas posible. Es algo que me ha dado muy buenos resultados, así que no quiero que nadie me venga en mitad del rodaje diciendo: «¿Y si probamos desde este otro ángulo?».

—¿Por qué? —pregunté—. ¿No es mejor tener varios ángulos de cámara para luego poder elegir la mejor toma durante el montaje?

—No. Lo que importa es hacer la película que tú tienes en la cabeza y solo esa. Recuerda que en esta industria hay demasiada gente que puede intervenir en el resultado final, desde los jefes de la RKO hasta el montador. La única forma de controlar tu trabajo es montar con la cámara, o sea, filmar lo justo y necesario para que solo pueda haber una versión: tu montaje. Si les ofreces diez posibilidades en cada escena, jamás podrás controlar el resultado final. Así es como yo lo hago.

Tras decir aquello, entró en la cabina y encendió el motor. Nuevamente, el yate se puso en marcha. Estuvimos navegando durante cerca de veinte minutos hasta volver exactamente al mismo lugar. Lo supe porque reconocí la misma boya cubierta de algas que había visto antes.

Jacques volvió de nuevo a popa y se sentó frente a mí con otras dos cervezas en la mano, exactamente igual que había hecho antes. Me quedé un tanto desconcertado por la situación.

—Tengo una última pregunta, Max.

«¿Última? —me dije—. ¡Pero si es la primera que me hace!».

—¿Has oído hablar alguna vez de los mundos paralelos? —dijo.

—¿Cómo? —pregunté sin entender—. ¿A qué se refiere?

—Cuando estoy en el mar, lejos de todo, me da por pensar que existen, cómo decirlo, otras realidades, otras vidas en las que las cosas son distintas, en las que, por ejemplo, tú eres el dueño de este barco y yo, un simple ayudante de dirección recién llegado de Europa. Mundos con otros presentes que están sucediendo al mismo tiempo que este. En esas otras vidas paralelas hubo, por ejemplo, un momento, un detalle minúsculo que produjo un cambio irreversible en nuestro destino. Otro futuro. Y yo siento que existen miles de ellas, miles de mundos que han desarrollado versiones distintas de nuestra existencia, ¿entiendes?

Miró hacia el mar fijamente y continuó:

—Muchas veces pienso en cuál podría ser ese detalle que me llevó a ser director de cine y no a acabar atropellado por un coche, y siento un escalofrío de terror. ¿Fue despertar ese día una hora más tarde? ¿Dejar a una novia con la que debería haberme casado? ¿Conocer a alguien en un bar? —se preguntó ensimismado—. ¿No te parece perturbador que cualquier mínimo detalle pueda cambiar de forma radical nuestro destino? ¿Cómo tomar entonces una decisión sin sentir un profundo terror?

Aquel inesperado comentario me hizo reflexionar profundamente, porque en verdad yo había tenido ideas semejantes sobre, por ejemplo, qué hubiera sucedido si no hubiese desertado del ejército y qué clase de vida habría llevado entonces. ¿Existía, como decía Tourneur, un tiempo paralelo con un Varick casado y con hijos regordetes que habrían crecido y estarían combatiendo a las órdenes de Hitler? ¿Existía otra vida en la que Bill se hubiese ido a vivir con Anita y se dedicara a la fotografía? ¿Un mundo en el que el proyeccionista de El Pardo hubiera matado a Franco y fuese ahora un héroe mundial?

Me mareé solo de pensarlo, y lo cierto es que no recuerdo que en ese momento lograra dar una respuesta coherente a su planteamiento. Era demasiado para mí.

Dos meses después de aquel peculiar encuentro, tuve la suerte de asistir al rodaje de *I Walked with a Zombie* y poder ver a Tourneur trabajando. Concretamente, presencié la escena de la ceremonia vudú que se filmó en la Stage 14 del enorme estudio de la RKO conocido como Forty Acres. Fue en ese momento cuando comprendí realmente la forma en la que trabajaba y supe que lo suyo no era solo palabrería. Ese día debían filmar una escena en la que una mujer negra entraba en trance entre movimientos convulsos y sonido de tambores. La ceremonia, que transcurría supuestamente en una isla de las Antillas, también era observada por la protagonista de la película, una enfermera que había llevado a aquel ritual de sanación a la mujer del jefe de la plantación, convertida en zombi.

Admiré a Tourneur. Fue la primera ocasión en la que vi a un director que podía servirme como modelo. Efectivamente, trabajaba muy rápido y tenía controlado cada detalle de la puesta en escena. No necesitaba imponerse sobre los demás ni machacarlos para llevar a cabo sus ideas, aunque no se puede negar que tuvo ciertas fricciones con el director de fotografía, porque Tourneur tenía el control total de la iluminación. Pero nadie se sentía cohibido o intimidado. Además, aceptaba de buena gana los comentarios de los demás. ¡Incluso era agradable! Rodar ya no era una pesadilla para técnicos y actores, como sucedía con Lang, del que las malas lenguas aseguraban que había tenido serios problemas para adaptarse en Estados Unidos. Decían que había chocado con Spencer Tracy en *Fury* y también con Henry Fonda en *You Only Live Once*, y eso que el actor era conocido por ser un tipo imperturbable.

Tourneur se guardaba en la manga algunos trucos que me sorprendieron. En la secuencia de la ceremonia, había un momento en el que varios personajes mantenían un diálogo en el interior de una cabaña. Lo que hacía el director en ese tipo de situaciones era apagar las luces y encender solo una pequeña lámpara de gas. Con ese simple recurso, lograba que la interpretación cambiase radicalmente y la escena se volvía más íntima e intensa. Cuando obtenía lo que deseaba, le decía al director de fotografía que buscara cómo iluminar la escena con lo mínimo a partir de la oscuridad. Era un verdadero pintor de luz.

Aprendí mucho aquel día, y esperé pacientemente a que llegara el momento en el que debía rodarse mi película, que tendría el mismo presupuesto que el resto de las producciones de Lewton para la RKO, unos 140.000 dólares. La rodaríamos en quince días y tendría también una duración aproximada de setenta minutos. Las cosas, además, iban viento en popa en la productora, porque *Cat People* fue un exitazo de taquilla y obtuvo cuatro millones de recaudación. Los jefazos querían rodar cuantas más películas mejor, aprovechando el tirón.

La preproducción de *The Fear Photographer* comenzó en enero de 1943. Gracias a mi insistencia y a la de Curt, logramos que Peter Lorre fuera el protagonista, aunque luego tuve que aguantar durante meses sus quejas por haberlo convertido de nuevo en un depravado, justo después de haber interpretado sus mejores papeles en *The Maltese Falcon* y *Casablanca*.

La fotografía de la película correría a cargo de Nicholas Musuraca y el montaje lo haría Mark Robson, uno de los miembros fijos del equipo de Lewton. También se hicieron algunos cambios importantes en el guion: Tourneur decidió que era mejor dejar fuera la historia de los nazis y convertir al personaje de Lorre en un científico solitario y atormentado.

Yo estaba muy nervioso, y no precisamente por rodar en el estudio Forty Acres, un lugar mítico de la RKO en el que se habían filmado *The King of Kings*, *Gone with the Wind*, *King Kong*, *Citizen Kane* y tantas otras películas, sino porque tenía la certeza de que justo en el momento más importante de mi carrera iba a aparecer finalmente mi verdugo. Leon Lewis me había vuelto a llamar en un par de ocasiones, rogándome que solicitara ayuda a la policía, pero yo no quería tener nada que ver con ellos. Temía que me echaran del país. Inevitablemente, me harían demasiadas preguntas: ¿por qué le buscan?, ¿qué hizo usted en Alemania y luego en España?, ¿por qué tiene un pasaporte inglés y no uno alemán? Prefería enfrentarme solo a mi propio destino, o eso pensaba.

El rodaje comenzó en febrero, después de tres semanas de preproducción y de ensayos con los actores, principalmente con Peter Lorre, James Ellison, quien haría de detective, y

Jennifer Williams, una bella pelirroja de la que quedé prendado por la sencilla razón de que, en cada ocasión en la que me miraba, yo sentía que me veía realmente a mí, fuera quien fuese, y lo que veía la llenaba de alegría. Eso era.

Y entonces sucedió un milagro.

Durante el segundo día de rodaje, cuando nos encontrábamos filmando una escena con el personaje de Lorre, el doctor Julius Lomax, Tourneur comenzó a sufrir un dolor enorme en el abdomen y, al cabo de unos minutos, fue necesario llevarlo al hospital. El rodaje se detuvo por completo. Horas más tarde, nos enteramos de que Tourneur sufría una peritonitis y que debía ser operado inmediatamente. Hubo entonces una reunión de urgencia en la Mansión, el edificio administrativo que había a la entrada de los estudios y que imitaba la casa de George Washington en Mount Vernon. Allí estuvieron el vicepresidente Charles Koerner y Val Lewton hablando durante horas. Cuando salieron del despacho (los miembros del equipo estábamos esperando desanimados en el vestíbulo), vi que ambos me miraban. En aquel momento pensé que me estaban culpando de la enfermedad de Tourneur, como si yo le hubiera echado una maldición o algo por el estilo.

Pero era exactamente lo contrario. Habían decidido que yo debía seguir con el rodaje de la película hasta que Tourneur se recuperara. Todos sabían que me había implicado totalmente en la preproducción y que aquel era un proyecto personal. Aunque, al parecer, la opinión clave había sido la del propio Jacques, quien habló favorablemente de mí antes de entrar en el quirófano. De hecho, fue prácticamente una decisión suya, porque Lewton no estaba muy convencido de darme tal responsabilidad.

Cuando me lo comunicaron, tardé en entender que aquello estuviera sucediendo. ¡Al fin iba a dirigir una película! De regreso en mi apartamento, me convencí de que al día siguiente aparecería por el estudio otro director y me diría: «Ah, pero ¿no te han comentado nada? Lo siento, chico, pero Koerner decidió en el último momento que era mejor contratar a alguien que supiera dirigir. Pero no te vengas abajo, ¡seguro que en unos años te darán una nueva oportunidad!».

No dormí apenas.

Milagrosamente, pude rodar mi película tal y como la había imaginado. Es cierto que tomé algunas ideas de Tourneur, pero fui mucho más lejos. En esencia, quería hacer un filme sobre el poder de la mirada, algo que yo mismo había experimentado desde el día en que tomé mi primera foto.

Para poder reflejar esto, insistí mucho en rodar planos a través de mirillas, de ventanas y de cámaras. Quería expresar que solo por mirar a través de una lente se logra un poder total sobre el retratado. Para mí esta era la cuestión fundamental del cine y la fotografía: su capacidad para robar el alma de los otros.

Esto lo entendió muy bien Curt, que lo introdujo en su guion a través del protagonista, un tipo envidioso y solitario. Un marginado que necesitaba capturar la vida de los demás para poder vivir en ella de algún modo. En el fondo, y esto era lo más siniestro de la película, el personaje se veía obligado a inventar un aparato diabólico únicamente para tener amigos, pero amigos enjaulados.

Rodé varios planos, muy celebrados, en los que la cámara del fotógrafo demente apuntaba directamente al espectador igual que si se tratara de un arma. Quería transmitir la idea de que la propia película estuviera capturando a los espectadores. Y funcionó muy bien. La gente tuvo tanto pánico que más de uno salió de la sala, temiendo formar parte de la colección de Peter Lorre.

Me gustó tanto la idea que, en cada ocasión en la que me tomaban una foto para una revista, aparecía mirando a través de una lente. Quería crear una imagen inquietante.

El rodaje apenas duró dieciséis días y por desgracia, o por fortuna para mí, Tourneur no se recuperó a tiempo y tuve que encargarme también de la posproducción. Nadie me cuestionó, y eso me llenó de orgullo. A pesar de las reticencias iniciales de Lewton, filmamos la película tanto en los estudios de la RKO como en algunas calles de Los Ángeles. Las escenas de la persecución se rodaron desde la azotea de algunos edificios de Sunset Boulevard: Peter Lorre corría entre gente que no entendía por qué una estrella de cine pasaba despavorida entre ellos.

Fue como vivir un trepidante sueño y apenas tuve tiempo de disfrutar de la sensación de dirigir. Todo era una toma continua de decisiones. Ensayos con los actores, reuniones con cada departamento, discusiones con Lewton por los gastos y, sobre todo, luchas con Musuraca para que me dejara mirar por el objetivo. Aquello me sacaba de quicio. Yo quería controlar la cámara, pero no hubo forma; él estaba protegido por su sindicato y tuve que acostumbrarme a llevar mi propia lente colgada del cuello para poder decidir el encuadre antes de cada toma.

Regresar cada día al estudio y comprobar que nada había desaparecido me hizo el hombre más feliz del mundo, hasta que una noche mi vida se torció. Y de qué manera.

Finalmente vino a suceder lo inevitable, y el miedo tomó forma y cuerpo. Pero no vino a mi casa, no; me esperó precisamente a la salida de los estudios, como si de ese modo pretendiera hacerme daño donde más me dolía.

Aquel día había ido al estudio Forty Acres para visionar las pruebas del laboratorio. Estaba como unas castañuelas, pletórico. Todos salieron contentos de la proyección, pero también sobrecogidos. El éxito llamaba a mi puerta. Solo veía ante mí un futuro prometedor, sin rastro del pasado, porque Max von Spiegel únicamente miraba hacia delante, hacia su siguiente filme, como si este fuera un salvavidas que debía alcanzar para no ahogarme.

Después de recibir las felicitaciones de Val Lewton y de que me asegurara que firmaría un contrato con ellos, me marché a casa borracho, también de emoción. Tomé entonces mi coche (no había tenido tiempo de comprarme otro, a pesar de que había cobrado dos mil dólares por dirigir la película) para regresar a mi apartamento. Mientras conducía por las afueras de la ciudad, cerca de Culver City Park, sentí que no me encontraba solo dentro del auto. Miré entonces por el retrovisor interior y atisbé la figura de un hombre en el asiento de atrás. Alarmado, frené instintivamente, apretando tanto el pedal que casi atravesé la carrocería. Aquello fue lo que me salvó la vida, porque el asesino, que en ese momento me apuntaba con un revólver, se golpeó contra el asiento delantero y disparó contra la luna del coche.

Caímos en una profunda cuneta y yo escapé en mitad de la noche sin saber hacia dónde tirar. No había ninguna casa cerca y solo tenía ante mí las colinas Baldwin. Apenas veía el suelo que pisaba, pero seguí corriendo, sobre todo cuando escuché el segundo disparo. Me lancé entonces al suelo y me arrastré como una serpiente entre la maleza. Y allí permanecí quieto. Si hacía un solo ruido, sabía que desvelaría mi posición.

El tipo, muy previsor, encendió una linterna y comenzó su búsqueda.

—¡Joseph Zimmermann! —gritó.

Esta vez no hice como en la comisaría de la Alexanderplatz y me callé la boca.

—Deje de comportarse como una rata judía y dé la cara.

La luz de su linterna seguía moviéndose de un lado a otro, con tan mala fortuna que se iba acercando precisamente hacia el lugar donde yo me encontraba. Debía hacer algo, pensé, o me descubriría. Salí en ese momento de mi escondrijo y corrí colina arriba. Por supuesto, vio mi silueta. Me apuntó cuidadosamente con ayuda de la linterna y disparó. Falló solo por unos pocos centímetros. Pude sentir la ráfaga de aire y el funesto silbido de la bala pasando junto a mi oído. A pesar del peligro, no detuve mi paso y continué avanzando, agotado. Cada vez que volvía la cabeza veía aquella maldita luz subiendo y bajando.

¿De veras iba a morir así, perseguido igual que una liebre? ¿Y mi película? ¿Y mi éxito? Pero ¿acaso le importaba a alguien esto? Pondrían otro nombre en los créditos, ¡qué más daba! Max von Spiegel era tan solo una ficción cuyo cuerpo estaba a punto de ser acribillado.

El hombre siguió gastando balas hasta que su linterna falló y la noche nos envolvió a ambos. Supe entonces que debía quedarme quieto, esperando a que pasara de largo. Acurrucado en el suelo, escuché cada uno de sus movimientos: su respiración, el crujido de sus huesos, sus pisadas e incluso sus pensamientos de odio.

Cuando ya se encontraba apenas a medio metro de mí, decidí actuar. Sabía que, si dejaba pasar aquella oportunidad, ese mismo hombre volvería a intentar matarme, mañana o cualquier otro día. Nunca abandonaría su misión, y yo no podía vivir de esa manera. Me resultaba imposible. Debía hacer algo.

Así, a pesar de que el cielo estaba tan oscuro que parecía que ambos nos hubiésemos sumergido en una piscina de aguas negras, salté sobre las piernas de mi asesino, logrando que perdiera el equilibrio. Le palpé el brazo en busca de la pistola y se la arrebaté de un mordisco. No fue un gesto muy heroico, lo sé, pero ¿qué narices importa eso cuando se trata de la propia vida?

Ya con el arma en la mano, mi primera intención fue liquidarlo sin mediar palabra. Sin embargo, antes necesitaba saber más cosas. ¿Habían enviado a más agentes? Y, sobre todo, ¿por qué me buscaban a mí?

Le puse la pistola en la frente, para que comprendiera que no tenía escapatoria, y le pregunté quién demonios era.

—*Ich bin dein Henker* —respondió en alemán, mirándome con unos ojos hechos de penumbra. Lo que significa: «Soy tu verdugo».

—Déjate de idioteces. Dime por qué me buscas a mí. No soy nadie.

—Eres un asesino, eso es lo que eres.

—Solo maté en la guerra y porque no tuve más remedio.

—No mientas, maldito. Tú mataste a mi hermano Ernst en 1933. Lo lanzaste por una ventana igual que si fuera un saco. Sus sesos quedaron esparcidos por toda la calle.

—¿Cómo? —pregunté sin poderme creer que me estuviera hablando de aquel SA que fue a buscarme a la pensión—. ¡Solo me defendí! ¡Él intentó matarme!

—Estaba en su derecho, maldito judío. Y ahora te toca pagar por ello. Llevo diez años detrás de ti. Solo entré en las SS para poder encontrarte algún día y cumplir mi venganza.

Me quedé aturdido. Era todo tan ridículo: malgastar una vida para matarme a mí. Carecía de cualquier clase de sentido. Pero ¿qué debía hacer? ¿Dejarlo marchar? ¿Razonar con alguien que había sido capaz de pasar una década tras mi pista? ¿Entregarme?

No hice ninguna de esas cosas. Y lo confieso: le disparé en el corazón.

Únicamente vi un fogonazo, pero aquel fotograma se me

ha quedado grabado en la cabeza. Su cara estaba descompuesta por el miedo. Era solo una gran boca, y sus ojos parecían querer hundirse dentro del cráneo. Horrible. Todavía lo sigo viendo cada noche.

Luego, dejé abandonado el cuerpo, todavía caliente. No quería saber más de él. Esperaba que el amanecer se lo llevara o que la hierba lo cubriera por completo.

Lo único relevante para mí fue saber que el pasado había venido a matarme y que yo había logrado acabar antes con él.

18

Life of a Death Man

1944-1946

A pesar de que había logrado librarme de aquel mensajero de la muerte, tuve aún más miedo, y no solo porque estuviera convencido de que enviarían a otros asesinos a por mí. No. Había algo que me angustiaba aún más: el fracaso. Volver a la miseria, al anonimato. Ahora que había llegado a lo más alto, a la cima, me sentía más débil e inseguro que nunca, con pánico a perder lo ganado después de tantos años de esfuerzo. Lo último que deseaba era comenzar otra vida con un nuevo nombre. Estaba agotado de esa huida sin fin y sin objetivo que había llevado durante años. Sabía que era mi última oportunidad y que debía aprovecharla al máximo.

Tras estrenar *The Fear Photographer*, que obtuvo tres millones de dólares de recaudación, un éxito más que notable para un presupuesto total de 130.000 dólares, seguí realizando películas, pero no para la RKO. Mi ambición carecía de límites y no sabía de amistades. Estaba tan desatado que me convertí, no puedo negarlo, en un miserable. Aunque había logrado dar el gran salto gracias a Lewton, no dudé ni un instante en abandonarlo y firmar un lucrativo contrato con la Universal. El famoso estudio se encontraba en esos momentos desesperado debido a la falta de ingresos y vieron en mí una renovada esperanza para incrementar el taquillaje.

Se equivocaron rotundamente.

Con ellos rodé *The Woman in the Desert* en 1944, una vuelta de tuerca al cine de terror, un género que en realidad ya había dado lo mejor de sí en la pasada década de los treinta gracias a las criaturas de la Universal: *Dracula, Frankenstein, The Wolf Man, The Mummy* y *The Invisible Man*. Para explotar al máximo su éxito, y ya sin ideas, se habían dedicado a producir una serie de vergonzosas secuelas del tipo: *Frankenstein Meets the Wolf Man*. Los jefazos pretendían que yo encontrara una nueva fórmula de éxito y, junto con Siodmak, nos pusimos manos a la obra. Para poder trabajar completamente solos, decidimos alejarnos del barullo de Hollywood y marchamos al desierto de Mojave. En medio de la nada, en el típico lugar donde solo golpean a tu puerta los arbustos rodantes, alquilamos un cuarto en un motel. Después de pasar varios días sin dar con una sola buena idea (ambos odiábamos tener que inventar nuevos monstruos), nos dimos cuenta de que había que hacer algo completamente distinto. Nuestra conclusión fue que debíamos combinar dos géneros que hasta ese momento hubiesen estado separados; en este caso, el western y cine de terror.

El guion que ideamos partía de una leyenda de los timbisha acerca de una diosa india, capaz de provocar temibles tormentas de polvo en el desierto, que se dedicaba a matar a los hombres blancos que habían liquidado a su pueblo. Sin embargo, todo cambiaba para ella cuando una noche, en vez de atacar al siguiente intruso, un vaquero interpretado por Ray Milland, se quedaba prendada de él mientras lo veía dormir junto a una fogata. Enamorada, lo trasladaba por los aires a su guarida, un oasis oculto tras altas paredes de roca y situado en el mismísimo valle de la Muerte. Allí, la diosa intentaba que el vaquero olvidara su pasado iniciándolo en la cultura de los timbisha. Y, claro, también le ofrecía un poco de sexo. Sin embargo, el hombre no quería olvidar su identidad y decidía escapar del vergel, regresando al mundo de los hombres blancos. Pero las cosas no acabarían como él esperaba, porque, después de haber pasado tres años con la diosa y de haberla ayudado a dar caza a los despiadados asesinos de indios, sería rechazado por sus propios compañeros. El vaquero, perdido entre dos mundos, decidía regresar con la mujer de arena, pero nunca lograría encontrar el paraíso secreto. Acababa condenado a vagar por el desierto el resto de sus días.

Resultó un fracaso comercial. A nadie le gustó la historia, porque no solo tomé partido por los indios y legitimé su venganza contra los blancos, sino que critiqué la ceguera ante la belleza de las tradiciones indias (había una escena nocturna, muy Tourneur, de un ritual en el que al protagonista le quitaban la ropa y le untaban con pintura roja elaborada con roca del valle). Tampoco agradó el alto contenido erótico. Y yo, que andaba tan ilusionado, me vine abajo.

A partir de aquel momento, bebí aún más de la cuenta. Andaba dando tumbos de un lugar a otro. Odiaba haber firmado aquel contrato que me obligaba a realizar películas durante siete años. Me sentía frustrado y ni siquiera mi novia, la actriz Jennifer Williams (quien, por cierto, hizo de mujer de arena, una verdadera pesadilla para ella porque fue necesario maquillarle el cuerpo por completo cada día), logró soportarme. Jenny era una mujer sencilla, hija de unos granjeros de Arkansas, que solo pretendía cumplir el humilde sueño de ser actriz antes de formar una gran familia. Pero yo no estaba por la labor. Ella tiraba hacia a un lado y yo, hacia el otro. No funcionó.

Después del fracaso amoroso, me hice amigo íntimo de Robin Hood, ni más ni menos, aunque el tipo me decepcionó un poco, porque nunca vi que diera dinero a los pobres. Más bien se dedicaba a montar orgías en su gran mansión de Hollywood. Errol Flynn era un hedonista que llevaba su búsqueda de placer hasta las últimas consecuencias, con quien fuera y cuando fuera. Carecía de límites y explotaba su encanto, fama, dinero y belleza para obtener lo que ansiaba. Era lo opuesto a un asceta, aunque se pareciera a este en su radicalidad y empeño por alcanzar las más altas cotas de perfección; en su caso, de placer.

Se construyó la casa en el 7740 de Mulholland Drive, y se decía que estaba valorada en más 120.000 dólares, un dineral. Aquel lugar podría haber servido para rodar una película sobre el marqués de Sade, porque allí todo giraba en torno al sexo, incluido el mobiliario. Había instalado espejos en techos y paredes, y algunos eran transparentes, lo que permitía observar a los invitados en su intimidad. También podías encontrar camas de agua, cuerdas para maniatar y juguetes sexuales en cada cajón que abrieras. Incluso había una palestra para las peleas de gallos, un espectáculo que al parecer excitaba a algunos de los asistentes. Los invitados, aunque exclusivos, eran de lo más variado, como si Errol pretendiera que no hubiera dos personas iguales: policías, prostitutas, políticos, deportistas, actores, camellos o simplemente vagabundos.

Todos en Hollywood ansiaban obtener el «pasaporte Flynn» (él era muy cruel con esto, porque, cuanto más lo deseabas, más difícil era conseguirlo). Consistía en un viril apretón de manos para los hombres y en un guiño para las mujeres, y ya podías acceder a sus bacanales. Las más famosas eran las que montaba en su gran velero, el Flynn's Fucker Flyer, porque había sexo, drogas y alcohol a todas horas, de tal forma que nunca sabías dónde y con quién estabas. Fluías por un mar de placer y suave decadencia.

El actor era un verdadero adicto a cualquier clase de vicio: opio, cocaína o alcohol. Pero cuando tocaba rodar, nadie podía recriminarle que no se comportase como un auténtico profesional.

Después de pasar un par de meses en su compañía (le había encantado mi segundo largometraje: «He de confesártelo, Max, pero me pone cachondo tu mujer de arena»), me quedé seco, vacío y aún más perdido en el mundo de las drogas. Lo que no había hecho en Alemania lo hacía ahora. Y eso me llevó a tener malas compañías, compañeros de Robin Hood, como el Mosca, un gángster de Chicago que tenía un ojo de cristal y no paraba de decirme:

—No serás un jodido comunista, ¿verdad? Porque los huelo de lejos, y tú apestas, chico.

A continuación, me daba una fuerte palmada en la espalda y se reía como un demente de mí. Entonces, me ofrecía unas rayas sobre un espejo y yo me veía a mí mismo esnifando aquel polvo, sintiendo que volvía a vivir, pero era todo lo opuesto. Era como si estuviera contemplando mi propio suicidio.

Tuve que alejarme de aquel ambiente antes de que ya no pudiera salir de él. Muchos otros directores antes que yo habían entrado en aquella espiral de decadencia por los mismos motivos. Hay miles de directores fracasados con una o dos películas a sus espaldas. Me puse a trabajar en serio y logré entender que el éxito de mi primer trabajo se debía a que había logrado crear una historia a partir de mis propias experiencias, de cosas que yo sentía como reales, aunque fuesen locuras. Sin eso, mis películas carecían de verdad y se me escurrían entre los dedos. También llegué a la conclusión, aunque esto no gustara en Hollywood, de que yo debía decidir mis propios argumentos.

Volví así a tirar de mi pasado, y no tardé ni una semana en dar forma a la película que sería mi consagración en Hollywood: *Midnight Covenant*. Al instante, sentí que estaba de nuevo en el buen camino. El truco fue no solo tirar de mi propia vida, sino, de paso, ultimar una refinada venganza.

Bien, admito que no fue muy refinada. Fui directo a la yugular de Fritz Lang, y todos se dieron cuenta.

En *Midnight Covenant* conté la historia de un fracasado director de cine de origen alemán, Anton Harbou, cuya vida cambiaba cuando se encontraba con un oscuro personaje en la Cueva de los Vientos, una turística gruta situada bajo las cataratas del Niágara. El extraño, con la cara oculta por una capucha, aseguraba al director que si le ofrecía una gota de su sangre, le convertiría en el realizador más famoso del mundo. Tomándoselo medio a broma, el director accedía, pero, para su estupor, descubría que su vida cambiaba radicalmente a partir de ese día. Le llovían los contratos, sus películas eran un éxito, se hacía millonario y era conocido en todo el orbe. Sin embargo, a pesar de su fulgurante triunfo, durante los rodajes se comportaba como un verdadero tirano (¿debido al poder que tenía o a la influencia que Lucifer ejercía sobre él?). Maltrataba así a los actores, hacía trabajar a los técnicos durante jornadas interminables, explotaba a jóvenes actrices, se drogaba durante los rodajes, era infiel, se acostaba con prostitutas, incendiaba sus propios decorados, etcétera, etcétera.

La película más famosa de Harbou sería *Life of a Death Man*, y en ella se contaría la historia de Hans, un soldado que desertaba en la Primera Guerra Mundial y que vivía una serie de aventuras antes de trabajar en Berlín para un despiadado director de cine de la UFA llamado Franz Rosenthal. Con él realizaría un filme llamado *Megalopolis*. Más tarde, Hans, al ser confundido con un comunista, sería perseguido por los nazis y, tras matar a uno de ellos, escaparía a España, donde filmaría documentales para el bando republicano. Tras la guerra, huiría a Estados Unidos. Allí tendría que empezar de cero, pero Hans pronto lograría el éxito rodando un filme sobre su tortuosa relación con Franz Rosenthal durante el rodaje de *Megalopolis*.

Esta era la película dentro de la película. Pero sigo con la historia principal de *Midnight Covenant*. El director protagonista, Anton Harbou, quien, por cierto, fue interpretado por un espléndido Clark Gable, se daba cuenta al cabo de unos años de que no había leído bien la letra pequeña del contrato firmado con el diablo, y que cuanto más éxito tenía, más rápido envejecía. De este modo, cuando acudía a la ceremonia de los Oscar, todos quedaban espantados al ver aparecer sobre el escenario a un anciano. En el momento de recoger el premio, Harbou caía hecho pedazos mientras recibía los histéricos aplausos de cientos de invitados.

Un final que encantó a los de la Comisión Hays gracias a su toque moralista.

La película recibió unas críticas excepcionales. Aquel juego de cine dentro del cine y los paralelismos con la realidad (a nadie se le escapó que retraté al Lang de los años veinte) produjo un antes y un después en Hollywood. Fue muy osado. El columnista de *The Hollywood Reporter*, Alex Costello, escribió: «Es el primer filme que funciona como una muñeca rusa, porque en él siempre hay una película dentro de otra película». Y con razón, porque en el final de *Midnight Covenant* se desvelaba que la historia del protagonista, Harbou, era en realidad otro filme cuyo rodaje solo descubrimos en el último plano, cuando el personaje atraviesa la llamada cuarta pared y pasa entre las cámaras. Eso dejó KO a todos.

También me resultó sorprendente que se aceptaran las críticas que hice al propio sistema de Hollywood, visto como una fábrica de falsos sueños que obliga a la gente a vender su alma. A punto estuvieron de censurarla.

Me convertí en un *enfant terrible* bien madurito. Incluso me llamaron el Orson Welles alemán.

Sin embargo, mi mayor satisfacción llegó durante el estreno de la película en Manhattan, en el Criterion Theatre, al cual también fue invitado Fritz Lang. El director acababa de rodar su último proyecto para la misma productora, la Universal, y acudió allí acompañado por Marlene Dietrich.

En los últimos años, después de un comienzo triunfal con *Fury*, había realizado algunos largometrajes de escaso interés, especialmente westerns. No encontraba su sitio, vamos, y aunque intentó ser el director más americano de todos, no consiguió nunca mimetizarse, como sí hicieron Billy Wilder, Robert Siodmak y anteriormente Ernst Lubitsch. Durante la guerra, se dedicó a realizar películas antinazis: *Man Hunt*, *Hangmen Also Die!* y *Ministry of Fear*, de las que solo atisbé a ver algunos fotogramas en revistas. Luego cambió de rumbo e hizo *The Woman in the Window* con Edward G. Robinson, dando así paso a thrillers sobre mujeres fatales. También realizaría *Scarlet Street* con el mismo actor, para mí un claro sustituto de Peter Lorre pero sin su carga eléctrica ni su baile de máscaras.

Desde el día en que acudí en su ayuda en París, no habíamos coincidido ni en una sola ocasión, como si nos evitáramos. Y ahora había llegado el momento del temido reencuentro, del choque entre dos egos furibundos. Tras los aplausos, la alfombra roja, las palmadas en la espalda, las entrevistas y los cegadores flashes, parte del equipo nos marchamos a un bar próximo situado en la calle Cuarenta y cuatro. Antes de entrar al garito, vi con el rabillo del ojo que en la acera de enfrente había un hombre vestido con frac y una radiactiva bufanda blanca rodeándole el cuello. Ya no llevaba monóculo, sino gafas, pero era él, el hombre del que lo había aprendido todo, el maestro. Dije entonces a mi director de fotografía, Milton Krasner, y al resto del equipo que fueran entrando, que estaría con ellos antes de que acabaran la primera ronda. De ese modo, como si nos halláramos en una película de Oeste, Lang y yo nos observamos el uno al otro un buen rato, pero, en vez de amenazarnos con pistolas, lo hicimos con mortíferos recuerdos, más rápidos y dolorosos que las balas. Crucé la calle mirándolo fijamente, con la esperanza de que no me atropellara un taxi en ese preciso momento. No sabía muy bien qué esperar de la improvisada reunión y viví aquello más bien como si se tratara del reencuentro con un padre severo que todavía ejercía un poder brutal sobre mí.

—Fritz —dije a la americana, para irritarle—, ¡cuánto tiempo!

Lang me repasó de arriba abajo, dubitativo. Seguramente se habría preguntado durante toda la película quién demonios era yo y cómo había logrado enterarme de detalles tan íntimos de su vida. Se le veía confuso. No tenía claro a quién se estaba enfrentando y eso era algo inusual para él, un hombre acostumbrado a luchar con los grandes productores.

Finalmente, se le abrieron los ojos y en ellos entreví al viejo zorro alemán, al dios de la UFA.

—Así que es usted, Bill Becker, el camaleón.

—Así es, Fritz —insistí en mi perfecto inglés, que rebotaba en su fuerte acento alemán.

—¿Cómo ha tenido la desfachatez de hacer una película sobre mi vida?

—Me alegro de que se haya reconocido en el personaje de Harbou.

—¿Cómo no iba a hacerlo? ¡Si hasta ha utilizado el apellido de mi exmujer y el nombre de pila de mi hermano!

—Veo que se ha dado cuenta del detalle.

Estaba perdiendo la paciencia. Lo noté por la forma en que sacó un cigarrillo de su pitillera de oro. Con una mirada furiosa, dijo:

—¿Sabe que puedo destruirlo si cuento lo que sé de usted, Bill?

—Olvida un pequeño detalle: en realidad, todo lo que sabe de mí ya lo he contado en la película. Y es pura ficción.

Lang, contrariado, supo que llevaba razón. Sería ridículo decir ahora que la película que había dentro de la película era la pura verdad.

—Además —continué—, guardo algunos papeles comprometedores sobre usted. ¿Se acuerda de cómo se aprovechó de mí para que me colara en la comisaría de Alexanderplatz? Pues me quedé con algunos de esos documentos.

Y Lang, el gran director alemán, se quedó pálido. Y yo creo que hasta se encogió del pánico que sintió. Ahora que estaba triunfando en Estados Unidos y que era considerado prácticamente como un héroe gracias a su historia con Goebbels, vio en mí una verdadera amenaza.

Por supuesto, yo no guardaba ningún papel. Ni siquiera llegué a leerlo, porque tras mi precipitada huida tuve que dejar la cámara en Berlín.

—No se atreverá —respondió, airado—. Además, ¡esos papeles no demuestran nada!

—Lo sé, lo sé. De todos modos, yo nunca le traicionaría. ¿Acaso no hemos sido siempre amigos?

—Sí... —respondió de forma desconfiada mientras lanzaba su cigarro hacia la noche, que lo engulló con deleite.

Entonces, al comprobar que ya lo tenía en mis manos, que me temía, simplemente me di la vuelta y me largué.

Pero no me sentí mejor después de haber montado aquella farsa. No se podía negar que Lang se había comportado conmigo como un cabrón, pero ¿acaso yo era mejor que él? ¿No había vendido primero mi alma a los fascistas, haciendo documentales para ellos, y luego otra vez en Hollywood a cambio de la gloria? ¿Qué había sido del joven e ingenuo Varick? ¿Adónde me había llevado el éxito, sino a convertirme en un tipo despreciable? ¿No había mentido y utilizado a los demás para lograr mis objetivos?

Confieso que, en aquel momento de mi vida, sentía que

había algo dentro de mí que fallaba. Una fractura, un vacío, una sima que era imposible de llenar. Daban igual las imágenes que lanzara en ella. Podría hacer mil películas y seguiría sintiéndome del mismo modo, como si en el fondo no creyera en mi propia existencia.

Gracias al éxito de público de mi largometraje, me renovaron el contrato y comencé a ganar dinero de verdad. La mayoría se lo hubieran gastado en comprarse una bonita choza en pleno Beverly Hills, pero yo no quise hacerlo. Me inquietaba la idea de tener un lugar propio, quién lo diría, y vivir yo solo en él; temía que los fantasmas del pasado invadieran mi casa. Además, no tenía con qué decorarla, nada propio, por lo que preferí residir en un lujoso hotel, el Wilshire, donde cada día limpiarían mi lujosa suite y la dejarían como si nadie la hubiera ocupado jamás. La casa perfecta para un espectro.

Después de meses de entrevistas y de tener que soportar el acoso de los periodistas ávidos de noticias, principalmente respecto a mi tormentosa relación con Lang, llegó el año 1946 y decidí preparar un nuevo guion con el gruñón de Siodmak, mi pareja de baile. En esta ocasión se trataba de una adaptación literaria de una novela escrita por otro emigrante, Erich Maria Remarque, a quien ya había conocido en casa de los Viertel.

Su libro me había sobrecogido, porque percibí, y ya sé que esto suena a tópico, que se había inspirado en mí para hablar sobre la guerra. Me sentía hermanado con él. En *Im Westen nichts Neues* (*Sin novedad en el frente*), Remarque reflejó como nadie la miseria, la desazón, la angustia y el sinsentido de la vida de un pobre soldado que entiende la guerra como un incomprensible paisaje de barbarie. ¿Cómo no iba a impactarme leer: «Soy joven, tengo veinte años, pero no conozco de la vida más que la desesperación, el miedo, la muerte y el tránsito de una existencia llena de la más absurda superficialidad a un abismo de dolor»?

No era, por supuesto, el tipo de proyecto que estaban esperando que hiciera en la Universal. En aquel momento, tras la guerra, en Estados Unidos solo querían ver alegres comedias, musicales, thrillers, westerns o filmes heroicos acerca de su flamante victoria contra los alemanes y los japoneses. Mi idea, por el contrario, era huir de esas películas realizadas en decorados, con enemigos risibles que perdían contra bravucones yankis. Yo quería transmitir la experiencia de la guerra, y eso solo se podía hacer en exteriores, en el mundo real, no dentro de una fábrica. Para ello, esperaba convencer a los productores de la necesidad de crear verdaderos campos de batalla, interminables trincheras con forma de laberinto. Quería construir un páramo salpicado de cráteres, de caballos desfigurados, de muertos que asomaban de la tierra como si pretendieran escapar para luchar una y otra vez, de caminos sembrados por alambradas de las que colgarían jirones de carne. Quería filmar la vida cotidiana de un soldado, como Remarque y yo la habíamos vivido, y, al mismo tiempo, filmar una alucinación.

Lo cierto es que utilizar la novela fue un punto de partida. Yo quería abrir el cine a lo real, al verdadero terror.

Por suerte para mí, el productor con el que ya había colaborado en *Midnight Covenant*, William Goetz, había sido contratado en un desesperado intento de la Universal para dar más prestigio a la productora y dejar de producir solo películas de serie B o sagas tipo Sherlock Holmes. Así que les vine de perlas.

En realidad, aquel nuevo proyecto también formaba parte de un profundo cambio que se estaba produciendo en mi vida. Primero debía comenzar con las películas («¡Basta de contar estupideces, basta de juegos!», me decía) y luego extenderse a otros aspectos de mi existencia, como dejar de beber. Incluso inicié una nueva relación con una mujer que nada tenía que ver con el mundo del cine, Suzanne, una camarera del BillyBob. Una chica sencilla, de ojos negros y piel morena. Un alma perdida en aquel mar de mirones y sobones. Y quise de algún modo rescatarla, o quizá, más bien, quererla para quizá también poder quererme a mí mismo. Ella no sabía nada del mundo del cine y para mí fue como hallar una joya que debía mantener bien lejos de la corrupción de Hollywood.

Me casé con ella dos semanas más tarde. No nos hizo falta más tiempo. Sabíamos que debíamos cuidar el uno del otro, protegernos del mundo. Porque para ella tampoco las cosas eran fáciles. Era mestiza, medio india, y una cosa tan estúpida como esa podía hacer que nunca pudieras trabajar en nada más que limpiando suelos o sirviendo mesas. Además, tenía que soportar los estúpidos comentarios de los clientes. Ni siquiera tuvimos luna de miel, porque yo estaba volcado en mi carrera, escribiendo día y noche. Ella muchas veces me ayudaba. Conocía el verdadero Estados Unidos, la vida desde abajo, y también su forma de hablar y pensar. Era fascinante verla imitar cada acento, cada cosa que había oído en la cafetería. También a actores como Cagney, Bogart o Cooper. No parábamos de reírnos. Pero, al mismo tiempo, no se andaba con tonterías conmigo, y si me veía beber o hacer el idiota, se largaba de casa dando un portazo. Tenía un fuerte carácter y me dejó bien claro cuáles eran los límites. Fue la primera vez en mi vida que dependía de alguien. Cuando se iba de casa, no lograba soportar la separación. Sentía dolor, pero también alegría por tener algo real que no quería perder.

Así, y aunque mi vida parecía encarrilada y viento en popa (era otro hombre, tenía una esposa, éxito y dinero de sobra), el pasado volvió a llamar a mi puerta. Y de qué manera. En realidad, yo mismo lo había convocado.

Esa mañana me encontraba escribiendo con mi máquina (una Smith Corona) mientras Suzanne aún dormía en la cama. Oí entonces que llamaban a la puerta, muy débilmente. No hice ni caso. En ese momento estaba inmerso en una escena del guion en la que se describían los días de instrucción que pasamos a las órdenes del sargento Himmlestoss, un cabeza hueca que nos había obligado a Kropp y a mí a quitar la nieve del patio del cuartel con un cepillo de dientes y una escobilla. Así fue.

Los golpes regresaron, pero esta vez sonaron más fuertes.

«Seguro que es la chica que me trae el desayuno», me dije, sin querer en realidad separarme de la máquina. Abrí y no, allí delante no estaba la escuálida camarera con moño que me miraba cada mañana como si yo fuera un ogro (es verdad que llevaba una semana sin afeitar y que siempre andaba desnudo bajo la bata).

En cambio, delante de mí estaba la persona con la que menos deseaba encontrarme: un hombre vestido con una gabardina hecha a medida, ajustados guantes, sombrero negro y un monóculo encajado violentamente en la cuenca de su ojo.

Instintivamente, di un paso atrás y sentí un profundo vértigo al ver que el pasillo se alargaba hasta el infinito y la figura que tenía delante, por el contrario, se aproximaba más y más hacia mí. Los papeles que tenía en la mano, que acababa de corregir con mi pluma estilográfica, volaron como gaviotas asustadas.

—Puedo pasar —fue lo primero que dijo, y se trató más bien de una afirmación que de una pregunta.

Entonces, no sé por qué, pensé en los vampiros y en aquello que dicen de que solo pueden entrar en una casa si antes han sido invitados. Aun así, hice un gesto con la cabeza y me aparté a un lado. Evidentemente, me sentía culpable por lo que le había hecho, y la culpabilidad es un sentimiento que te hace débil.

Lang se quitó el sombrero y, dedo a dedo, también los guantes de cuero negro que cubrían sus delicadas manos de cirujano. A continuación, tomándose su tiempo, se alisó el pelo con la palma de su mano, como solía hacer, y depositó sus preciados objetos encima de una cómoda estilo Luis XV que se encontraba junto a la puerta. Sobre el mueble había un espejo desde el que me miró fijamente.

—Señor Lang, qué inesperada visita. Me alegra mucho verle —dije tratando de mantener la compostura, aunque se notaba a la legua que estaba nervioso; acobardado, más bien.

—No es ninguna visita de cortesía —respondió él secamente mientras cerraba la puerta tras de sí, lo que provocó que me sintiera encerrado dentro de mi propio apartamento—. En absoluto.

Lo cierto es que su sola presencia en un espacio imponía. Lang emanaba una autoridad natural que parecía rezumar de cada poro de su piel, algo que siempre le envidié, entre muchas otras cosas. Porque ¿acaso no me había pasado media vida tratando de imitarlo, incluso de superarlo?

—No voy a perder un solo minuto de mi tiempo con usted —continuó—, por lo que seré muy breve. He venido por un único y desagradable motivo: acabar con todas las habladurías y falsedades que ha generado su película. Por esta causa, si no quiere que ponga este asunto en manos de mis abogados, le exijo dos cosas. La primera, que haga una declaración pública afirmando que todo se trata de una invención. La segunda, que me devuelva los papeles que robó en el archivo de la policía de Berlín.

El hombre, se veía, estaba desesperado. No era para menos. Desde del estreno de *Midnight Covenant*, Lang había sido masacrado por la prensa. Una verdadera caza de brujas. A esto se unió el hecho de que muchos de los que habían trabajado para él, tanto en Alemania como en Hollywood, comenzaron a hablar por los codos. Productores, actores, actrices, amantes, directores de fotografía, todos se fueron de la lengua, agarrotada después de años de sumisión y de silencio. El director se convirtió, de la noche a la mañana, en el realizador más detestado de Hollywood, y eso, claro está, le pasó factura. Salieron a la luz sus excesos sexuales, su afición a las drogas, el maltrato a los actores. Se aseguró incluso que la historia de Goebbels era falsa. Aquella maquinaria de descrédito fue imparable. La Warner Bros., la Universal y las demás productoras que antes habían apostado por él comenzaron a darle la espalda. Nadie quería estar relacionado con los escándalos que se publicaban en la prensa más sensacionalista. Y yo, no puedo negarlo, había sido el causante.

—No sé qué le he hecho a usted para que me odie tanto —dijo Lang a continuación—. Aunque, al parecer, esto es algo que lleva sucediendo prácticamente desde que le conocí. Todavía recuerdo aquel artículo publicado en el *AIZ*, en 1926. En él se mentía vilmente sobre el rodaje de *Metropolis*. Ahora estoy seguro de que lo escribió usted utilizando un pseudónimo, porque pocos podían conocer con detalle tantas cosas acerca de mis películas y de mi vida privada. Usted era el único que estaba al corriente de ambos mundos... Un error por mi parte. Lo peor es que usted, un verdadero parásito, no puedo denominarle de otra forma, se aprovechó de mi buena fe y de mi confianza. Yo lo saqué de aquel pornográfico estudio de fotografía y le proporcioné trabajo durante más de una década. ¿Y así me lo paga, ingrato?

Por supuesto, a Lang, con su memoria selectiva, se le olvidó mencionar las muchas vilezas que había cometido contra mí, como ponerme en riesgo al llevar su dinero a Francia u obligarme a robar en el archivo de la policía. Pero tampoco se podía negar que me había sacado a flote y que me había mantenido así desde 1922 hasta 1933. Sin olvidar quizá lo más relevante: había aprendido el oficio de director de cine gracias a él.

Una serie de sentimientos encontrados surgieron entonces en mi interior. ¿Me había propasado en mi venganza únicamente para obtener la gloria? ¿Era de esa clase de personas? Pero ¿qué importaba? Yo había nacido en el lodo, había surgido de la nada y, aun así, con todo en contra, con asesinos y dictadores persiguiéndome, había logrado salir adelante. Además, lo que había contado en la película era cierto casi en su totalidad (excepto por pequeños detalles, quizá algunas exageraciones, algunas licencias...) y él, por supuesto, no quería ver esa imagen de sí mismo. Por todos esos motivos, no pensaba retractarme y ceder ante él, y así se lo comuniqué:

—No voy a hacer ninguna declaración pública y, respecto a los papeles, nunca los tuve. Le mentí.

—No le creo.

—Poco me importa.

—Usted quiere destrozar mi carrera que tantos años de esfuerzo me ha costado construir. Y no voy a permitir que lo haga.

Iba a responder, pero mis labios se cerraron al ver que

Lang estaba introduciendo la mano en el bolsillo de su gabardina. Entonces supe, lo vi con total claridad, que bajo la tela asomaba el cañón de una pistola. Aquel era su plan B. Si le fallaba el primero, estaba dispuesto a liquidarme.

Asustado, retrocedí unos pasos, tropezando con el escritorio donde tenía colocada mi máquina de escribir. Al ver aquel robusto trasto, no me lo pensé dos veces y lo lancé contra el director antes de que pudiera dispararme, porque en ese momento no tenía duda alguna de que era eso lo que iba a suceder.

Del golpe, la sangre le corrió por la nariz como un caballo desbocado mientras, mareado, caía derrumbado al suelo. Su monóculo quedó también hecho trizas, y con él, todo su poder. Viendo que había logrado dejarlo fuera de combate, me acerqué hasta su cuerpo y busqué su arma en el bolsillo. ¡Pero allí no había nada! Solo tenía una pitillera de oro. ¿Qué narices acababa de hacer?, me pregunté desesperado. ¿O era todo producto de mi imaginación? Porque justamente yo había escrito una escena semejante para *Midnight Covenant*, cuando al final de la cinta, el maestro y el discípulo se liaban a tiros. ¿Había confundido la realidad con la ficción?

Despertada por tanto alboroto, apareció en el salón mi querida Suzanne, con aquella exótica piel suya mezcla de cheroqui, alemana y mexicana, y lanzó un grito. Lo que me faltaba.

—Vuelve a la cama, querida —dije, tomándola de los hombros—. No pasa nada. Estamos discutiendo sobre un guion. Es muy normal en Hollywood resolver las cosas a golpes.

Y ella, aunque no estaba muy convencida de mi explicación, desapareció por donde había venido.

Lang aprovechó ese momento para lanzarse sobre mí. El viejo zorro tenía una fuerza asombrosa. No es que fuera una persona musculosa, es que dentro de sí guardaba una fortaleza primitiva que te arrastraba con él. Caí de espaldas, y Lang aprovechó esa ventaja para propinarme una serie de brutales puñetazos en la cara. Jamás antes había recibido una paliza semejante, y eso que, cuando viví como mendigo en Berlín, recibí unas cuantas. Estaba seguro de que me estaba borrando la cara por completo.

No sin gran esfuerzo (tuve que clavarle mi estilográfica en un muslo, lo justo para que se apartara), conseguí quitármelo de encima y corrí hacia un cajón del escritorio donde guardaba una pistola. Después de haber recibido la llamada de Leon Lewis, avisándome de que los nazis me buscaban, siempre tenía una cerca por si las moscas. Cuando me di la vuelta, le apunté con el revólver. Lang, con la cara ensangrentada y la gabardina hecha trizas, levantó inmediatamente los brazos, sin poder reprimir en su rostro una expresión de profunda rabia.

—Cálmese. Ya está, ya acabó. Ahora mismo me voy a ir —dijo retrocediendo hacia la puerta y limpiándose la cara con la mano—. No hablaremos más de este desagradable asunto. Por mi parte ha quedado solucionado. Usted dedíquese a hacer sus mediocres películas y yo haré las mías. Hay espacio de sobra para ambos en Hollywood. ¿De acuerdo?

Y yo dije:

—De acuerdo.

Lang entonces me ofreció su mano y yo, ingenuo de mí, guardé mi pistola en el bolsillo y avancé hacia él. Estaba convencido de que a ninguno de los dos nos interesaba que aquello se saliera de madre. ¡Éramos directores de Hollywood, gente respetable, prácticamente genios!

Mientras me acercaba, me observó con aquellos ojos fríos y grises inyectados en sangre, y le di un fuerte apretón, pero el dios de la UFA, en un rápido movimiento, tomó la pistola de mi bolsillo. Yo, temiendo que me fuese a disparar entre ceja y ceja, me lancé sobre él. Luchamos por el arma hasta que un fogonazo iluminó su rostro. Aun así, Lang no me soltó las manos. Con sus garras de acero, estaba dispuesto a llevarme con él al infierno. Ambos nos miramos a los ojos, como tratando de descubrir quién había recibido el balazo, pero estábamos tan agotados por la lucha, tan fundidos el uno en el otro, que no lográbamos distinguir ni nuestro propio cuerpo. Nos separamos. Y entonces vi cómo de la pernera de su pantalón caían unas gotas de sangre. Lang las miró, incrédulo. De hecho, juraría que se puso a sonreír como si le costara creerlo. Me di cuenta de que era yo el que tenía la pistola y mi dedo, no sé cómo, estaba todavía en el gatillo. Le había disparado, y mi mano seguro que estaba cubierta de pólvora.

Lang trató de huir, pero se iba desmoronando a cada paso. Cayó primero sobre una rodilla y apoyó la mano en una cómoda para intentar levantarse. No pudo. Ya en el suelo, contemplé a un Lang desconocido, sin sus máscaras, débil, alguien que se aferraba a la vida, pero que no sabía cómo hacerlo. Había perdido por completo su poder. Miraba a uno y otro lado, desorientado, buscando algo reconocible. En ese momento me vio y dijo, casi susurrando:

—Max, ayúdame.

Sentí escalofríos al oírle pronunciar por primera vez mi nombre. ¿Qué había hecho? ¿Adónde me había llevado aquel afán de gloria? ¿A inmortalizar un nombre finalmente hueco? Me acerqué para intentar socorrerlo, pero no sirvió de nada. Su piel parecía de mármol. Hasta le cambió el rostro, se puso más afilado y anguloso. Los ojos grises se le habían hundido y tenía la boca seca. Parecía haber cruzado un desierto. El frío provocó que todo su cuerpo temblara, o eran convulsiones, no sé. En vez de llamar a un médico, busqué como loco una manta por la habitación. Cuando regresé, vi que intentaba taparse la herida de la barriga con las manos. La sangre había formado un charco que se confundía con los dibujos de la alfombra, y me pareció adivinar en ella todas las imágenes que Lang guardaba en su interior y que se estaban perdiendo irremediablemente. Entendí en ese instante, como si fuera una revelación, que los hombres no estamos hechos solo de carne y de hueso, sino de imágenes, porque es a través de ellas como vemos y comprendemos el mundo, y también a nosotros mismos. Sin ellas estamos completamente vacíos.

No somos nada. Lo estaba viendo con mis propios ojos. Fritz Lang, el director de *Metrópolis* y *M, el vampiro de Düsseldorf*, cerró los suyos. Reconozco que pensé en la factura de la lavandería por la alfombra. Lamentable. Entonces, todavía atontado, vi a Suzanne, que contemplaba petrificada la escena desde el dormitorio. Era incapaz de reaccionar.

—Hay que llamar…

—Espera…, espera…, tengo que pensar.

Pero pensar qué. Temía que todo mi mundo se viniera a abajo, que toda mi obra, toda mi vida desaparecieran por aquel incidente. No tuve más remedio que convertirme en aquel chico que sobrevivió a la Gran Guerra y repetir lo que ya hice décadas atrás. Pero antes me aseguré de que Suzanne memorizara lo que debía contar a la policía: Lang había venido a matarme y nos habíamos disparado en el forcejeo. En realidad, nadie podía negar que tenía muchos motivos para acabar conmigo. Llevaba meses hablando mal de mí, mostrando su odio a quien quisiera escucharle. Solo faltaba un suceso así para alimentar las habladurías. Temía que me acusaran de asesinato, sobre todo si investigaban mi oscuro pasado. Me horrorizaba pensar todo lo que se podría decir de mí en las revistas, ¡esa fábrica de chismes! No podía quedar yo como el malo en toda esta historia, no lo podía permitir con todo lo que había vivido.

Se lo debía a Varick, a Bill, a Joseph, a Sebastian… Fue entonces, en ese preciso instante, cuando lo entendí. Esos nombres no eran los papeles de un guion cualquiera. Yo era todos ellos. Todas mis vidas eran una sola, daba igual cómo me llamara. Tocaba salir del set y enfrentarme al mundo tal cual era yo.

Cuando estuve preparado, tomé aire y me tumbé junto al maestro, el hombre del que lo había aprendido todo. Sentí cómo su sangre helada se filtraba a través de la tela de mi bata. Tomé su mano derecha, puse la pistola en ella y me disparé a quemarropa en el hombro. Después, perdí el conocimiento.

Por un momento pensé que iba a despertar dentro de un cráter lleno de lodo, en Francia, y que mi vida volvería a empezar una y otra vez como un castigo eterno, pero no. Tras aquel fundido a negro, me encontraba en un hospital de Beverly Hills. Y ni siquiera tenía vigilancia. Una buena señal. Pero me duró poco la alegría, porque volví a oír su voz carrasposa. El viejo zorro también había sobrevivido de milagro y gritaba mi nombre en la habitación de al lado, insultándome, clamando venganza. Qué tipo. Ni tras el último golpe de claqueta pararía de bramar. Siempre necesitaba una toma más.

En el fondo, me alegraba de que todavía siguiera con vida. No sé qué haría sin él. Mi vida y la suya están de algún modo encadenadas la una a la otra. A veces, incluso siento que me he convertido en un personaje de sus películas.